Volker Surmann

Mami, warum sind hier nur Männer?

Roman

GOLDMANN

Der Verlag weist ausdrücklich darauf hin, dass im Text enthaltene externe Links vom Verlag nur bis zum Zeitpunkt der Buchveröffentlichung eingesehen werden konnten. Auf spätere Veränderungen hat der Verlag keinerlei Einfluss. Eine Haftung des Verlags ist daher ausgeschlossen.

Dieses Buch ist auch als E-Book erhältlich.

MIX
Papier aus verantwortungsvollen Quellen
FSC® C014496
FSC www.fsc.org

Verlagsgruppe Random House FSC® N001967

2. Auflage
Originalausgabe Oktober 2015

Gestaltung des Umschlags: UNO Werbeagentur München
Umschlagfoto: FinePic®, München
Redaktion: Friederike Arnold
BH · Herstellung: Str.
Satz: omnisatz GmbH, Berlin
Druck und Bindung: GGP Media GmbH, Pößneck
Printed in Germany
ISBN: 978-3-442-48207-8
www.goldmann-verlag.de

Besuchen Sie den Goldmann Verlag im Netz:

VOLKER SURMANN

Mami, warum sind hier nur Männer?

GOLDMANN
Lesen erleben

Buch

Helmer Klotz, Anfang 50, betreibt die schwule Ferienanlage Rainbow Inn auf Sardinien. Ein nahezu wertloses Stück Felsküste unweit einer Autobahnabfahrt hat er in ein gut laufendes Homo-Resort verwandelt. Als bärbeißiger Eigenbrötler und Grantler, aber mit der Raison des professionellen Hoteliers führt er Resort wie Personal, verachtet aber insgeheim das bunte Treiben in seinem Haus. Ilka, Mitte 30, Schulsekretärin aus Hannover, hat eine überstürzte Trennung hinter sich, zwei Kinder auf der Rückbank und eine Motorpanne inmitten einer heftigen Gewitternacht. Das Rainbow Inn ist die nächstgelegene Unterkunft. Gegen den Widerstand des schockierten Rezeptionisten finden sie und ihre Kinder dort Aufnahme. Damit treffen zwei Welten aufeinander, denn auf eine Konfrontation mit so viel Heterosexualität sind Helmers Hotelgäste nicht vorbereitet. Und die aufgeweckte Kleinfamilie stiftet ordentlich Unruhe und Chaos. Am Ende sind es aber ausgerechnet die von der Liebe enttäuschte Heterofrau und ihre Kinder, die den mürrischen Hotelchef aus der Reserve locken – und ihm vor Augen führen, dass es unter Homosexuellen durchaus auch liebenswerte Exemplare gibt.

Autor

Volker Surmann ist Autor, Satiriker und Exil-Ostwestfale in Ostberlin. Er stand zwanzig Jahre als Kabarettist und Comedian auf der Bühne und ist einer der Hausautoren des Berliner Kabaretts »Die Stachelschweine«. Er schrieb für diverse TV-Comedyformate (z. B. »Mensch Markus«, »Was guckst Du?«) und rechnete in seinem ersten Roman »Die Schwerelosigkeit der Flusspferde« (2010) mit dem Comedybusiness ab. 2012 erschien seine Geschichtensammlung »Lieber Bauernsohn als Lehrerkind«, 2014 sein zweiter Roman »Extremely Cold Water«. Er schreibt Beiträge für das Satiremagazin »Titanic«, Kolumnen für das queere Hauptstadtmagazin »Siegessäule« und betreibt seit 2011 den Berliner Satyr Verlag für Humor und Satire. Seit 2003 liest er jeden Donnerstag bei der Berliner Vorlesebühne »Brauseboys« und tritt regelmäßig bei Poetry Slams in ganz Deutschland auf.

TAG 1

HELMER

Ich hasse Schwule. Ich dachte, bevor Sie das hier als irgendein emotionales Toleranzgeschwafel missdeuten, stell ich das lieber klar. Schwule gehören zu den nervtötendsten Zeitgenossen unter der Sonne. Ich weiß das, ich betreibe ein Gay-Resort auf Sardinien.

Als Gott überlegte, welche Kreaturen er nach Schlange, Schwan und Schweinchen noch so schöpfen konnte, hat er die Schwulen geschöpft. Er wird sich was dabei gedacht haben. Die Wege des Herrn sind unergründlich, die Wege der Herren indessen äußerst vorhersehbar. Sosehr sie auch nach öffentlicher Teilhabe und Gleichberechtigung krähen, im Grunde bleiben die Schwulen doch lieber unter sich – vor allem im Urlaub. Davon lebe ich, und das gar nicht schlecht.

Mein Hotel liegt mehr oder minder im Nichts. Vor der Tür liegt die stark befahrene Küstenstraße, einen halben Kilometer weiter eine Art Autobahnkreuz, von dem die Hälfte eine immerwährende Baustelle ist. Das ist wohl die sardische Lebensart, von der die Reiseführer gerne sprechen. Hier gibt's nicht viel. Auch keinen Strand. Hauptsächlich Felsküste, von der beliebten Costa del Sud sind wir eine Autostunde entfernt, von der berühmten Costa Smeralda mehr als zweihundert Kilometer. Aber Schwule brauchen keinen Strand. Schwule brauchen andere Schwule. Und eine Dusche, bei der man den

Brausekopf garantiert abschrauben kann (sprechen Sie mich an, wenn Sie Fragen dazu haben). Beides finden sie in meinem Hotel. Hier gibt's so viele Schwule wie andernorts auf dieser Insel Sand. Es ist schrecklich.

Schwule bewegen sich am liebsten unter ihresgleichen. Zumindest die, die bei mir Urlaub machen, von niemand anderem spreche ich, wenn ich von »den Schwulen« rede. Es gibt andere Schwule, gewiss. Die interessieren mich aber nicht. Ich interessiere mich für die, die Gay-Travel-Magazine aufschlagen, ob Print oder im Netz, die meine Anzeigen dort lesen: »Rainbow Inn. Gay-Resort an der malerischen Südküste Sardiniens, verkehrsgünstig gelegen in der Nähe zur pulsierenden Inselmetropole Cagliari. Eigener Pool, Sauna, Cruising Area. Alle Zimmer mit Meerblick. Duschköpfe garantiert abschraubbar. 100 % gay – keine Frauen, keine Kinder.«

Dass alle Zimmer Meerblick haben, stimmt. Das Rainbow Inn liegt auf einer kleinen Landzunge. Ich habe sie für 'n Appel und 'n Ei gekauft, samt einigen Gebäuderuinen. Felsküste in dieser Lage ist nahezu wertloses Land. Der sardische Bauer, dem dieser Klumpen gehörte, konnte sein Glück kaum fassen. Letztes Jahr hat er sich besoffen totgefahren.

Das Hotel ist gut. Da lass ich nichts auf mich kommen. Das habe ich von der Pike auf gelernt. Drei Sterne superior, natürlich nach deutschem Standard. Die hiesige Standardisierung ist so belastbar wie eine italienische Nachkriegsregierung.

Vater hat mich ausgelacht, als ich mir mein Erbe auszahlen ließ, meinen Anteil am Zweihundert-Betten-Haus am Titisee, das längst meine ältere Schwester führt. Widerwillig hat er mir das Startkapital überwiesen, das ich brauchte für die weiteren Kredite, um ein eigenes Haus auf wertlosem Geröll in Sardinien zu errichten.

»Vadder«, hab ich gesagt. »Das hab ich von dir gelernt« – und zwar bis zum Abwinken. Als Azubi im eigenen Haus durfte ich immer nur Touristenbusladungen niedersächsischer Landfrauen einchecken. »Man muss seine Klientel kennen. Und meine Klientel ist nun mal dumm genug, in einem wertlosen Haufen Steine, eingekeilt zwischen Mittelmeer, Autobahn und dem Industriegebiet Cagliaris, ein Paradies auf Erden zu sehen.«

Ich sollte recht behalten. Seit zwölf Jahren betreibe ich das Rainbow Inn und hab 'ne Auslastung, bei der mein alter Herr Pipi in die schwachen Augen kriegt.

In der schwulen Welt läuft das eben so: Häng irgendwo 'ne Regenbogenfahne dran, und die Tunten rennen dir die Bude ein. Vorausgesetzt, du machst deinen Job gut, und das mache ich. Ich weiß, wie man mit Gästen umzugehen hat. Mögen gehört nicht dazu.

Das hab ich im Schwarzwald gelernt. Nicht von Vater, sondern vom Bauern nebenan. Kluge Bauern behandeln ihre Milchkühe gut, und seien es auch noch so dumme Rindviecher.

Auf die einschlägigen Symbole ist der gemeine Schwule durch jahrzehntelanges Community-Training perfekt konditioniert. Wenn Sie es so wollen, bin ich Rattenfänger. Ich halte die Regenbogenfahne hoch, und die darauf abgerichteten Biester folgen mir in meinen Bau, in meine Fallen. Und meine Fallen kosten ab einhundertsechzig Euro aufwärts – je nach Saison und Ausstattung. Vor- und Nachsaison sind meine Hauptsaison. Schwule verreisen nicht in den Schulferien (ausgenommen die armen Schweine, die Lehrer sind). Sie glauben, davor und danach sind die Preise günstiger. Als ob ich nicht wüsste, dass sie das glauben. Außerdem sind dann keine Kinder da. Und es gibt nicht viel, was Schwule mehr hassen als Kinder. Außer Türken und Frauen vielleicht.

Ich kann das alles freimütig zugeben. Meinem Hotel wird das nicht schaden. Meine Gäste lesen nicht, jedenfalls nicht solche Bücher wie dieses hier. Vielleicht mal 'nen Krimi, das Magazin *Männer,* eingefleischte Tunten die *Vogue*. Die Intellektuellen lesen Thomas Mann, die Großstadttypen, die im Urlaub nur vögeln und feiern wollen, lesen vielleicht mal einen schwulen Roman aus einem schwulen Verlag über schwule Großstädter, die genug gevögelt und gefeiert haben und nun die große Liebe suchen. Aber selbst die sind in der Minderheit. Schwule lesen nicht. Die beliebteste Ferienlektüre meiner Gäste ist ihr iPhone.

Wenn Sie mich nun für einen Schwulenhasser halten, haben Sie sicher recht. Aber ich weiß, wovon ich spreche. Ich bin selber schwul. Doch bevor Sie heiter drauflos psychologisieren: Mit Selbsthass hat das nichts zu tun. Ich bin mit mir im Reinen und mag mich. Ich mag nur die Schwulen nicht, die sich hier in meinem Haus einnisten.

Warum ich dann ein Hotel für Schwule betreibe? Nun, es ist einfach ungemein lukrativ. Denn es gibt nur eine Sache, die Schwule noch mehr lieben als sich selbst und überall rumzupimpern: sich ausnehmen zu lassen.

ILKA

Er hat mich gefragt, ob ich eine Biofrau bin!

Da stehe ich tropfnass vor ihm an der Rezeption und erkläre diesem Superschwüppi in seinem hübschen Anzug, in seinem hübschen *trockenen* Anzug, lang und breit und möglichst dramatisch, dass ich gerade mit meiner Karre liegengeblieben bin, Motor kaputt – Klong und heftiges Schleifen, dann abgesoffen und Ende im Gelände. Gelände gleich Straße mit heftigem Gewitterregen um kurz vor elf. Vielleicht ist die Karre auch nur einfach im wörtlichen Sinne abgesoffen. Motor aus dem Kühler weggespült, spontane Turboverrostung, was weiß ich. Es machte weiß Gott keinen Spaß, nachts auf dieser verfickten Küstenstraße abzusaufen, in Dennis' verficktem Drecksauto, in diesem verfickten Gewitterregen! Seit Stunden kübelte es wie aus Eimern, kaum war das Gewitter abgezogen, machte es dem nächsten Platz, dessen Regenfäuste einem wieder so richtig schön in die Fresse schlugen!

Mir läuft also die Suppe nur so aus den Haaren, und was macht die blöde Tresentunte in ihrem hübschen, *trockenen* Anzug? Fragt, ob ich eine Biofrau bin!

»Biofrau?«, hab ich gefragt. Herrgott, ich war scheiße nass! Aber ich sah doch nicht aus wie 'ne Ökotussi vom Bioland-Hof! Wie diese Uschi bei uns auf dem Wochenmarkt am Stand von Biohof Schlagstiertot-Abersanft. Senffarbene Kleidung aus naturgefuchteltem Flachs oder gedrechseltem Hanf, Frisur aus Makramee und ihr Deo aus Kartoffelblüten selbst extrahiert. *Das* ist 'ne Biofrau. Aber ich doch nicht!

Ich muss geguckt haben wie Dennis' kaputtes Auto, jedenfalls fragte mich dieses Ding am Tresen doch allen Ernstes, ob ich eine biologische Frau sei, und ich hab geantwortet: »Nein! Ich bin ein Android von der Enterprise und nur aus dem Regen geflohen, damit ich nicht roste.«

Ich solle nicht so sarkastisch sein, sie seien eben ein Gay-Resort und auf die schwule Community als Kundschaft spezialisiert, Transvestiten und Transgender wär'n natürlich willkommen, aber bei biologischen Frauen könne er leider nichts machen.

Dass er bei mir nichts machen könne, sei mir schon klar, erwiderte ich, aber danach stehe mir gerade eh nicht der Sinn. Von Männern hätte ich einstweilen die Schnauze gestrichen voll.

Das tue ihm sehr leid, sagte er da, auch für Lesben sei sein Gay-Resort leider nicht offen.

Wie er denn jetzt drauf komme, dass ich Lesbe sei, habe ich gefragt.

Weil, dazu schaute er verwirrt aus der Wäsche, und es bestätigte sich wieder einmal, dass Schwule mit dem anderen Geschlecht eigentlich immer überfordert sind, das hätte ich doch eben gesagt.

»Nichts habe ich gesagt!«, habe ich gerufen, »Ich habe mich gerade von meinem Mann getrennt!« Die Lust auf Männer gehe mir gerade maximal bis zu den Fußsohlen, und außerdem sei ich gerade sehr gut darin, Männer anzuschreien. Ob er das wolle? Oder ob er sich nicht erbarmen und wenigstens nachschauen könne, ob noch ein Zimmer frei sei, nur für eine Nacht, denn wenn nicht, könne ich mir's sparen, ihn weiter anzupampen.

Kein Problem, meinte er, ein paar Zimmer seien bestimmt frei, sei ja Hauptsaison auf Sardinien und weniger los, aber sie seien nun mal ein Gay-Resort.

Dann solle er bitte so tun, als ob ich Transe wäre, habe ich gesagt, ich könne sogar den Text von *It's Raining Men* auswendig, zumindest den Refrain. Da musste er auf einmal lächeln und erwiderte: »Na ja, für eine Nacht …«, aber er wolle sicherheitshalber kurz mit seinem Chef sprechen.

»Gut so«, sagte ich. »Tun Sie das, ich hol nur schnell die Kinder.«

Da bin ich wieder rausgerannt in den Regen, die Tresenschnitte guckte mir nach wie 'ne blöde Kuh, wenn's donnert. Und es donnerte tatsächlich gerade, und ich hab gemacht, dass ich zurück zum Auto kam, wo Felix sich wahrscheinlich schon eingekackt hatte vor Angst.

HELMER

»Guten Tag, ich bin transsexuell, und das sind meine beiden Kinder Thea und Felix, ihre Biomutter arbeitet auf einem Biobauernhof bei Hildesheim, ich habe mich gerade von meinem Kerl getrennt, einem Biomann, hatte 'ne Autopanne und möchte ein Hotelzimmer!« Die klatschnasse Biofrau mit dem klatschnassen Kind auf dem Arm und der klatschnassen Tochter daneben schaute mich herausfordernd an. Gemeinsam tropften sie mir das Foyer voll. Ich durfte nachher nicht vergessen, Gregor aufzutragen, hinter dieser familiären Flutkatastrophe einmal herzufeudeln. Schadet ihm weiß Gott nicht, tut in dieser Schicht ja eh nichts anderes, als dekorativ am Tresen rumzustehen und auf dem Hotelrechner mit seinem Fickfreund in Olbia zu chatten.

»Dass Sie nass sind, sehe ich«, habe ich gesagt. »Ansonsten glaube ich Ihnen kein Wort.«

»Das mit der Panne stimmt«, sagte das Mädchen. Alter schwer zu schätzen, wahrscheinlich schon zweistellig, Post-Lillifee jedenfalls.

Die klatschnasse Frau nickte. »Ich weiß, wir passen nicht hierher, aber wo sollen wir denn hin? Ihr Rezeptionist meinte, Sie hätten noch Zimmer. Es ist ja nur für eine Nacht.«

Ich schaute Gregor an. Der hob entschuldigend die Schultern: »Sorry, aber ich hab ihr erklärt, dass wir ein Gay-Resort sind!« Angewidert deutete er auf die beiden Kinder. »Und die wollte sie uns dann einfach unterschieben.«

Ich betrachtete die tropfende Familie. Die Frau hatte den Jungen auf dem Arm. Im Grunde war er zu alt dafür, vielleicht fünf oder sechs Jahre alt, schmächtig, aber zu schwer. Er sah erschöpft aus. Sie auch. Draußen krachte wieder ein Donner, und der Junge zuckte sichtlich zusammen.

»Hast du Angst vor Gewittern?«, fragte ich ihn. Er nickte scheu.

»Die klingen hier immer viel schlimmer, als sie sind«, sagte ich. »Wegen der Berge.«

Dieselbe Chose wie im Schwarzwald. Der Donner kommt mit seinen großen Brüdern, den Echos von gegenüber, die jedoch nur brüllen können. Der Bauer von nebenan hatte es mir erklärt, nachdem er mich mal als heulendes Bündel in seiner Tenne gefunden hatte.

Immer noch geschockt betrachtete Gregor die triefende Kleinfamilie, als hätten sich wilde Tiere in das Foyer verirrt und auf den Marmor geäpfelt.

»Hundertachtzig für eine Nacht mit Frühstück, Frühstück bis elf. Kinderbetten haben wir nicht, Sie müssen mit einem Kingsize klarkommen«, sagte ich, und Gregors Augen weiteten sich erschrocken.

Natürlich würden sie mit einem Kingsize klarkommen. Wo in gewisser Regelmäßigkeit drei Männer reinpassen, sollte Mutti auch sich und die beiden Blagen einparken können. »Alle Betten ausgestattet mit komfortablen Granlit-Matratzen (ohne Besucherritze)«, steht in meinem Prospekt, »Zimmer 23–28 sogar mit Wasserbett (50€ Zuschlag pro Nacht)«.

»Zusätzliche Bettwäsche und Handtücher legt Gregor Ihnen gleich raus.«

Gregor nickte gequält, vielleicht auch, weil gerade die Chatbimmel am Rezeptionsrechner ging.

»Was war das?«, fragte ich scheinheilig, und Gregor wurde rot. »Nichts, da ist nur 'ne E-Mail gekommen.«

Gregor ist ein schlechter Lügner, den sollte man eigentlich nicht an der Rezeption beschäftigen. Da sollten nur gewiefte Lügner Dienst tun. Aber Schwule wollen Deutsche an der Rezeption. Und knackige Sarden auf den schlecht bezahlten Stellen, Zimmerservice und Barpersonal, Poolboy. Sprich, überall dort, wo sie wuseln und man auf Ärsche schauen kann, aber an der Rezeption bitte einen strohblonden Volksfreund mit blauen Augen und attraktiver Fönwelle. Gregor hatte seinen Kopf ein paarmal zu oft geföhnt, deshalb fährt er bei mir meist die Nachtschicht und Andreas die Tagschicht. Andreas hat mehr drauf, auch auf den Hüften. Das muss er durch Freundlichkeit kompensieren. Zeigen Sie mir einen dicken Schwulen, der nicht total nett ist. Andreas ist meine Charmeschleuder, und wenn's drauf ankommt, ein gewiefter Lügner. Ich überlasse ihm gerne die Tagschicht.

»Gregor gibt Ihnen gleich den Schlüssel. Haben Sie Gepäck?«

Die Frau nickte. »Das kann aber auch im Auto bleiben, bei dem Regen.«

»Kommt nicht in Frage. Gregor hilft Ihnen ohne Zweifel gerne, es aus dem Auto zu holen.«

Ich gestattete mir ein Lächeln. Gregor schaute, als müsse er gleich in den Gewitterregen raus. Was auch stimmte. Nachts checkt so gut wie nie jemand ein, da bezahl ich doch keinen Pagen. Das lohnt bei so einem kleinen Haus nicht.

Ich lächelte. »Geh ruhig mit der Dame mit, Gregor. Ich bleib so lange an der Rezeption und schau mal, was für eine E-Mail da gerade gekommen ist.«

Gregor warf mir einen herrlich hilflosen Blick zu. Seinen Chef vom PC wegschubsen konnte er ja schlecht. Also fügte er sich in sein Schicksal. Die Frau stellte den halbschlafenden Felix neben seine Schwester und sagte: »Bin gleich wieder da!« Dann watete sie mit Gregor hinaus ins tosende Gewitter.

In das aufgeploppte Chatfenster auf dem Rezeptionsrechner tippte ich hinein: »Gregor is temporarily not available. Please call again later. PS: Er ist dann sicher gut feucht.«

Dann schloss ich alle Fenster bis auf das Hotel-Programm.

Der Junge hielt sich an seiner Schwester fest und zuckte noch immer bei jedem Donner zusammen.

»Ich bin Thea, und wer sind Sie?«, fragte das Mädchen.

»Ich bin Helmer Klotz und Chef«, antwortete ich.

»Danke, dass wir hier schlafen dürfen, Herr Klotz.«

Ich nickte.

TAG 2

THEA

»Mom? Wieso schauen uns die alle so komisch an?«, fragte ich Mom, weil die uns alle so komisch anschauten.

»Hab ich dir doch erklärt«, antwortete Mom, »die sind alle schwul.«

Aber Mom hatte auch gesagt, dass Homosexuelle ganz normale Menschen sind. Aber wie normale Menschen guckten die alle gerade nicht. Normale Menschen gucken anders, wenn sie uns sehen, nämlich nicht besonders, sondern eher gar nicht.

Dann schrie Felix: »Es gibt Schokocroissants!«

Er riss sich von Mom los und stürmte zum Buffet. Ein Mann ließ daraufhin seine Tasse fallen und kreischte. Vielleicht kreischte er auch erst und ließ dann die Tasse fallen, weiß ich nicht mehr.

Jetzt schauten uns wirklich *alle* an.

»Guten Morgen«, nuschelte Mom und zischte mir zu: »Wir verhalten uns einfach ganz normal.« Dabei erinnerte sie mich an diese Leute in den Kinderkrimis, die ich aber nicht mehr lese, weil ich jetzt echte Krimis lese. Die Leute in den Kinderkrimis machen sich damit in ungewöhnlichen Situationen Mut. Aber hinterher fallen sie doch auf. Wie wir gerade. Kinderkrimis sind voll unrealistisch.

Aus dem Alter bin ich raus. Deshalb sage ich zu Mom auch »Mom« und nicht mehr »Mutti«. Mom gefällt das nicht, aber da müssen Mütter durch, wenn Kinder erwachsen werden. So ist das eben. Ich finde, »Mom« klingt erwachsener. Mom sagt, das klingt albern und amerikanisch. Das ist mir egal. Ich bin kein Kind mehr, und Mom weiß das auch. Ich kann jederzeit meine Tage bekommen. Als ich das mal zu Mom gesagt habe, ist sie rot angelaufen, wütend geworden und hat gemeint, mit der Scheiße kann ich mir ruhig noch ein paar Jahre Zeit lassen. Meine seltsamen Launen wär'n auch so schon schwer zu ertragen.

Der Mann mit der Tasse war wohl auch gerade in einer seltsamen Laune. Mein Bruder kann wirklich ganz schön nervig sein, aber diesmal hatte Felix echt nichts getan. Er hat sich nur ein bisschen vorgedrängelt, aber das dürfen Kinder ja. Meistens rufen Erwachsene dann, dass Felix total niedlich ist, und gucken ihn an, als wollten sie ihm durch die blonden Haare strubbeln. Aber das tun nur alte Frauen, andere tun das nicht mehr, wegen Missbrauch. Ich mach das natürlich schon manchmal, denn Felix hat total schöne, blonde Haare, meine hängen nur blöd runter. Ich würde sie mir gerne blondieren, damit ich auch so schöne Haare habe wie Felix, aber Mom erlaubt mir das nicht. Und Felix mag es auch nicht, wenn man ihm durch die Haare strubbelt. »Bring meine Frisur nicht durcheinander«, kreischt er dann immer. Deshalb mach ich das nur, wenn ich ihn ärgern will.

Manchmal glaube ich, dass Felix und ich gar keine Geschwister sind, weil wir so unterschiedlich aussehen. Aber Mom sagt, wir sind auf jeden Fall Geschwister, doch wir sollten uns ruhig mal die anderen Kinder in der Stadt genau angucken. Da wären vielleicht noch ein paar Halbgeschwister bei.

Das hat Mom natürlich nur zu mir gesagt und nicht zu Felix. Und sie war auch gerade sehr wütend auf Dad. Ich glaube, sie meinte, dass Dad vielleicht noch mit anderen Frauen Kinder gemacht hat, was ich ziemlich unmöglich finden würde. Mom, glaube ich, auch.

Meine Eltern streiten sich oft, aber so wie gestern haben sie sich noch nie gestritten. Mom hat Felix und mich abends ins Auto gesetzt, und wir sind ratzfatz losgefahren. Sonst braucht sie immer zwei Tage, um zu packen, diesmal ging es ganz schnell. Wahrscheinlich haben wir ein paar Sachen vergessen. Die muss Dad später mitbringen.

Vielleicht bin ich auch bald ein Scheidungskind. Wie die anderen in meiner Klasse. Meine Freundin Lena hat gesagt, bei ihren Eltern fing das auch so an. Dabei glaube ich, dass Dad meine Mom noch mag, obwohl sie sich so gestritten haben. Auf jeden Fall hat Dad mir in der letzten Nacht eine SMS geschrieben, dass ich Mom sagen soll, dass es ihm leidtut, sie mal ans Handy gehen soll und wir bitte schön zurückkommen sollen. Ich hab ihr noch nichts von der SMS erzählt, und zurückfahren können wir gar nicht, weil unser Auto kaputt an der Straße steht und wahrscheinlich in dieser Nacht vollgelaufen ist. Und wenn Mom meint, dass Dad große Scheiße gebaut hat, glaub ich ihr das. Da können wir Dad ruhig ein wenig schmoren lassen.

Ich bin erst mal zum Buffet gegangen und hab mir ein Croissant und etwas Aprikosenmarmelade geholt. Bei mir ließ niemand eine Tasse fallen. Aber komisch geschaut haben sie trotzdem alle. Ich hab dann einfach voll komisch zurückgeguckt. Das kann ich gut. Felix musste jedenfalls lachen.

»Ihhh, ein Kind!«

Eine von den Gastschwuppen kreischte panisch, als wäre ihr gerade eine Kakerlake über die Dolce&Gabbana-Flipflops gekrabbelt. Hektisch hielt sich das blondierte Ding an seinem Begleiter fest. »Boris! Da ist ein *Kind!*«

Es klang wie eine Aufforderung draufzutreten. Was für besagten Boris kein Problem darstellen würde, da er in etwa über die Figur und die Durchschlagskraft eines SUV verfügte. Und denselben Intellekt.

Die blondierte Schwuppe, ich glaube Raffael mit Namen, seit fünf Tagen eingecheckt, stand mit ihrem Muskeltransporter am Eingang des Frühstücksraums und spielte gekonnt auf der Zither der Zickigkeit. Ihr demonstratives Entsetzen war stimmlich genau so dosiert, dass es als privat gelten musste, es jedoch alle gerade so verstehen konnten. Drama-Queen-Regel Nummer eins: Verspritze dein Gift nie so, dass Menschen etwas abbekommen. Lass sie es einfach nur riechen, dann können sie es sich nicht abwaschen, stattdessen packt sie Furcht.

Oder Wut. Gregor stand bei der Frau und gestikulierte auf sie ein, während sich über ihrem Kopf schon eine Gewitterwolke des Zorns zusammenbraute. Dann erblickte er mich. »Helmer, es hat Beschwerden gegeben – von Gästen. Wegen … Sie wissen schon … dem Kind und …« Er suchte nach Worten. Man sah, wie sein übernächtigtes blondes Hirn in der Kammer mit den bösen Wörtern kramte … *»der Familie«*.

Ich blickte zum Tisch, an dem die beiden Kinder Grimassen schnitten und die Biofrau in gespannter Angriffsstellung saß, bereit, jeden Moment hochzuschnellen wie eine Springteufelin. Sie machte ein Gesicht wie meine Mutter, bevor sie wegen meiner Mathematiknote zu meinem Grundschullehrer aufgebrochen war, um ihn auf seine Affäre mit ihrer Chorkollegin anzusprechen. Viele Gesichtsausdrücke meiner Mutter sind mir nicht in Erinnerung, dieser schon. Vermutlich weil ich überraschend doch versetzt wurde.

»Was besagen die Beschwerden?«

»Na ja«, erläuterte Gregor, »im Kern, dass sie hier sind.«

»Und wie viele Beschwerden sind es?«

Gregor druckste herum: »Eine«.

Drama-Queen-Regel Nummer zwei: Auch wenn du in Mathe immer 'ne Niete warst: Multipliziere! Hilft nicht immer, denn eins kann man, so oft man will, mit eins multiplizieren, es ändert nichts am Ergebnis.

»Eine. Und wie lautet die?«

»Nun, ein Gast erkundigte sich, woher das Kind kommt.«

»Das ist eine Frage, Gregor. Keine Beschwerde.«

»Aber dem Tonfall nach …«

»Wie halten wir das sonst am Tresen?«

Gregor wurde kleinlaut. »Beschwerden sind es erst, wenn sie auch als Beschwerden vorgetragen werden.«

Gewiss, eine solche Regelung ist eines anständigen Hoteliers im Grunde unwürdig, aber was soll man tun. Ich betreibe ein Haus für homosexuelle Männer, Meckern gehört da zur Etikette. Und dann sind diese Homosexuellen auch noch überwiegend Deutsche. Das ist Meckern hoch zwei. Da lernt man irgendwann zu differenzieren. Das ist nicht unhöflich, das ist Notwehr.

»Und was soll ich sagen, wenn die Frage noch einmal gestellt wird?«

»Was weiß ich. Sag ihnen, sie sind persönliche Gäste des Chefs.«

»So so. Sind sie das?«

»Gregor, ich kümmere mich drum.«

ILKA

Unglaublich! Da kommt mein Liebling von der Rezeption anscharwenzelt und bittet darum, uns doch nicht so auffällig zu verhalten, es hätte schon jede Menge Beschwerden gegeben.

»Nicht so auffällig? Was meinen Sie damit?«, habe ich ihn gefragt, da hat er rumgedruckst und erklärt: »Nun, unsere Gäste sind so was nicht gewöhnt«, und ich hab gefragt, ob er mit »so was« etwa meine Kinder meine. Oder mich, oder gar uns alle. Daraufhin kam er wieder mit seiner Leier, sie seien halt ein Gay-Resort, da erwarteten die Gäste keine Kinder zum Frühstück. Und ich daraufhin, das sei ja noch schöner, meine Kinder gäb's hier nicht zum Frühstück. Aber den Spruch hat leider nur Thea kapiert, ich war schon ein bisschen stolz, als sie losprustete. Am Nebentisch lachte ein rothaariger, junger Mann auf, immerhin. Nur Schwüppi hat natürlich nichts gecheckt, schon gar nicht seinen sprachlichen Fauxpas, meinte jedoch, genau das, er deutete auf die lachende Thea, das sei eben unangemessen.

»Das ist bloß ein lachendes Kind«, klärte ich ihn auf.

»Ich bin kein Kind mehr!«, warf Thea ein.

»Das denkt sie«, sagte ich zu dem Rezeptionsbürschchen, woraufhin Thea protestierte und prompt Felix losgiggelte, weil Thea ihm gegenüber immer voll auf erwachsen macht. Der Disput mit dem Tresenboy drohte, mir gerade zu entgleiten.

»Ich bin Teenager«, beharrte Thea.

»Ach, nee?«, blaffte ich sie an. »Weil du neulich stolze eleventeen geworden bist?«

Superschwüppi schnappte derweil ein paar Mal nach Luft, fing sich wieder und zischte uns zu: »Check-out ist um elf«, und machte die Biege. Beim Wörtchen »Check-out« atmeten ein paar Männer im Raum hörbar auf.

Draußen vorm Speisesaal sah ich Schwüppi aufgeregt mit seinem Chef gestikulieren. Hatte was von Ausdruckstanz. Gerade mimte er einen sterbenden Schwan, der von einem Wolf zerfleischt wurde.

Kaum war er damit fertig, hatte ich den Chef auch schon bei mir am Tisch sitzen. Na super, das war ja ein wirklich entspanntes Frühstück!

Allerdings hatte er höflich gefragt, ob er sich zu mir setzen dürfe, und dabei sogar die Kinder angeschaut, die plötzlich verschüchtert nickten.

»Ich weiß nicht, inwieweit wir uns heute Nacht schon vorgestellt haben. Helmer Klotz. Mir gehört dieses kleine Etablissement. Haben Sie gut geschlafen?«

»Ja«, sagte ich.

»Mama, was heißt ›Etablissement‹?«, fragte Felix.

»Das ist …«, was weiß ich! Ich bin Schulsekretärin, keine Deutschlehrerin. Wie erklärte man so was am besten? Lehrer können erklären. Ich kann nur Lehrern was erklären.

»Etwas, wo man hingeht und Zeit verbringt«, sprang mir Herr Klotz bei. »Ein Hotel, ein Café oder dieses Gästehaus.«

»Oder deine Schule«, funkte Thea dazwischen. Himmel hilf, hoffentlich merkte Felix sich das Wort nicht! Ich malte mir schon die Debatten mit seiner Grundschullehrerin aus: »Frau Tänzer, der Felix hat heute Morgen gesagt, ich zitiere wörtlich, ›im *Etablissement* der 1c fehle etwas Pink‹. Können Sie sich vorstellen, woher er das Wort hat?«

Als wäre Felix' Rosafimmel nicht für sich schon schwierig genug zu erklären! Aber es ergäbe durchaus ein stimmiges Bild. »Ach, wissen Sie, Frau Bender, ich betreibe im Heizungskeller unserer Schule ein kleines Privatbordell für Lehrkörper und Oberstufe, und immer wenn Felix ungezogen war, muss er dort die Kissen aufschütteln.«

Herr Klotz trug übrigens auch Rosa. Aber sehr dezent, ein Hemd, dazu eine dunkle Jeans, darüber ein lockeres schwarzes Sakko. Ich schätzte ihn auf knapp fünfzig, Haare schon etwas schütter und eine kleine Platte am Hinterkopf, aber trotz leichtem Bäuchlein alles in allem durchaus ansehnlich. Natürlich sehr gut gebräunt. Im Grunde eine gute Partie, mir würden mindestens zwei Lehrerkolleginnen bei uns einfallen, die sich um eine gemeinsame Pausenaufsicht mit ihm reißen würden, ach was, *prügeln*. Und ein Kollege.

Die Falten in seinem Gesicht wirkten allerdings ein wenig streng. Vielleicht ging von ihnen die Autorität aus, die er offenbar in den ganzen Frühstücksraum ausstrahlte. Es klingt bescheuert, aber ich bin mir sicher: Sobald er an unserem Tisch saß, wurden die argwöhnischen Blicke im Raum *stiller*! Vorher hatten sie gezischt.

In die Stille der verstummten Blicke hinein rappelte auf einmal mein Handy.

»Ihr Handy klingelt«, sagte Herr Klotz mit jenem Unterton, der Geduld simulierte, aber eigentlich nur ausdrückte, dass er sich seine Gutmütigkeit schon vor Jahrzehnten abtrainiert hatte. Sechzigjährige Physiklehrer sprechen so.

Obwohl ich nicht aufs Handy zu schauen brauchte, um zu wissen, wer es war, tat ich es dennoch. Vielleicht rief ja der Pannendienst zurück, mit dessen Callcenteridioten ich mich vorhin irgendwo zwischen Auslandseinsatz, »Plus-Mitgliedschaft« (hatten wir die? Ich glaube schon), Fahrzeughalter, fehlender ADAC-Clubkarte (bei Dennis im Portemonnaie) und Kfz-Kennzeichen verheddert hatte. Scheißdreck, ich konnte mir die Ziffern von unserem Kennzeichen noch nie merken. Ich fuhr die Karre ja so gut wie nie. »Dann schauen Sie doch in den Fahrzeugschein«, hatte der Typ gesagt. »Geht nicht, der steckt ebenfalls bei meinem zukünftigen Exmann im Portemonnaie«, gab ich zurück. Dann schwiegen wir eine Weile, bevor der Typ sagte, ich solle vielleicht erst meine Ehe reparieren, bevor ich mich des Wagens annähme. Daraufhin bin ich ausgerastet, hab ihn angeschrien, er solle sich seine Scheißwortwitze sparen, ansonsten könne er gleich weitermachen, denn mein Mann sei ja wie er ein Profi im Abschleppen, harhar! Da hat sich der Callcenteridiot tausendmal entschuldigt und versprochen, er sehe mal, was er tun könne. Ich solle aber bitte in der Zwischenzeit rausfinden, wo genau ich liegengeblieben sei. »Irgend so eine Scheißstraße auf Sardinien« sei doch etwas zu unkonkret für den lokalen Abschleppservice. Erst nach dem Auflegen fiel mir ein, dass das Auto ja nur 'nen halben Kilometer entfernt an der Straße stand; dort hätt ich das Kennzeichen ja problemlos nachschauen können.

Doch kein Rückruf bislang von ihm.

»Ist nur mein Mann«, klärte ich Herrn Klotz auf und

verwarf, nur kurz ranzugehen, um Dennis wenigstens nach unserer ADAC-Mitgliedsnummer zu fragen. »Wohl eher ›Exmann‹, also ›zukünftiger Exmann‹, was weiß ich«, sagte ich und wischte den Anruf weg. Wie ich es seit gestern Abend schon ein paar hundert Mal gemacht hatte. Mit einem Wisch ist alles weg: die Zewa-Ehe. Ach, wenn es so einfach wäre!

Thea guckte gequält beim Wort »Exmann«. Felix' Aufmerksamkeit war zum Glück davon gefesselt, Herrn Klotz' Hemd anzuglotzen, als sähe er gerade eine Folge *Spongebob Schwammkopf* auf dessen Brustkorb.

»Und, was haben Sie nun vor?«, fragte der Hoteldirektor.

»Ich warte auf den Rückruf vom Pannendienst.«

»Ein Mietwagen?«

»Leider nein, unser eigener.«

Herr Klotz schien sehr erstaunt. »Sie sind mit dem *eigenen* Wagen auf Sardinien? Wieso?«

Wenn ich das wüsste!

»Weil mein Mann, Exmann, mein zukünftiger Exmann, suchen Sie sich was aus, Flugangst hat und sein Auto liebt. Ursächliche Zusammenhänge sind denkbar. Jedenfalls macht er nichts lieber, als Jahr für Jahr mit der Familie zwanzig Stunden durch halb Europa zu gondeln. Für ihn ist das der perfekte Start in die Ferien.«

Traurig, aber wahr. Ich glaube, Dennis' Traumurlaub wäre die Teilnahme an der Ralley Paris-Dakar. Mit zwei quengelnden Kindern auf dem Rücksitz. Und zwei blonden Babysittern mit Körbchengröße Doppel-G im Kofferraum.

»Aha«, sagte Herr Klotz und blickte mit seinem Physiklehrergesicht streng drein, als hätte die ganze Schulklasse wieder nicht begriffen, was Osmose ist (falls das was mit Physik zu tun hat).

Vor drei Jahren waren wir an der Algarve. Mit dem Auto. Felix war drei, Thea gerade acht! In Spanien fiel dann die Klimaanlage von unserem Monsterrenault aus. Das war der erste Urlaub, wo wir für die Kinder nicht alle zwei Stunden 'ne Pipipause machen mussten, stattdessen hielten wir alle zwei Stunden an, um sie auszuwringen und neu zu bewässern. Es war die Hölle!

»Wann geht Ihre Fähre?«

»Am nächsten Freitag von Olbia nach Livorno.« Fuck! Und die Tickets steckten bei Dennis in der Brieftasche. Neben dem Fahrzeugschein. Und der ADAC-Clubkarte. Verdammte Scheiße!

»Moment, und warum sind Sie dann hier?«, fragte Herr Klotz.

»Weil ... wir hatten eine Ferienwohnung bei Monte Nai an der Costa Rei, und ...«

»Aber von dort aus gesehen liegt Olbia im Norden, und wir liegen westlich davon.«

»Ja, aber ich dachte ...« Herrgott, wurde das hier ein Verhör? Was wusste ich denn! Ich kenn mich mit Himmelsrichtungen auf Sardinien nicht aus. Meine einzige Himmelsrichtung gestern Abend hatte drei Buchstaben und lautete »WEG!«. Also hab ich die Kinder eingepackt und bin weggefahren, ganz einfach! Richtung Cagliari schien mir nicht verkehrt, in der Großstadt würde ich sicher ein Hotel für uns drei finden, und da wollte ich weitersehen. Doch dann Gewitter, Motorschaden und Ende im Gelände. Und jetzt waren wir hier. Allein unter Homos. Und ich befand mich gerade im Kreuzverhör vom Papa Schlumpf der Gleichgeschlechtlichen.

Ich versuchte, es Herrn Klotz etwas geordneter zu schildern. Die Schwierigkeit bestand darin, dass ich währenddessen selbst erst einmal ordnen musste, was ich eigentlich vorhatte. Die vergessenen Fährtickets kamen als dezentes Detailproblem noch hinzu.

»Darf ich Ihnen einen pragmatischen Vorschlag machen?«, fragte Herr Klotz.

»Ich gehe nicht zurück zu meinem Mann!«

Die Kinder sahen gequält auf – was mich an etwas erinnerte. »Seid ihr fertig mit Frühstücken? Dann ab, Zähneputzen. Wir haben noch Zeit, und Herr Klotz und ich müssen etwas besprechen: Wollt ihr nicht draußen spielen?«

Entrüstet schaute Thea mich an. In ihrem Alter spielte man nicht mehr. (Denkt sie. Wenn sie sich unbeobachtet fühlt, baut sie Justin Biebers Villa aus Lego nach.)

»Ihr könnt auch in den Pool«, bot Herr Klotz an.

»Au ja!«, rief Felix sofort begeistert und rutschte von seinem Stuhl runter. Selbst Thea konnte man anmerken, dass in ihrem Kopf gerade ein präpubertärer Entscheidungskampf entbrannt war: Teilnahme am Erwachsenengespräch gegen lässiges Chillen am Pool.

»Also los«, entschied ich für sie. »Thea, pass auf Felix auf. Die Schwimmflügel sind in der Badetasche. Und Eincremen nicht vergessen.«

Die beiden rauschten ab, Felix hüpfend vorneweg. Ich schaute Herr Klotz an: »Also, wie lautet Ihr pragmatischer Vorschlag?«

»Wir schauen gleich mal nach Ihrem Auto. Wenn es nicht funktioniert, sollten Sie fliegen. Cagliari hat den größten Flughafen auf Sardinien, den steuern alle Ferienflieger an. Das wird nicht einfach, womöglich nicht billig, aber irgendwie kommen Sie schon heim.«

»Aber ich kann den Wagen doch nicht hierlassen?«

»Gegenfrage: Wie ernst ist es Ihnen mit der Trennung?«

Ich überlegte nur kurz. »Sehr ernst. Das ist nicht das erste Mal, dass Dennis fremdvögelt, aber dann noch im Urlaub mit irgendeiner englischen Tussi, quasi direkt vor meinen Augen!« Ich seufzte. Mein Seufzen platschte auf den Frühstücktisch, als hätte ich gerade auf den Tisch gerotzt. Verdammt, es war so demütigend! Ich spürte schon, wie sich meine Tränenkanäle wieder füllten, und redete deshalb lieber schnell weiter: »Nein, es ist Schluss. Ich bin mir ziemlich sicher, dass Dennis eine Geliebte hat und dass er die ebenso betrügt. Wir zoffen uns ständig. Wahrscheinlich wär nach dem Urlaub eh Schluss gewesen.«

Nun ja, das hatte ich vor den letzten Sommerferien auch schon gesagt. »Aber die Kids haben sich so auf den Urlaub gefreut, ach, überhaupt immer die Kinder, das Standardargument … aber was hat das mit dem Auto zu tun?« Und wieso erzählte ich Herrn Klotz das alles? Ich kannte ihn doch gar nicht! Oder tat ich es, *weil* ich ihn nicht kannte? Und/oder weil er schwul war und sich Frauen bekanntlich bei Schwulen am besten ausheulen können? Hab ich irgendwo mal gelesen. *Allegra*, *Neon*, *Schule heute*. Vielleicht auch nur in der *Apotheken-Umschau*.

»Weshalb tun Sie sich den Stress mit dem Auto an?«

»Weil … es ist doch unsere Karre, ich meine, na ja, zur Schule nehme ich immer den kleinen Polo, aber ich muss doch dafür sorgen, dass unser …«. Bis der Groschen bei mir fiel, dauerte es fast so lange wie sonst eine Tankfüllung beim klobigen Renault. »Nee, quatsch. Eigentlich ist es Dennis' Auto!«

Herr Klotz schaute nicht halb so triumphierend, wie

ich an seiner Stelle geguckt hätte. Eher wie ein Physiklehrer, dessen Schülerin endlich den hermeneutischen Zirkel kapiert hatte (falls das was mit Physik zu tun hat).

»Herr Klotz, Ihr Pragmatismus gefällt mir.«

Wir prüften das Auto nur halbherzig. Es sprang immer noch nicht an, der Tank war gefüllt, die Batterie hatte Saft, und im Motorraum saß auch kein gegrillter Marder mit Scherenhänden, trotzdem gab die Karre bei jedem Startversuch unwürdige Geräusche von sich, die man sonst nur von einer Magen-Darm-Grippe oder erstalkoholisierten Teenagern kennt.

Während Herr Klotz ein Warndreieck am Straßenrand platzierte, klaubte ich meine letzten Sachen aus dem Wagen. Als ich nachschaute, was die Kinder alles zwischen die Polster geschoben hatten, fand ich drei Legofiguren (unter anderem das blonde Legofräulein mit dem rosa Rock, an das Felix schon einen halben Jahresvorrat an Kindertränen verschwendet hatte), zwei Uno-Karten (davon einen Joker), einen Bravo-Ausschnitt aus der Doktor-Sommer-Seite zum Thema »Wann krieg ich endlich meine Tage?«, eine Zigarettenschachtel im Seitenfach der Fahrertür (Rauchte Dennis heimlich wieder? Wie hatte ich das nicht mitbekommen können? Küssten wir uns etwa so selten?) und unter dem Beifahrersitz ein gebrauchtes Kondom, das definitiv nicht ich mit meinem Mann benutzt hatte.

Dies war der Moment, in dem ich Herrn Klotz wutheulend fragte, ob er mir helfen könne, die Scheißkarre einfach anzuzünden.

Leider riet er mir davon ab. Allerdings solle ich meinem zukünftigen Exmann doch die einmalige Erfahrung gönnen, den Wagen bei den hiesigen Carabinieri auszulösen, wo er bestimmt bald landen würde (sofern nicht irgendein halbstarker Sarde zuvor auf die Idee mit dem Anzünden komme).

Ich band das Kondom ans Lenkrad. Es war widerlich, doch es würde Dennis an meine Wut erinnern. Das und die Beule, die ich in die Fahrertür trat.

HELMER

»Wieso helfen Sie mir eigentlich?«, fragte die Biofrau, immer noch mit Tränen in den Augen, als sie neben mir zum Hotel zurücktrottete.

Ich sagte nichts, sondern ließ sie weiterschniefen. Inzwischen stand die Sonne hoch am Himmel. Obwohl es erst kurz nach zehn war, ging es schon gegen dreißig Grad. Ich schwitzte. Die Frau heulte. So hatten wir jeder unseren Salzwasseroutput.

»Melden Sie sich an der Rezeption. Wir können Ihnen bei der Flugrecherche helfen.«

»An der Rezeption? Nein, danke! Mein Maß an Demütigung für heute ist voll«, pampte die Frau. »Ich komm schon klar!«

Offenbar hatte Gregor ganze Arbeit geleistet. Vielleicht sollte ich mal ein ernstes Wort mit ihm reden. Worauf sollte ich mich berufen? Grundgesetze der Höflichkeit? Toleranz? Genfer Flüchtlingskonvention?

»Keine Sorge. Dort hat jetzt Andreas Dienst. Der ist sehr freundlich und hilfsbereit.«

Ist er wirklich. Das charmante Herz meines Hotels. Ich war vielleicht das Hirn, das Emotionale hatte ich von Anfang an outgesourct. Gregor war wahrscheinlich die Galle. Oder der Gallenstein.

»Sie wollen mich schnellstmöglich loswerden, nicht wahr?«

»Wir sind ein Gay-Resort«, fiel mir nur ein. »Sie sehen ja, was Ihre Anwesenheit bei einigen Gästen hier hervorruft. Aber die Flugrecherche wird ein bisschen Zeit kosten. Machen Sie sich keinen Stress, das Zimmer steht Ihnen den ganzen Tag noch zur Verfügung. Und lassen Sie sich von Andreas helfen, er weiß im Zweifel auch, wen er am Airport anrufen muss.«

So sehr homophobe Verschwörungstheoretiker von schwulen Netzwerken in Politik und Wirtschaft wahnreden, im Kleinen sind sie manchmal so vorhanden wie zweckdienlich. Und wer dringend einen Platz im Abendflug von Cagliari nach Berlin benötigt, weiß es sehr zu schätzen, wenn das eigene Personal schon mit der ein oder anderen Saftschubse von Air Berlin und EasyJet geschlafen hat.

»Sie helfen mir also nur, weil ich schnell das Zimmer räumen soll!«

»Nein, natürlich nicht«, stellte ich richtig und suchte nach einer schlüssigen Begründung für meine anscheinend überraschende Hilfsbereitschaft. »Wissen Sie, Schwule sind für stabile Langzeitbeziehungen nicht so bekannt. Sagen wir es so, ich hab eine gewisse Erfahrung mit unschönen Trennungen.«

Gott, was für eine erbärmliche Erklärung. Doch sie schien die Frau einstweilen zufriedenzustellen. »Danke«, sagte sie und nickte wissend.

Ich hab erst gar nicht verstanden, was die meinten! Da stieg so ein Mann aus dem Pool mit einer Badehose, wo hinten eine weiße »15« draufstand, und sagte zu einem anderen Mann, der fast dieselbe Badehose anhatte, nur in Schwarz, aber auch mit 'ner »15«: »Ich hör auf. Ich glaub, das Wasser ist heute verunreinigt.«

Plötzlich kriegte ich voll die Panik, weil Felix da ja gerade drin war, und so wie er planschte, sicher ganz viel Wasser schluckte! Da fragte der andere: »Warum?«

Daraufhin der erste wieder: »Sieh doch mal, wie groß die Bakterien heute sind!« Er zeigte auf Felix, und beide lachten total schäbig los.

»Oh Gott, und sie tragen sogar Schwimmflügel!«, rief der andere: »Mutantenalarm!«

Das fand ich supergemein! Da hab ich mich zu den beiden umgedreht, immerhin bin ich Felix' Schwester, und rief: »Spinnen Sie? Mein Bruder ist doch keine Bakterie!«

Am liebsten hätte ich den Typen in den Pool geschubst, aber da kam er ja gerade raus. Außerdem war er deutlich größer als ich.

»Hui, da ist aber jemand wütend!«

»Natürlich bin ich wütend! So was sagt man doch nicht!«

»Ja ja, schon gut, Mädchen. War ja nur 'n Scherz!«

»Aber ein schlechter!« Ich hab versucht, so böse zu gucken, wie ich konnte; ich glaube, ich kann das schon fast so gut wie Mom.

»Und du bist seine große Schwester?«, fragte der eine.

»Natürlich! Wenn er mein Bruder ist, bin ich wohl seine Schwester.« Besonders helle schien der in der schwarzen Badehose nicht zu sein.

»Schwestern sind wir hier alle«, gackerte daraufhin der

andere los. Er war wohl mehr so der Klassenclown – wenn das hier eine Klasse wäre. Und er komisch.

»Lasst uns doch einfach in Ruhe!«

»Komm runter, Kleine. Wir sind schon weg. Komm, Patrick, wir gehen. Bevor uns die Bakterienschwester hier noch zerfleischt!«

Die beiden steuerten dann zwei Liegestühle auf der anderen Poolseite an. Dabei sagte der Scherzkeks noch zu seinem Freund: »Ich wette, wenn sie mal groß ist, will sie Kampflesbe werden!«

Ich vermute, das war auch fies gemeint. Klar, was Lesben sind, weiß ich, Frauen, die schwul sind, nur heißt es da anders, aber was sollte das mit dem »Kampf«?

»Na, denen hast du's aber gezeigt!«

Ich drehte mich um. Im Liegestuhl am Pool saß eine ältere Frau und schaute zu mir rüber. Sie lächelte. Sie hielt ein Sektglas in der Hand und prostete mir zu. Ich verstand nur »Shampoo«. Dazu das Glas in der Hand, hä?!

»Haben Sie gerade ›Shampoo‹ gesagt?«

»Chapeau! Das ist Französisch, mein Kind, und heißt so viel wie ›Hut ab! Respekt!‹ Bist erst ein paar Stunden hier und legst dich gleich mit unseren Fitnessfreaks an. Aber zu Recht, die beiden waren auch gar zu biestig. Ach, komm doch etwas näher, dann muss ich nicht über den halben Pool krakeelen.«

Ich zögerte, denn irgendwas fand ich sonderbar an der Frau, außerdem trank sie morgens um zehn schon Alkohol.

Aber ich war neugierig, außerdem war sie ja nett zu mir. Jedenfalls hatte ich nicht das Gefühl, dass sie mich auch nur verarschen wollte.

Felix paddelte durch das Wasser und rief mir zu: »Guck

mal, Thea, ich paddle wie ein Hund!« Dann wollte er bellen, schluckte Wasser und war nur noch ein hustender Hund.

Sonst saß nur noch ein Mann am Pool, der war am Lesen, den schien Felix' Husten nicht zu stören. Und die beiden Doofen von eben lagen weit weg, glotzten allerdings blöd zu mir rüber.

Ich ging also zu der alten Frau, und plötzlich war mir auch klar, was ich sonderbar an der Frau fand: Die Frau war ein Mann.

Sie, also er, saß in einem Liegestuhl und hatte so 'ne Art Kleid an. Eigentlich mehr so einen Bademantel, aber nicht aus Frottee und irgendwie anders geschnitten. In Japan tragen sie so was, ich weiß nicht, wie das heißt, jedenfalls so'n Sack mit Blumen.

»Guten Morgen! Ich bin Olga.«

Sie hielt mir die Hand hin. Ich war so überrascht, dass ich zuerst vergaß, sie zu nehmen. Stattdessen sagte ich: »Hallo, ich heiße Thea«, und schüttelte ihr anschließend die Hand. Eigentlich die falsche Reihenfolge, aber egal. So oft schüttle ich ja nicht Frauen die Hand, die in Wahrheit Männer sind, oder umgekehrt. Dann wusste ich nicht, was ich sagen sollte, und nahm das Erstbeste, was mir einfiel, dabei funktioniert das schon in der Schule so gut wie nie. Frau Henke sagt immer, ich soll lieber mal nachdenken, bevor ich den Mund aufmache.

Ich fragte: »Trinken Sie da Alkohol?«

»Na, das ist ja mal ein Einstieg für einen kleinen Small Talk!«, rief die Mannfrau. »Nein, mein Täubchen, das ist kein Alkohol, das ist ein Hugo. Holunderblüte, Minze, Eis und einen Fingerbreit Prosecco.«

Ich hab wohl immer noch komisch geguckt, jedenfalls

meinte sie dann: »Okay, aber der Barkeeper hat sehr große Finger.« Sie giggelte und nahm einen Schluck.

»Machen Sie hier Urlaub?«, war meine nächste dumme Frage.

»Natürlich, seit Jahren jeden Sommer. Aber, Kindchen, sag bitte du zu mir, sonst komm ich mir so alt vor.«

»Aber Sie *sind* alt.« Das war vielleicht auch nicht so klug. Als ich das mal zu Frau Henke gesagt habe, bekam ich einen Eintrag ins Klassenbuch. »Thea hat heute ihre Klassenlehrerin beleidigt.« Das fand ich megaungerecht, denn Frau Henke ist mindestens schon vierzig!

»Nichts da, ich bin doch nicht alt! Ich bin fünfundzwanzig …«

»Fünfundzwanzig?!«

»… Zett.« Sie wurde geheimnisvoll wie 'ne Märchenerzählerin. »Unsereins bleibt ewig fünfundzwanzig. Danach zählen wir in Buchstaben weiter.« So schnell sie ihre Stimme gesenkt hatte, so fix brach sie nun in röhrendes Gelächter aus. Da musste ich einfach mitlachen.

Ich glaub, ich mochte Olga. Auch wenn sie etwas seltsam sprach. Es gibt da ein Fachwort für, irgendwas mit »aff-« … aber nicht »affig«, obwohl das auch passen würde. Wenn die Stimme so ist, als würde man ständig mit den Händen rumfuchteln. Find ich voll komisch, doch Olga verbesserte meine Laune, die wegen der Bakterientypen echt im Keller gewesen war.

Sie meinte, ich soll mich zu ihr setzen, wir könnten uns ja etwas unterhalten. Ich wusste nur nicht, worüber. Plötzlich stand einer der blöden Männer auf, und ich sah wieder seine Zahlenbadehose.

»Na, worüber sollen wir plaudern, Thea?«, fragte mich Olga.

Sollte ich das mit den Badehosen ansprechen? Hier trugen die Männer fast alle total enge Badehosen. Die Jungs bei mir in der Klasse haben beim Schwimmen immer weite Surfershorts an. Nur Timo hat auch so eine enge, und einmal hab ich aufgeschnappt, wie jemand in der Parallel gemeint hat, Timos Badehose wäre »voll schwul«. Ist das was typisch Schwules? Ist Timo schwul, nur weil er eine enge Badehose trägt? Kann ich mir nicht vorstellen. Timo ist im Schwimmverein. Ich schätze, da muss man solche Badehosen tragen. Bei Olympia springt ja auch niemand mit so bunten Kartoffelsäcken ins Wasser, wie sie die Jungs in meiner Klasse toll finden. Ich wette, die machen voll langsam. Enge Hosen sind auf jeden Fall besser als diese Stoffbeutel mit den riesenfetten Logos von Billabong und Quicksilver. Außerdem blähen die sich immer so doof auf, wenn man damit ins Wasser springt, und sehen aus wie vollgepupst.

»Warum stehen Zahlen hinten auf seiner Badehose?«, fragte ich Olga.

Die lachte. »Wo du nur hinschaust!«

Da bin ich kurz rot geworden, und Olga grinste breit.

»Überleg mal, was wir für ein Jahr haben?«

»2015.«

»Na also.«

»Da steht die Jahreszahl drauf?«

»Ja, das ist wie mit dem Jogurt im Kühlschrank: ein Verfallsdatum.«

»Aber Badesachen gehen irgendwann kaputt! Nach ein paar Jahren wird der Stoff immer dünner, und dann sagt Mom, dass man da schon durchgucken kann, und schmeißt sie weg. Die verfallen doch nicht!«

»Diese hier schon.«

»Und wenn man die Badehose nächstes Jahr auch noch schön findet?«

»Dann ist man out.«

»Wie blöd ist das denn! … Du bist aber nicht out?«, hab ich dann gefragt.

»Iiich? Niemals! Wir sind niemals out, wir von der Fummelfraktion.«

»Wie bitte?«

»Fummel, so nenn ich das, wenn ich Frauenkleider anhab.«

»Aber du bist ein Mann.«

»Ja. Meistens. Mal ja, mal nein.«

»Bist du ein Tran … Transva …«, verflixt, wie hieß das noch? »Transvertit?«

»Ein Transvestit? Ja, sagt man wohl so.« Sie machte eine wegwerfende Handbewegung. »Wenn schon, dann lieber Transe. Bei mir in Kreuzberg sagt man ›Tunte‹. Ich mag meine Fummel. Was sind schon Geschlechter? Am liebsten lauf ich so rum; aber manchmal wache ich auf, fühle mich total männlich und trag einen Tag lang nur Jeans und Holzfällerhemd. Aber dann reicht es wieder.« Olga lachte scheppernd.

»Und wie heißt du, wenn du ein Mann bist?«

»Auch Olga.«

»Aber das ist ein Frauenname!«

»Egal. Es ist für die meisten schon verwirrend genug, dass ich die Geschlechter wechsle, wenn ich da auch noch den Namen ständig wechsle, wird's zu unübersichtlich, nicht wahr? Natürlich steht in meinem Pass ein männlicher Name, aber so what, den hab ich selbst schon fast vergessen. Ich bin Olga. Und auf der Bühne kennt man mich als Olga diValdfee!«

Dazu breitete Olga die Arme aus wie ein Star, etwas von dem Hugo schwappte aus ihrem Glas und machte ›flapsch‹ auf dem Boden.

Auf einmal musste ich auch scheppernd lachen.

»Was ist los?«, krähte Felix, der plötzlich triefend nass neben uns stand.

»Felix, guck mal, die Frau ist ein Mann!«

»Cool«, sagte Felix, musterte Olga und legte den Kopf schief. Ich kenn das. Das macht er immer, wenn er nachdenkt.

»Darf ich dich was fragen?«, sagte er, und Olga zog die Augenbrauen hoch.

»Schieß los, kleiner Felix!«

Mannomann, was kam jetzt? Felix holte Luft und stellte seine Frage: »Darf ich vom Beckenrand springen? Im Freibad bei uns darf man das nicht, da wird der Bademeister immer böse. Bist du hier Bademeister … in?«

Olga lachte los. »Nee, spring ruhig.«

»Aber vorher gucken, ob jemand im Wasser ist!«, rief ich.

»Es sei denn, die Badehose hat 'ne Zahl drauf, dann darfste trotzdem springen!«, ergänzte Olga, aber Felix bekam nichts mehr mit. Es platschte laut, und Olgas Blumensack kriegte ein paar Spritzer ab.

»Eine rosa Badehose, sehr apart!«, sagte Olga. »Nur die orangefarbenen Schwimmflügel passen so überhaupt nicht dazu. Er sollte andere nehmen.«

»Oder schwimmen lernen.«

Daraufhin lachte Olga schallend, und ich stimmte ein und konnte nicht mehr aufhören. Absoluter Lachflash. Als dann noch ein Mann mit einer Badehose mit 'ner »14« auf'm Po vorbeiging, kriegten wir uns gar nicht mehr ein.

»Du bist voll out!«, rief ich übermütig, und Olga prustete los und ist fast vom Liegestuhl gefallen. Ich glaube, wir verstanden uns ganz gut.

ILKA

Herr Klotz hatte nicht zu viel versprochen. Andreas war wirklich ein Herzchen. Typ Knutschkugel. Na ja, nicht wirklich Kugel, eher Knutschkartoffel, Knutschpflaume – aber wie klingt das denn? Ein bisschen wie eine Slim-Fast-Variante von Dirk Bach. Dass der so früh gestorben ist, fand ich ja wirklich traurig. Ach, die Besten gehen immer zuerst.

Andreas erinnerte mich ein wenig an ihn, vielleicht war es auch nur das Verschmitzte in seinen Gesichtszügen. Übergewicht hatte er auch, aber es war maßvoll verteilt und er deutlich weniger bunt gekleidet. Er hatte einen lustigen Vollbart, eine spiegelglatte Glatze und trug ein kastenförmiges, schwarzes Brillengestell. Er hatte ein blaues, kurzärmliges Hemd und eine indisch anmutende weiße Wickelhose an, die sich permanent bauschte, wenn er hinter dem Empfangstresen hin und her wirbelte. Das tat er gerade sehr ausgiebig, da mehrere Leute auscheckten. Es war kurz nach elf.

Ich stellte mich an und beobachtete ihn. Er war sehr eloquent im Umgang mit den Gästen, duzte alle konsequent und flirtete wie ein Barkeeper, der auf üppiges Trinkgeld spekulierte.

»Ciao Mädels, beehrt mich bald wieder!«, rief er zwei Typen hinterher, die, wenn überhaupt an Mädels, bloß an usbekische Hammerwerferinnen erinnerten. Die beiden beehrten Andreas mit Luftküsschen, bevor sie hinausgingen.

»So«, wandte er sich unvermittelt mir zu: »Du bist also die Biofrau. Ich darf doch du sagen, oder?«

»Klar, hallo. Wieso fragen Sie, ich meine, fragst du? Die anderen hast du einfach so geduzt …«

»Die sind ja auch alle schwul, da gehört das zur Etikette. Wir fühlen uns jünger dadurch. Außerdem gehören wir doch alle zu einer Familie.« Er sang: »We are a family …«, dann gähnte er demonstrativ. »'tschuldige, das macht mich immer so müde …«

Ich kam nicht umhin, breit zu grinsen.

»Ihr duzt euch alle?«

»Außer Herrn Klotz, den darf nur ich duzen, woran du schon siehst, wie wichtig ich hier bin.« Er streckte die Brust raus, wodurch sein Körper nur noch kartoffeliger wirkte.

»Herr Klotz meinte, ich sollte mich mal bei dir melden.«

»Ja, ich bin im Bilde, hab schon viel von dir gehört.«

»Du hast viel von mir gehört?«

»Ja«, er grinste mehr als spitzbübisch, schien eine Sekunde zu zögern, bevor er den nächsten Satz raushaute: »Aber du siehst ja sogar richtig hübsch aus!«

Na, das nenn ich mal ein Kompliment. Ich schnappte noch nach Luft, jedenfalls tat ich so, als er anfügte: »Sorry, aber die Vorlage war einfach zu gut.«

»So so.«

»Na, was man so hört, hatte ich mir dich ein wenig anders vorgestellt …«

»Wie denn?«

»Nein, nein, ich werd mich nicht hinreißen lassen, über überforderte Kollegen zu lästern. Oops!«

»Darf ich raten? Als eine Art heterosexuelle Furie?«

»Nicht ganz. Mehr so eine Mischung aus Alice Schwarzer und Regan MacNeil, falls du …«

»Ich weiß!«, schnaufte ich. »Die Untote aus *Der Exorzist*.«

»Keine Sorge, ich find dein Lächeln deutlich entspannter«, charmeschleuderte Andreas.

»Das will ich auch hoffen. Aber wenn dein Kollege mich noch einmal so behandelt wie heute Nacht, verwandle ich mich in Leatherface.«

Hätte mir jemand vor zwei Tagen gesagt, dass ich in Kürze in einem Hotel für Homosexuelle mein gesammeltes Horrorfilmwissen auspacken würde, hätte ich denjenigen angeguckt, als wolle er mir beibiegen, dass es bald einen achten *Saw*-Film gebe – mit Schlumpfine in der Hauptrolle.

Andreas ließ sich nicht lange bitten. »Uiui … Hauptsache, du verlangst nicht von mir, für den Rückflug deine Kettensäge als Handgepäck anzumelden.«

Er lächelte spöttisch.

»Ich dachte, ihr Schwulen schaut am liebsten Musicalfilme und so«, rutschte mir raus. »Woher das profunde Splatterfilm-Wissen?«

»Ich arbeite an einer Hotelrezeption. Irgendwo muss ich doch meine Aggressionen verarbeiten. Und du?«

»Ich arbeite als Schulsekretärin, hab einen Mann, der mich betrügt, und zwei Kinder.«

»Verstehe.« Andreas nickte mitfühlend. »Ach ja, nervige Blagen hab ich auch …«

Überrascht schaute ich auf, darauf er: »Moment, wie viele Hotelgäste haben wir gerade …?«

Als zwei von ihnen sich hinter mir anstellten, wechselte Andreas vom Schäker- in den Profimodus: »Ich bin leider noch nicht dazu gekommen, nach Flügen zu schauen. Hier war gerade die Check-out-Welle. Aber leicht wird das sicher nicht … Hast du einen Moment Zeit?«

»Wir können auch parallel gucken.« Ich hielt mein Tablet hoch. Nun, eigentlich war es Dennis' Tablet, zumindest benutzte nur er es. Es war das Letzte, das ich gegriffen hatte, als ich gestern Abend aus der Wohnung gerauscht war. Ich wollte ihm unbedingt noch was klauen. Erst im Auto fiel mir ein, dass er es ja mir geschenkt hatte, Weihnachten vor eineinhalb Jahren. »WLAN habt ihr doch, oder?«

Andreas nickte und reichte mir ein Zettelchen mit dem Zugangscode. »Erst mal die gängigen Portale und Fluglinien«, schlug er vor. »Du Easyjet, ich Air Berlin, Germanwings, dann die anderen. Wie alt sind die Kids?«

»Elf und sechs.«

»Finanzielle Ressourcen?«

»Hm, ich sag mal … begrenzt.«

»Okay«, er sog die Luft zwischen den Lippen ein und lächelte breit. »Ich liebe Herausforderungen.«

HELMER

»Schöne Anlage«, sagte die Frau, die plötzlich neben mir stand und eine Zigarette aus der Packung schüttelte.

»Was macht die Flugsuche?«, fragte ich.

Sie seufzte etwas genervt. »Die läuft. Sieht aus, als kämen wir schon von dieser Insel runter. Ob in einem Stück, müssen wir noch sehen. Und eventuell müssen meine Kinder demnächst Fußbälle nähen, um den Flug zu bezahlen.« Sie gluckste hämisch und versuchte, sich die Zigarette anzuzünden, hatte aber die Rechnung ohne den Seewind gemacht. Ich gab ihr mit meinen Händen Schutz vor der Zugluft.

»Sie rauchen?«

»Wieder.«

Sie nahm einen Zug und hustete.

»Ist die erste seit zwölf Jahren. Hab aufgehört, als ich mit Thea schwanger war.«

»Was meinen Sie mit ›in einem Stück‹?«

»Kann sein, dass Thea allein fliegen muss, aber das sollte sie schaffen. Andreas versucht gerade, was zu drehen, er hat 'nen Bekannten bei Germanwings … Sie haben übrigens recht, Ihr Andreas ist wirklich großartig! Danke!«

Ihr Dank ging in ein Krächzen über, erneut hustete sie, und der Rauch waberte gen Pool davon. Hatte sie eben wirklich »schöne Anlage« gesagt?

Das Rainbow Inn liegt auf einer kleinen Halbinsel. Das kann man malerisch finden, zumindest wenn man gerne klobige Felsen malt und Meer. Als mein Vater die Fotos vom Gelände sah, hätte man ihn gut als Munchs Schreihals ins Bild reinpinseln können.

»Halbinsel« ist, zugegeben, auch etwas übertrieben. Sagen wir: Wäre der Golf von Cagliari ein Ententeich, wäre es eine Halbinsel. So ist es wohl nicht mehr als ein verschorfter Pickel in der sardischen Küstenlinie. Die Ortsnamen sagen im Prinzip alles: Terra Mala heißt das nächste Dorf, das kann man mit »schlechter Boden«, aber auch »verdammte Erde« übersetzen. Hier ums Eck gibt es einen verfallenen Sarazenerturm mit dem wohlklingenden Namen »Mortorio«, was nichts anderes bedeutet als »Begräbnis«. »Mortorio!«, sagt der Italiener, wenn er »tote Hose« meint.

»Ist doch alles schön angelegt«, sagte die Frau und rauchte inzwischen souveräner.

Ha, schön angelegt! Da war mein alter Herr anderer Meinung gewesen. Aber immerhin konnte ich mit dem Gay Beach am Mari Pintau werben. Ein malerischer Sandstrand, allerdings trafen sich die Schwulen und die Nackten auf den Felsen neben dem Strand. Nicht anders als an Nord- und Ostsee, nur liegt dort meist der Hundestrand noch dazwischen. So hat alles seine natürliche Ordnung: erst die Hunde, dann die Nackerten, dann die Schwuchteln. Der Gay Beach gehört übrigens auch zu Terra Mala. Böses Gelände!

Das Haupthaus, schlicht verputzt mit terrakottafarbenen Dachziegeln, öffnet sich zum Meer wie ein im Geröll vergessener Bumerang, zwischen ihm und den Felsklippen liegt der Pool mit der ovalen Terrasse drumherum. Etwas abseits und ein paar Meter erhöht stehen ohne sichtliche Ordnung ein paar Nebengebäude.

Wenn ich den nuschelnden sardischen Bauern, der mir dieses Gelände einst verkaufte, richtig verstanden habe, wurde das Areal hier zu Kriegszeiten als Spähposten benutzt, und aus der Zeit stammten die Grundmauern der Nebengebäude. Viel passiert ist im Weltkrieg auf Sardinien nicht. Irgendwo bei Cagliari waren die Deutschen stationiert, die mit den sardischen Einheiten verbündet waren und die Insel beschützen sollten, falls die Alliierten hier einfallen würden. Was sie natürlich nie taten. Dafür folgten mehrere Angriffswellen von Malariamücken und fügten der Wehrmacht herbe Verluste zu. Kurze Zeit befürchtete ich, wir würden bei den Erdarbeiten für das Resort noch ein paar verbeulte Stahlhelme ausbuddeln. Doch weit gefehlt. War hier vielleicht doch nur ein kleiner Ausguck auf den Golf von Cagliari mit ein paar Unterständen gewesen? Mitunter war das alles aber auch nur

Wehrmachtsgarn eines sardischen Bauern, für den 39 bis 45 zuletzt nur noch Volumenprozente bezeichneten.

Das solideste der Nebengebäude nannte er immer »Anesso«. Ich beließ es bei dem einfallslosen Namen. In teutonischen Touristenohren klingt es herrlich mediterran. Für meine Zwecke war es perfekt. Ich hab dort zwei Räume eingerichtet für Kurse, Seminare, Meetings, Briefings und sonstige Aroundsittings; ein paar Wirtschaftsräume, das kleine Fitnessstudio und die Sauna untergebracht sowie den Playroom, damit sich die Fetischfraktion im Urlaub nicht langweilt. »Jeder nach seiner Fassung«, wie der deutsche Kosmopolit sagt, und recht hat er: Ums Festschrauben und Dübeln geht's dort ja auch.

Zwischen Anesso und Pool liegt eine leicht abschüssige Rasenfläche. Von dort kam auf einmal Kinderlachen. Offenbar reicht das Gefälle aus, dass man sich als Kind den unscheinbaren Hang hinunterrollen kann. War mir neu. Felix verhalf mir zu dieser Entdeckung. In rosa Badehose und umtollt von Raffaels furchtbarem Bassett. Ein Vieh, das ich bislang für ausgestopft oder zumindest ferngesteuert hielt. Denn wenn man etwas mit Raffael nicht in Verbindung brachte, dann das Wort »herumtollen«.

»Raffael tollt mit seinem Bassett durch ein paar Boutiquen auf der Düsseldorfer Kö.« Funktioniert nicht. Herrje! Ein Bassett mit Brillanthalsband! Wieso nicht gleich Ohrstecker, das böte sich bei dieser Hunderasse doch viel mehr an!

»Shirley!«, drang seine Stimme bis hierher. »Shirley, komm so-fort zu Papa!!! Wie oft hab ich dir das gesagt? Das ist nicht *gut* für dich! Komm zu Daddy!«

»… aber nur spielen!«, hörte ich eine kindliche Stimme zaghaft protestieren.

»Shirley! Ich will nicht schimpfen: Pass auf dein Herz auf!«

Wir beobachteten, wie Raffael der Hündin eine Leine anlegte, auch sie glitzerte übertrieben in der Sonne, und den enttäuschten Hund vom Rasen schleifte.

»Wir können nachher mit deinem Ball spielen! Den magst du doch so!«, redete er auf das Tier ein, während er sich uns näherte. »Du sollst doch nicht mit Kindern spielen. Du weißt doch, du bist herzkrank, da sind Kinder nicht gut für dich!«, sagte er gerade so laut, dass wir gezwungen waren mitzuhören. Raffael war eben ein Profi.

Der Bassett schaute sich noch einmal nach den Kindern um und wirkte nun noch trauriger als ohnehin schon. Dabei glotzen diese Viecher eh immer wie sieben Wochen Nieselregen im Hochsommer – kein Wunder, ist ja 'ne englische Rasse.

Die Frau neben mir pfiff leise vor sich hin. Die Melodie kannte ich – von früher.

»Spiel nicht mit den Schmuddelkindern!«, sagte ich.

»Ich hätte nicht gedacht, dass das ein Homosexueller kennt.«

»Ich hätte nicht gedacht, dass das eine Mittdreißigerin kennt.«

»Junger Mann, ich bin Schulsekretärin. Wir haben da so einen Altachtundsechziger, der das regelmäßig im Musikunterricht behandelt, aber ebenso regelmäßig nicht begreift, dass man die *Mundorgel* nicht in den automatischen Papiereinzug des Kopierers legen darf … Daher bin ich mit Text und Melodie bestens vertraut!«

Noch einmal zog sie an ihrer Zigarette, dabei war sie schon fast am Filter angelangt. Sie suchte nach einem Aschenbecher.

»Treten Sie sie aus. Ich hab nichts gesehen.«

Sie trat die Kippe aus und schob sie mit der Schuhspitze in den Schatten der Hauswand.

»Sie können mich übrigens gerne Ilka nennen.«

»Helmer. Aber wir bleiben bitte beim Sie.«

Sie nickte und schaute sich wieder um.

»Sie finden diese Anlage wirklich schön, Ilka?«, fragte ich.

»Auf jeden Fall«, sagte sie. »Wirklich! Also verglichen mit meinem Gymnasium in Hannover ist sie geradezu malerisch.« Sie lachte. »Wo ist der Strand?«

Ich deutete auf ein paar Felsen hinter dem Pool. »Da.«

Am Anesso vorbei führt eine Treppe hinab auf die Badefelsen: ein paar brauchbare Felsplateaus am Wasser, hier und da hatte ich Stege und terrassierte Holzflächen darauf und dazwischen setzen lassen, ein paar Edelstahlstiegen ins Meer angebracht und auf einem Felsen ein Sprungbrett installiert, etwas über drei Meter hoch. Es wird sogar gelegentlich genutzt. Es gibt erstaunlich viele schwule Schwimmer, und auf so einem Sprungbrett lässt sich hervorragend posen. Zumal man es von der Terrasse aus sehen kann. Als hätte sich das der Betreiber ausgedacht. (Ich hatte an der Eintauchstelle extra einen Findling vom Meeresboden entfernen lassen. Was für eine Irrsinnsaktion damals!)

Ja, das war die Anlage. Ich hatte sie schön angelegt. Im Grunde war sie wirklich hübsch, nachgerade perfekt. – Für Island. Oder Alcatraz.

Für eine Mittelmeerinsel, die für smaragdgrünes Meer vor strahlend weißen Sandstränden berühmt ist, war die Anlage jämmerlich. Aber Ehre, wem Ehre gebührt. Sie passt zu meiner Klientel.

»Okay, kein Strand. Unsere Schule hat immerhin ein Beachvolleyballfeld. Und da hinten?«, fragte mich Ilka.

»Da ist Schluss«, sagte ich, vielleicht eine Spur zu schroff.

Hinter den Nebengebäuden kommt nur noch Gestrüpp, ein paar überwucherte Ruinen garagenähnlicher Gebäude (das spräche für die Spähpostentheorie), Ginster und vor allem ein dichtes Gewirr aus verdammten Kakteen. Zwei Drittel meines Halbinselpickels sind davon bedeckt. Anfangs hatte ich von den Opuntien noch Kaktusfeigen geerntet, sie schmeckten süß und erfrischend, aber wenn man die Stacheln der Frucht nicht hundertprozentig abbrannte, fühlte man sich den Rest des Tages, als hätte man auf einem Seeigel herumgekaut.

»Da beginnt die Wildnis«, konkretisierte ich.

Dass die Wildnis von vielerlei Pfaden und Gängen durchzogen ist und allerlei Nischen bildet, in denen sich Männer gelegentlich zum Stelldichein zurückziehen, verschwieg ich lieber.

Aber so sind Schwule: Lassen Sie bei einem beliebigen Homosexuellen den Begriff »Dünen von Maspalomas« fallen, und er wird wissend grinsen. Und manches Auge wird leuchten. Nicht wenige Schwule haben beim Gran-Canaria-Urlaub ebendort den Urlaubsfick ihres Lebens genossen.

Wo zwei oder drei Schwule beisammen sind, ist das nächste Cruising-Gebiet nicht fern. Zumal sich so was bei den einheimischen Klemmschwestern ja auch schnell rumspricht. Und wenn dann noch die größte sardische Stadt nur zwanzig Autominuten entfernt liegt …

Ich hab das nie gewollt, aber so what, wenn's der Auslastung meines Hotels dient, dass ein paar notgeile Homosexuelle es romantisch finden, zwischen Stechginster und Kakteen untereinander oder anonym mit sardischen Bauerntölpeln oder Schrankschwestern zu poppen, soll's mir recht sein. Deshalb lass ich meinen Gärtner auch täglich die Pfade ablaufen und Tempos und Kondome einsammeln.

FELIX

Wir haben Fangen gespielt! Nachdem der blöde Mann uns seinen Hund weggenommen hat. Dabei hätte der viel lieber mit uns Fangen gespielt als mit seinem Scheißball. Fangen und Verstecken. Das geht hier nämlich total gut! Überall sind Wege, und die Bäume sehen komisch aus und haben ganz viele Stacheln. Da mussten Thea und ich ganz schön aufpassen. Thea ist dann immer weggelaufen und hat sich versteckt, und ich hab sie gesucht, und sie hat immer gerufen: »Vorsicht, Stacheln!«, und ist wieder weggelaufen. Und dann war da plötzlich ein Mann, aber der ist auch weggelaufen. Der hatte nur 'ne Badehose an. Ich glaube, der hatte sich verirrt. Wir haben dann weiter Packen gespielt. Es waren noch ein paar andere Männer da, die sind aber alle weggelaufen. Das hat voll Spaß gemacht.

HELMER

»Stillhalten!«

Andreas machte sich auch als Krankenschwester sehr gut. Mit seiner rundlichen Statur und der Pinzette in der Hand wirkte er ein bisschen wie Oberschwester Hildegard. Oberschwester mit Vollbart. Hildegard Wurst.

»Kommst du klar, Andreas?«

»Hab alles im Griff, Chef. Nur die übliche Kaktus-OP.«

Vor ihm auf der Krankenliege lag Boris wie ein ungehobelter Schrank. Tatsächlich sah man, wenn man ihn genau betrachtete, jede Menge Splitter aus seinem Holz ragen. Allerdings hatten sich diese sorgsam in seine nackte Haut hineingebohrt. Kakteen können bestechend gemein sein.

Boris wimmerte. Wobei man nicht wusste, ob es wegen der Stacheln war oder weil Raffael neben ihm zeterte wie ein zorniger Racheengel. »Kannst du nicht wenigstens mal im Urlaub deinen Schwengel bei dir behalten?«, fauchte er seinen Lover an. »Hätte ich mir ja denken können! Wir hatten eine ganz klare Abmachung! Offene Beziehung hin oder her, aber im Urlaub möchte ich dich exklusiv! Nur wir beide und Shirley!«

Zum Glück konzentrierte Andreas sich voll und ganz auf Boris' Kaktusrücken, ansonsten hätte er mein schadenfrohes Grinsen gesehen und sicher laut losgeprustet.

»Aber …«

»Nichts aber, ich hab uns extra dieses Hotel im Nichts auf einem erzkatholischen Eiland ausgesucht. Aber nein! Nicht nur zu Hause nimmst du jeden Arsch mit, der dir hingehalten wird, jetzt musst du auch noch hier das schmuddeligste, kleinste Cruising-Gebiet dieser gottverdammten Insel aufsuchen. War's wenigstens schön? Habt ihr Spaß gehabt?! Dir scheint ja offensichtlich Hören, Sehen und Denken vergangen zu sein. Oder biste inzwischen so grenzverblödet, dass du, wenn du notgeil bist, schon Kakteen rammelst?!«

Boris versuchte es mit der dümmsten aller Ausreden: »Wollte nur mal gucken … da war nix. Nur plötzlich Kinder … und da hab ich mich so erschrocken, dass …«

»Kinder!« Raffaels Stimme überschlug sich. Abrupt

wandte er sich zu mir um: »Herr Klotz, da müssen Sie einschreiten! Sehen Sie nicht, was geschehen ist? Mein Mann wurde von diesen Kindern schwer verletzt. Und das, nachdem sie heute schon fast meinen Hund zu Tode gehetzt haben!«

»Ich glaube nicht, dass wir von einer schweren Verletzung sprechen können«, warf Andreas rettend ein und drehte genüsslich einen gut zwei Zentimeter langen Dorn aus Boris' Schulterblatt. »Autsch!«, wimmerte der.

»Ich muss Ihnen widersprechen, Raffael«, äußerte ich mich. »Erstens gehört dieses Areal nicht mehr zum Rainbow Inn, und zweitens ist der gute Boris, wie es sich mir darstellt, vor einem Sechsjährigen davongelaufen und hat in seiner Panik anscheinend versucht, sich vor dieser Bedrohung in einem Kaktus zu verstecken. Ich glaube nicht, dass man einen Erstklässler dafür belangen kann.«

»Hab mich nur so erschrocken, wer rechnet denn mit Kindern …«, nuschelte Boris. Abermals zog Andreas einen Stachel aus einem aufgepumpten Muskel heraus, ich erwartete insgeheim, dass pfeifend die Luft entwich.

Raffael schnaubte verächtlich.

»Ach, und die Sache mit dem Hund: Ich glaube, Ihr Bassett war entgegen der Hotelordnung nicht angeleint und hat sich aus freien Stücken entschieden, mit den Kindern zu spielen.«

Raffael stieg förmlich Dampf aus den Nüstern, er war dabei, sich in einen rasenden Stier zu verwandeln. Na ja, eher in einen leicht anorektischen Stier in Designerflipflops, mit Brillantnasenring, der auf das rote Tuch auch nur deshalb losging, weil es die Farbe der letzten Saison war.

»Was hat Ihr Gemahl dort außerhalb des Hotelgeländes

eigentlich gesucht?«, warf ich ein. »Ich meine, er trug ja nur eine Badehose, weitab vom Wasser.«

»Nichts, ich wollte nur herausfinden, wohin die Wege führen«, gab Boris zu Protokoll, aber Andreas übertönte ihn, als er mir beisprang: »Außerdem bin ich mir absolut sicher, dass dem Boris sehr wohl bekannt ist, dass auf besagtem Gelände jede Menge stacheliges Zeug wächst.« Andreas zwinkerte mir zu. Ich weiß, dass er die Halbinsel gelegentlich selbst erkundet und immer im Bilde ist, welche meiner Gäste sich dort bevorzugt rumtreiben.

Boris winselte leise. Er hatte verstanden, und außerdem sickerte in sein Hirn durch, dass auch sein Partner Andreas' gut platzierten Schlag mit dem Zaunpfahl verstanden hatte.

»Komm du mir ins Zimmer!«, fauchte Raffael. »In meinem Bett schläft heute Shirley! Pah! Kein Wunder, dass du abends keinen mehr hochkriegst, wenn du den ganzen Tag durch die Rabatten krauchst und italienische Klemmschwestern polierst. Schlaf meinetwegen auf dem Fußboden, oder penn doch gleich zwischen den Kakteen, wenn du dich da so wohlfühlst!«

Raffael rauschte ab wie eine Furie auf Speed. Zurück blieb ein bis über beide Ohren grinsender Andreas und ein elend wimmernder Boris. Auf ihn würde heute noch Schwerstarbeit zukommen. Da Worte nicht seine Sprache waren, gab es genau genommen nur eine Möglichkeit für ihn, den Konflikt zu lösen.

Ich nahm Andreas zur Seite. »Wie wär's, wenn du ein paar Kaktusnadeln übersiehst?« Andreas schaute mich fragend an. »Damit Raffael beim Versöhnungssex auch noch was davon hat.«

Sein nur mühsam unterdrücktes Kichern wurde vom

Klingeln seines Mobiltelefons unterbrochen. Er ging ran und sprach Italienisch mit äußerst charmantem Timbre, offenbar seine Luftfahrtbekanntschaft vom Flughafen Cagliari. Dem Tonfall nach zu urteilen verabredeten sie sich zum Blümchensex in einem Himmelbett aus rosa Zuckerwatte, inhaltlich ging es aber nur um einen Flug für Thea. In Anbetracht der so traurigen Umstände würden sie es einrichten, dass das arme Mädchen notfalls auf einem der Besatzungssitze zur Beerdigung ihrer Oma mitfliegen dürfe. Das sei ja selbstverständlich.

»Ciao ciao, honey«, flötete Andreas ins Telefon, legte auf und schaute mich triumphierend an.

»So, das wär das. Donnerstag fliegen sie. Mutter und Kind mit Umsteigen in Stuttgart, die Tochter fliegt etwas später, kommt nur zwei Stunden nach ihr in Stuttgart an. Gemeinsamer Weiterflug nach Hannover. Bin ich gut, oder bin ich gut?«

»Du bist grandios. Donnerstag sagst du?«

»Ja, sie müssten nur noch drei Nächte irgendwo anders einchecken. Ich könnte mal beim Hotel Colonne anfragen, da kenne ich den Empfangschef, vielleicht könnte er da was …«

»Oder sie bleiben bis dahin einfach hier.« Der Satz war schneller ausgesprochen als durchdacht.

Es ist selten, Andreas ernsthaft überrascht zu erleben. Dies war so ein Moment.

»Oder sie bleiben hier«, sagte er zögerlich und lächelte dann wieder sein gewinnendes Rezeptionistenlächeln. »Das Zimmer könnten sie jedenfalls so lange haben. Gregor und Raffael würden bestimmt entzückt sein.«

»Wie wär's mit einem Gläschen Sekt?« Andreas stand mit zwei Gläsern vor mir. »Auf die erfolgreiche Flugsuche!«, verkündete er fröhlich.

»Worauf trinken wir? Dass ihr mich loswerdet?«

»Ach, wenn es darum ginge, hätte unser Chef beste Verbindungen zum sardischen Ortsverein der Mafia.«

Zugegeben, ich war noch ein wenig überfahren von Andreas' Frontalangriff und fragte nur: »Was? Mafia …? Ortsverein?«

»Ach Ilka, schau nicht so panisch. Lass mich doch ein wenig albern sein nach der stressigen Flugsuche. Auf Sardinien spielt die Mafia keine große Rolle, auch wenn mir unser Weinhändler manchmal arg verdächtig vorkommt.« Er griente. »Nein! Ihr kommt alle heim, und keins deiner Kinder muss ein inneres Organ verkaufen. Ich finde, wir haben uns ein Gläschen verdient!«

Ich lächelte. »Das hast du wirklich großartig hingekriegt, Andreas! Danke.«

»Nur Thea sollte auf ihrem Rückflug bitte ein bisschen traurig aussehen, vor allem, wenn sie auf ihre Oma angesprochen wird. Kann sie lügen?«

»Wenn es um ihre Hausaufgaben und die Mathenoten geht, sehr gut. Ja, wird sie schon schaffen. Sie ist ja nicht auf den Kopf gefallen.«

Viel schwerer würde es sein, sie dazu zu bringen, dieses Detail für sich zu behalten. Ich wollte mir nicht ausmalen, wie meine Mutter wohl reagieren würde, wenn Felix seine Urlaubserlebnisse damit garnierte, dass wir sie kurzerhand für tot erklärt hatten. »Und dann musste Thea sagen, dass du tot bist, und hat von der Stewardess ein Eis bekommen.«

Andreas und ich stießen an und setzten uns vor die Cafébar unter einen Schirm. Die Sonne erreichte gerade meine Zehen, ihre Strahlen kitzelten die Haut, im Schatten war es angenehm kühl, ein lauer Wind ging. Ich lehnte mich zurück.

»So lässt es sich aushalten, was?«, fragte Andreas.

»Ja, hat fast was von Urlaub. Und du? Müsstest du nicht an der Rezeption sein?«

»Kaffeepause. Und wenn jemand klingelt, bin ich sofort da.« Er holte eine Art Beeper aus der Tasche und zeigte ihn mir.

»Gefällt's dir denn bei uns?«, fragte er.

»Ja«, sagte ich. »Es ist ein schönes Hotel, eigentlich nicht viel anders als …«, ich verkniff mir das Wörtchen »normale«, das schon auf meiner Zunge bereitlag, »… andere Hotels.«

»Nur die Gäste sind anders.«

»Aber hallo!« Und ein paar weitere Details, zum Beispiel die Damentoiletten. Ja, es gibt tatsächlich eine Damentoilette! Als ich dort die erstbeste Kabinentür aufzog, wäre ich fast gegen einen Turm aus Leergut gelaufen. Bei der zweiten Kabine war ich vorsichtiger. Dahinter fanden sich große Kartons mit Einweg-Papierhandtüchern, mehrere Großpackungen Toilettenpapier waren auf dem Klodeckel gestapelt. Ich sah mich schon schnurstracks auf die Herrentoilette marschieren, aber zum Glück gab es noch eine dritte Kabine. Die war dafür recht hübsch zurechtgemacht. Jemand hatte Zeitschriftenporträts von grell geschminkten Travestiedarstellern mit Tesafilm an die Fliesen gepinnt. Beim Pinkeln schauten einen zahllose vielfarbig geschminkte Augen mit absurd langen Kunstwimpern zu. Das war gewöhnungsbedürftig.

Andreas kicherte, als ich ihm davon erzählte. Ich suchte nach den Zigaretten und wollte mir eine anzünden.

»Du auch eine?«, fragte ich. Er griff zu, gab erst mir, dann sich Feuer, ganz der Gentleman. Während ich meine Bronchien diesmal unter Kontrolle hatte, hustete er nach dem ersten Zug los.

»Boah, sind die trocken!«, keuchte er. »Wo hast du die denn her?«

»Ähm, lagen im Auto von meinem Ex«, sagte ich so unbestimmt wie möglich und schielte unauffällig auf die Packung, ob sie schon die schwarzgerahmten Warnhinweise enthielt oder noch einen DM-Preis.

»Ach so«, hustete Andreas, »und zuvor war er mit dem Wagen ein Jahr in der algerischen Wüste unterwegs?«

Statt zu antworten, drückte ich meine Zigarette schnell aus, weil meine Kinder auf uns zurannten. Hinter ihnen rauschte das Wesen im Kimono heran, von dem Thea mir aufgeregt berichtet hatte. »Keine Sorge, Olga ist eine Herzensgute«, hatte mich Andreas aufgeklärt. So eine Tante habe er sich als Kind immer gewünscht. Sie sei Stamm- und Dauergast, verbringe jeden Sommer gute sechs Wochen hier. Dafür lege sie mal bei Partys auf und performe abends den ein oder anderen Song.

Was für ein kurioser Aufenthalt! Wir waren nur ein paar Stunden hier, und schon hatten sich meine Kinder mit einem Transvestiten angefreundet. Aber was soll's? Über die Trennung ihrer Eltern konnten sie schließlich später noch genug nachdenken. Insgeheim hoffte ich, dass sie in der Schule keine Aufsätze mehr über Ferienerlebnisse schrieben … obwohl: Wieso eigentlich nicht …? Moment!

»Was trinkt ihr da?!«

Meine Stimme klang wohl etwas schärfer als beabsichtigt. Alle drei hielten Cocktailgläser mit Strohhalmen und angeknabberter Obstdeko in der Hand.

»Das ist Kinder-Hugo!«, verkündete Felix stolz, nahm einen Schluck und blubberte dann ins Glas.

»Selters mit Holunderblüte, Zitrone und Minze«, erklärte Olga.

»Und Hollunderblütensiropp«, unterbrach Felix sein Geblubbere.

»Genau«, sagte Olga. »Felix' Kinder-Hugo besteht aus Holunderblütensirup, Zitrone, Minze, einem kleinen Schuss Selters und noch mehr Holunterblütensirup.«

»Lecker!«, bekundete Felix.

»Guten Tag, ich bin Olga, das neue Kindermädchen.« Ihr Lachen klang etwas kehlig. »Freut mich, Sie kennenzulernen. Zwei zauberhafte Wesen haben Sie da in dieses überalterte Etablissement gebracht.«

»Glückwunsch! Da sind Sie aber die Erste hier, die das so sieht.«

»Na, wunderbar! Dann lassen Sie uns darauf anstoßen!«, rief Olga. »Auf die Kinder!«

Die hatten auch am meisten Spaß beim Anstoßen. Felix wollte gar nicht aufhören, sein Glas an andere … zu donnern, muss man wohl sagen.

»Noch mal!«, forderte er, wurde jedoch von Olga darauf hingewiesen, dass Anstoßen nur Sinn ergebe, wenn danach auch getrunken werde. Daraufhin blubberte Felix wieder in seine Sirupschorle.

»Siehst du, Ilka, so schlimm sind wir gar nicht«, meinte Andreas.

»Mama, können wir in den Pool?«, hüpfte Felix' Interesse weiter.

»Ja, aber wo hast du dein Käppi gegen die Sonne gelassen?«

»Oh.« Felix kratzte sich durch seine blonden Haare.

»Vorhin hat er's noch gehabt!«, sagte Thea.

»Ich weiß. Wenn ›vorhin‹ ein Ort wäre, dann wäre er voller als eure Kinderzimmer! Also dann geht mal zu diesem Vorhin und sucht das Käppi, okay?«

»Wird gemacht, Ma'm«, beschied Olga. »Wir gehen an den Pool, trinken da unseren Hugo aus und suchen dort Felix' Käppi. In Ordnung?«

Die Kinder nickten untertänig.

»Sie machen das sehr gut, Olga«, meinte ich. »Als hätten Sie selbst Kinder!«

»Püh! Wer sagt, dass dem nicht so ist? Ich bin eine sehr gute Mutter.« Dann senkte sie ihre Stimme und raunte mir zu: »Und ein guter Vater. Meinethalben auch Väterin. Meine Tochter ist inzwischen siebenundzwanzig. Eine Jugendsünde … aber die beste meines Lebens, und eine wunderhübsche dazu!« Dann wurde sie noch leiser: »Behalten Sie es bitte für sich, aber ich werde bald Oma!«

Ihr Kimono wallte, als sie sich umdrehte und Felix und Thea Richtung Pool zog. »Du hast echt eine Tochter?«, hörte ich Thea fragen. Andreas und ich blieben einigermaßen perplex zurück.

»Tja«, sagte Andreas und trank ratlos sein Sektglas leer. »Das wusste ich auch nicht.«

Er wuchtete sich aus dem Sessel hoch. »Ich muss zurück nach vorn. Bis später.« Kopfschüttelnd blieb er vor mir stehen. »Oma diValdfee … ich fass es nicht …« Dann raffte er seine Pluderhose und stiefelte zur Rezeption. Ich stellte die Lehne von meinem Holzstuhl etwas nach hinten.

Ich glaub, ich bin einen Augenblick weggenickt. Sekundenschlaf. Muttererschöpfungssyndrom. Kein Wunder! Die Nacht war ziemlich kurz gewesen, Aufregung hatte ich genug gehabt, Felix war trotzdem um sieben wach gewesen.

»Schlaf ruhig weiter«, hatte er mich wissen lassen, was einfacher gesagt ist als getan, wenn das Kind gleichzeitig beschließt, auf der Matratze herumzuwippen, auf der man gerade liegt. Ich konnte also jede Mütze Schlaf gebrauchen. Kraft tanken, denn nachher mussten wir nach Cagliari, Zimmersuche. Nächste Etappe auf meiner sommerlichen *Tour de Divorce* …

Als ich meine Augen wieder öffnete, hatte sich Helmer Klotz zwei Stühle weiter materialisiert. Die Sonne beschien nun auch meine Fesseln, vielleicht hatte ich doch mehr als ein paar Sekunden geschlafen.

Das Knarzen seines Stuhls hatte mich wohl zurück ins Wache geholt.

»Oh, Entschuldigung, ich wollte Sie nicht wecken.«

»Nee, nee, ist schon gut. Ich war nur 'n Sekündchen weg. Wollten Sie zu mir? Es wird Zeit, dass wir aufbrechen, richtig?«

»Genau darüber wollte ich mit Ihnen sprechen.«

Ich seufzte. Schade, ich begann den Aufenthalt hier gerade zu genießen. Wenn die Schwulen außer Sicht waren, konnte es hier richtig angenehm sein. Mein Gott, hatte ich das wirklich gedacht, oder schlief meine Political Correctness noch weiter?

Ein Geräusch lenkte mich ab. Es war eine Art Brummen, das der Seewind zu uns auf die Terrasse trug.

»Hören Sie das auch?«

Es klang nicht unheilvoll, aber ich konnte es nicht zuordnen. Es war, als wenn ein Schwarm übergewichtiger Hummeln sich auf einen gemeinsamen Ton einigte … Kammerton A. Dann wehten Melodiefetzen zu uns rüber.

»Was ist das?«, fragte ich.

»Ach, fragen Sie mich nicht«, seufzte Helmer und schaute auf seine Uhr, als könnte die eine Erklärung liefern.

HELMER

Aber sie hatte schon gefragt.

»Das sind die Nachtigayllen«, sagte ich.

»Wie bitte?«

Zugegeben, ich hatte etwas genuschelt, aber ich sehe mich bis heute nicht in der Lage, dieses Wort laut und deutlich auszusprechen.

»Die … Nachti … gay-llen.« Das Wort kam über meine Lippen, als versuchte ich, eine versehentlich eingeatmete Rasierklinge vorsichtig wieder auszuspucken, es tat physisch weh. Jede Wette, dieses Wortspiel war so gesund wie eine Mundvoll Kautabak aus Fukushima.

Bei schmerzvollen Kalauern stehen schwule Männerchöre zwanghaft wortwitzelnden Frisörsalons in nichts nach. »Philhomoniker« sind die neue »Haarchitektur«.

Ich vergewisserte mich: Es war kurz nach halb vier. Das bedeutete, der Chor begann seine zweite Probeneinheit des Tages. Normal ist es im Rainbow Inn recht ruhig um diese Zeit. Die Tagesausflügler sind noch nicht wieder zurück, die Nachmittagsausflügler gerade erst aufgebrochen. Der klägliche Rest verteilt sich auf Cafébar, Pool und Badestellen. Heute war noch weniger los. Tatsächlich hatte sich der Anteil an Tagesausflüglern unter meinen Gästen kurz nach Einchecken des Chors schlagartig erhöht.

Ich weiß nicht, was uns Schwule reitet, uns für musikalisch zu halten. Fünf bis zehn Prozent der männlichen Bevölkerung sind homosexuell. Ich schätze, nicht viel größer ist der Anteil der musikalischen Männer. Es ist mir bis heute ein Rätsel, mit welchem Recht unsereins davon ausgeht, diese beiden Gruppen seien kongruent.

Anders kann ich mir nicht erklären, wieso so enervierend viele Homosexuelle glauben, sie müssten singen, musizieren oder sich für den Eurovision Song Contest interessieren. Wobei Letzterer schon Beweis genug ist, dass es mit dem Musikverständnis der Schwulen nicht weit her sein kann. Oder die Begeisterung für Schlager, Vocal House oder Musicals; für schwülstige Opern von Wagner, dem Lloyd-Webber des neunzehnten Jahrhunderts. Ach, im Grunde genommen beweist die gesamte kulturelle Existenz von Schwulen, dass einem mit dem Coming-out keine Musikalität in den frisch für Männer geöffneten Schoß plumpst. Mann bleibt Mann. Was dem Ballermann-Proleten sein DJ Ötzi, ist der klassischen Schwuppe ihre Agnetha Fältskog.

Ob Cher, Madonna, Kylie Minogue, Lady Gaga oder wer auch immer: Hauptsache, der Beat stimmt, und die Sängerin sieht ein bisschen nach Plastik aus. Wobei Chers Körper inzwischen so viel Kunststoff enthalten dürfte, dass sie nach ihrem Ableben gleich als Plastilinfigur bei Gunther von Hagens weitermachen kann. Lady Gaga müsste dazu nicht mal ableben. Bei ihr vermute ich ja den umgekehrten Werdegang. In Wahrheit ist sie ein tschetschenisches Bauernmädchen, das beim Melken von einer Kuh ins Jenseits getreten und dessen Leichnam gegen zwei magere Bergziegen an von Hagens verscherbelt wurde. Bei einem Blitzschlag 2008 in der New

Yorker Körperwelten-Ausstellung ist sie dann zum Leben erwacht und treibt seitdem auf den Konzertbühnen der Welt ihr verheerendes Unwesen.

Ilka japste vor Freude, als ich ihr diese Theorie präsentierte: »Helmer, ich liebe Zombiegeschichten! Lady Gaga in *Night of the Dancing Dead*! Das gefällt mir!«

»Na ja.« Ich war verwirrt. Jeder Schwule wäre mir in diesem Moment an die Gurgel gesprungen. Raffael würde mir eigenhändig die Augen auskratzen, selbst wenn er sich gerade die Fingernägel frisch lackiert hätte. Dieser Hetera hingegen schienen meine Gedankenspiele Freude zu machen. Seltsames Volk.

»Apropros Zombies«, griff Ilka den Faden auf, »wieso begeistern sich eigentlich so viele Schwule für den Grand Prix?«

Ich stöhnte. »Das ist eine lange Geschichte. Wissen Sie, nach dem Gewinn der Fußballweltmeisterschaft 1974 kamen die Gründungsväter der Schwulenbewegung zusammen und wollten dem nationalen Freudentaumel etwas entgegensetzen. Bei einem gemeinsamen Plenum aus der marxistisch orientierten Homosexuellen Aktion Westberlin, der bürgerlichen Allgemeinen Homosexuellen Arbeitsgemeinschaft und Rolf …«

»Rolf?«

»Der war irgendwie immer dabei, gehörte aber keinem der Lager an.«

Ilka kicherte.

»Jedenfalls wollte man auch mal Fan sein und besinnungslos rumjubeln dürfen, ganz ohne heteronormative Fußballfanstrukturen. Also suchte man nach neuen Hysteriefeldern, die ähnlich stupide waren wie ein Fußballstadion. Schlussendlich kam es zu einer Kampfabstimmung zwischen Grand Prix de la Chanson und Synchronschwimmen. Der Grand Prix gewann mit zwei Stimmen Vorsprung.«

»Eine schöne Geschichte!« Ilka schmunzelte. »Wofür war Rolf?«

»Rolf war vor dem Ende des Plenums eingeschlafen. Das war damals nicht unüblich. Die Plenen dauerten üblicherweise zwischen sechs und achtzehn Stunden.«

»Fast so lange wie bei uns eine Schulkonferenz, nur dass da immer mein Chef einschläft.« Ilka lachte. »Darf ich Ihnen was sagen, Helmer?«

»Kommt drauf an.«

»Sie sind ja doch typisch homosexuell!«

»Wie bitte?«

»Am Anfang dachte ich, Sie seien ganz anders, aber wenn ich Sie so reden höre, sind Sie mindestens so garstig wie Olivia Jones im Fernsehen. Die find ich wirklich zum Piepen.«

Ich schluckte. Das hatte noch nie jemand zu mir gesagt.

»Wollen Sie damit andeuten, Ilka, Sie finden mich auch zum … Piepen?«

»Nun, gerade schon ein wenig, Sie können ganz schön ablästern.«

»Ich lästere gar nicht, ich suche nur nach rationalen Erklärungen für unerklärliche Phänomene. Ich bin wie Agent Scully in *Akte X*.« … und hab den Glauben an intelligentes Leben im homosexuellen Universum längst aufgegeben, ergänzte ich in Gedanken. »Diese ESC-Begeisterung gehört für mich dazu. Wissen Sie, Ilka, es gibt erschreckend viele Schwule, die nicht wissen, wer der aktuelle Bundespräsident ist, dafür aber aus der Pistole geschossen vorbeten könnten, wer beim Eurovision Song Contest 2007 den dritten Platz gemacht hat – beim nationalen Vorentscheid in Aserbaidschan.«

Es gehörte zu den Paradoxen des schwulen ESC-Kults, dass man auch denjenigen Ländern maßlos zujubelte, in denen offen auftretende Schwule sofort vor die nächste Straßenbahn geschubst würden. Vorausgesetzt, so etwas wie Straßenbahnen waren dort schon erfunden.

Ilka schaute mich an und fragte: »Hm, wer ist denn gerade Bundespräsident?«

»... sticht ... sticht ... sticht«, trug eine garstige Windbö zu uns herüber und mischte sich in mein entsetztes Schweigen.

»Bitte? Ilka, ich hatte Sie für eine intelligente, gebildete Frau gehalten, aber das jetzt ...«

»Haha, verarscht ...« Ilka grinste frech. »Wer austeilt, muss auch einstecken können, Helmer.«

»Und wie heißt er?«, bohrte ich nach. Sicher ist sicher.

»Gauck«, antwortete sie, und ich atmete erleichtert auf. »Hans-Joachim Gauck.«

Ich beschloss, lieber das Thema zu wechseln, bevor wir noch bei SPD-Chef Gunter Gabriel landeten.

»Was ich ansprechen wollte ...«

Ilka unterbrach mich: »Es klingt ein wenig wie *Mein kleiner grüner Kaktus*, finden Sie nicht?«

Ich brauchte nicht in den Wind zu horchen. »Es klingt fast immer wie *Mein kleiner grüner Kaktus*«, sagte ich. »Erst seit gestern proben sie ein zweites Lied, *Am Sonntag will mein Süßer mit mir segeln gehn*.«

»Wie lange bleiben sie?«

»Bis Samstag. Eine Woche Proben im Süden.«

»Und ... kann man da nicht was machen?«

Es hörte sich an wie »Gibt's da nicht auch was von ratiopharm?« Aber ein Mittel fiel mir bislang nicht ein. Eine Straßenbahn hatten wir hier nicht, vor die ich die Chormitglieder schubsen könnte, Boris' Fäuste wären eine andere Option, aber der stach das halbe Ensemble vermutlich selbst zwischen grünen Kakteen. Ich schüttelte den Kopf.

»Also, was ich ansprechen wollte, Ilka ...«

Sie atmete durch. »Oha, jetzt kommt's ... Okay, schießen Sie los, Helmer.«

»Nun, ich habe mit Andreas gesprochen ...« Was redete ich da! Ich klang wie meine Eltern! »Helmer, dein Vater und ich haben besprochen«, und dann wurde das Urteil verkündet: Stubenarrest, Fernsehverbot, Taschengeldstreichung für Wochen oder striktes Kontaktverbot zu Vladi Patriç, den etwas tumben, aber schweinegeilen Erntehelfer von Bauer Häusle.

»Also, wir haben uns beraten, meine ich, und da das Rainbow Inn derzeit nicht voll ausgelastet ist, wollten wir ... also wollte ich Ihnen anbieten, dass Sie sich bis zu Ihrem Abflug am Donnerstag keine neue Unterkunft suchen müssen.«

Ilka schaute mich mit einer Mischung aus Erstaunen und Unglauben an.

»Wie bitte?«

»Was ich sagen will: Sie können hierbleiben. Natürlich nicht umsonst, aber ich mach Ihnen und den Kindern einen guten Preis für die nächsten drei Nächte. Was halten Sie davon?«

Ilka sagte einen Moment lang nichts, als lausche sie in den Wind. *The answer, my friend, is blowin' in the wind.* Doch der Wind sang nur von kleinen Kakteen.

»Meinen Sie, dass das ’ne gute Idee ist?«, fragte sie dann. »So wie sich hier einige aufgeregt haben über unsere Anwesenheit? Vielleicht ja auch zu Recht. Wenn ich ’ne Mutter-und-Kind-Kur gebucht hätte, würde ich mich auch ärgern, wenn da plötzlich ein Junggesellenabschied gefeiert würde – oder ’n schwuler Männergesangsverein auftauchte!«

»Das wird schon gehen. Im Zweifel sagen Sie genau das, was ich meinem Personal sage: Sie sind meine persönlichen Gäste.«

Urplötzlich lachte Ilka auf. Sie kiekste etwas, offensichtlich hatte sie auch Sekt getrunken. Sie griff zu ihrem leeren Glas und prostete in meine Richtung.

»Na dann!«, rief sie übermütig. »Helmer, Sie sind doch zum Piepen.«

JOHANNES

Wenn es etwas gibt, das uns Schwule von Heteros unterscheidet, dann, dass wir musikalischer sind! Ich weiß nicht, ob wir einfach insgesamt beseelter sind oder eher zu unserer musischen Seite stehen. Das seh ich seit Jahren schon bei meinen Schülern: Wenn von denen einer gut und selbstbewusst singen kann, dann halte ich ihn garantiert für schwul. Die meisten Jungs in diesem Alter sind natürlich noch nicht geoutet, und ich würde mich auch hüten, sie darauf anzusprechen, zumal ich ja selbst an unserer Schule nicht geoutet bin, aber mein Gaydar schlägt sofort aus. Das ist, wenn man als schwuler Mann einfach spürt, dass jemand anders auch schwul ist, und mein Gaydar ist exakt wie meine Stimmgabel.

Es war an der Zeit, dass Kassel einen schwulen Chor bekam. So klein ist die Szene in Nordhessen gar nicht.

Deshalb machten ein Kollege vom Gymnasium in Wilhelmshöhe und ich uns auf und suchten Mitstreiter. Ein paar fanden wir in unserem Bekanntenkreis, ein paar kamen auf Anzeigen in der Gaypresse hin zum Vorsingen. Bald hatten wir ein kleines Vokalensemble zusammen – ein Querschnitt durch die gesamte Bevölkerung: Markus und ich Gymnasiallehrer, Lukas Realschullehrer, Mattheo und Simon waren Musikschullehrer, Jonas hatte Semesterferien. Adam war Musiktherapeut und Freizeitorganist, David arbeitete als Diplombetriebswirt bei einer Versicherung im Controlling, Paul war Krankenpfleger mit abgebrochenem Medizinstudium.

Schwierig gestaltete sich die Namensfindung. Die besten Chornamen waren leider schon vergeben. Ich hatte mir »Die Rosakehlchen« ausgedacht, ein Name mit leicht selbstironischem Augenzwinkern. Aber nein, Jonas, er war mit einundzwanzig unser jüngstes Mitglied und hatte deshalb das schnellste Smartphone, musste natürlich jedem Vorschlag sofort hintergoogeln. »Nö, gibt's schon. In Heidelberg.«

Letztlich ging ein ganzer Probenabend für die Namensfindung drauf, wir wechselten später ins Café Suspekt und brainstormten dort bei ein paar Gläschen Sekt weiter. Am Ende waren wir ganz schön angeschickert.

»Wie wär's mit ›Die Liederlichen‹?«, schlug Simon vor. Aber das klang in meinen Ohren zu negativ. »Liederlich« hört sich so nach »widerlich« an.

Mattheo spielt auch Gitarre, er schlug »Resomannskörper« vor. Bringt Männer zum Klingen, aber das war mir zu arg um die Ecke gedacht.

»Ich hab's! ›Trällerpfeifen‹«, rief jemand, und alle lachten. Darauf Jonas, der sich zunehmend in der Spielverderberrolle zu gefallen schien: »Gibt's schon. So heißt der schwule Chor in Nürnberg.«

»Queerflöten!«

»Gibt's schon. Freiburg.«

»Und wie wär's mit ›Schrillkörper‹?«

Ein paar stöhnten auf, ein paar johlten zustimmend. Paul bestellte noch eine Flasche Sekt.

»Aber wieso?«, fragte ich.

»Na, ein Wortspiel auf Schwellkörper«, begründete David seinen Vorschlag, »und als schrill gelten wir doch immer!«

»Aber was haben Schwellkörper mit Gesang zu tun?«

»Na, sie sind was typisch Schwules!«

»Meine Güte, was soll an Schwellkörpern typisch schwul sein?«, warf ich ein.

»Ich hab mal gehört, Heteros haben auch Schwänze!« Petr brachte es wie immer auf den Punkt. Ach stimmt, Petr hatte ich eben vergessen: ursprünglich aus Polen, arbeitete als Landschaftsgärtner, hatte aber trotzdem was auf dem Kasten. Nicht nur gesanglich, auch intellektuell, doof war er nicht. Oberarme wie ein Gerüstbauer, aber eine Stimme im Countertenorbereich.

»Dann vielleicht Schrillerlocken!«

»Gründen wir hier 'nen Chor oder 'nen Frisörsalon?«

»Gibt's außerdem schon«, nölte Jonas. »In Hamburg.«

»Wie wär's ganz klassisch? Schwuler Männergaysangsverein Kassel?«

»Wir könnten ›ver‹ dann auch noch wie ›fair‹ schreiben!«, prustete Jonas, »weil wir doch alle so nett miteinander umgehen: ›Männergaysangsfairein‹.«

»Oder Gayzwitscher!«

Von da müssen wir dann irgendwie auf »Nachtigayllen«

gekommen sein. Den Namen fand ich super. Dezent und ironisch und nah dran an meiner ursprünglichen Singvogelidee.

»Was wollen Nachtigallen?«, warb ich für den Vorschlag.

»Zwitschern!«, rief Simon.

»Nein!«, stellte ich klar. »Nachtigallen zwitschern nicht. Nachtigallen sind ausgesprochene Singvögel. Die wollen …«

»Vögeln!«, schrie Petr, und das ganze Ensemble gackerte wie Hühner. »Und sich vorher einen zwitschern!«

Im Grunde machte mich dieser Abend ganz schön traurig. Da saßen wir zusammen, um homosexuelle Kultur zu fördern, und statt einer ernstzunehmenden Probe hockten wir in einer Gaybar, schickerten uns einen an, und alles glitt gleich wieder ins Vulgäre ab.

Aber immerhin konnten wir uns auf »Nachtigayllen« einigen.

Ein halbes Jahr nach unserer Gründung einmal zwecks Proben und Gruppenbildung zu verreisen war meine Idee gewesen. Fast alle waren sofort Feuer und Flamme. Sogar die Terminfindung klappte. Nun gut, die Hälfte von uns hatte ja eh gerade Schulferien, das machte es natürlich leichter. Das Rainbow Inn war perfekt! Abgeschieden, angenehmes Klima, im Anesso gab es unter dem Dach einen Seminarraum mit Klavier, sehr gut geeignet zum Proben, schließlich wollten wir im Dezember zum ersten Mal auftreten. Vielleicht im Suspekt, einen Programmtitel hatten wir gleich mit gebrainstormt: »Ein Kassel Buntes«.

Als Herr Klotz uns ein gutes Angebot machte, es sei gerade keine schwule Hauptsaison, war die Chorwoche beschlossene Sache.

»Ach, ich wette, Sie singen auch!«, hatte ich zu dem Hotelier kurz nach unserer Ankunft gesagt.

»Nein«, hatte er geantwortet. »Ich kann nicht singen.«

»Sie haben aber einen sehr schönen Bass, Herr Klotz! Oft ist es nur eine Frage des Selbstvertrauens! Ich wette, Sie können hervorragend singen! Wir sind schließlich homosexuell!«

»Wer sagt das?«, hatte er brüsk erwidert und mich einfach stehen lassen.

Na ja, dass der Betreiber des Hotels manchmal etwas unwirsch sein soll, stand schon in allen Onlinebewertungen, aber er hatte uns wirklich einen guten Preis gemacht.

Inzwischen bezweifle ich, dass die Idee mit dem Chorwochenende so gut war. Einen Sack Flöhe hüten ist einfacher, sag ich immer, wenn meine Unterstufenklassen mal wieder zu wild drauf sind, meistens montags, wenn sie überdreht aus dem Wochenende kommen.

Heute muss ich zugeben: Ein Dutzend Homosexueller steht sechsundzwanzig Sechstklässlern in nichts nach. Bis wir ausdiskutiert hatten, am Nachmittag draußen zu proben, und wenn ja, wo, verging eine gute halbe Stunde. Adam wollte gerne in die Sonne, Markus hat eine Sonnenallergie, David kann nicht singen, wenn er schwitzt, Lukas musste seine Sonnencreme holen, dabei probten wir im Schatten einer Korkeiche, und Paul war nicht aufzufinden. »Vielleicht noch hinten im Gebüsch«, mutmaßte Petr spöttisch, höhnisches Gelächter. Bei der Aufstellung gruppierte sich wie jedes Mal das halbe Ensemble neben Jonas. Dann liefen zwei ins Anesso zurück, weil dort ihre Noten lagen, und brachten Paul mit, der treudoof auf uns gewartet hatte, ohne auch nur eine Sekunde zu überlegen, ob nicht er am falschen Ort sein könnte, statt zufällig alle anderen elf zu spät. Ach, unser Chor war kein Sack Flöhe, er war ein Schwarm Heuschrecken, ohne Sack.

Die Probe lief dafür ganz gut an. Das heißt, schon beim zweiten Anlauf fanden alle in ihre Stimmen hinein, Bass und Tenor pam-pam-pa-damten zuverlässig den Rhythmus, wobei Davids Kopf bei jedem »Pam« wie eine Boje wippte, die auf den Wellen treibt. Albern, aber egal, an der Optik unseres Auftretens konnten wir später noch basteln. Klar, wir waren im Sopran noch etwas dürftig aufgestellt und brauchten dringend Verstärkung. Eigentlich hörte man nur Petrs durchdringendes Falsett, Jonas versuchte nach Kräften mitzuhalten, aber heute stimmte etwas nicht, als es an die hohen Töne ging: »... dann hol ich meinen Kaktus, und der sticht, sticht, sticht!«

»Stopp, stopp, stopp!«, rief ich, und nach dem fünften »Stopp« hörte auch David mit seinem Kopfwackeln auf. Nur eine Stimme sang weiter: »Mein kleiner grüner Kaktus! Und der sticht, sticht, sticht, sticht!«

Auf dem Hügel unter der Korkeiche erinnerte mein Ensemble an eine Gruppe Erdmännchen, als sie alle im selben Moment den Kopf in die Richtung drehten, aus der die helle Stimme kam. Dort stand ein Kind: der kleine, blonde Junge von der Frau, die seit heute im Hotel ist. Maximal Grundschulalter. Mit weißem Käppi und rosafarbener Badehose hüpfte er fröhlich auf und ab und sang. Auch wenn er das Lied auf zwei Zeilen komprimiert hatte, traf er die Töne absolut fehlerfrei – nach nur zweimaligem Hören. Eine Naturbegabung, mein Gaydar rotierte. Also wenn dieser Junge nicht mal schwul würde, wusste ich auch nicht.

»Feeelix!« Olga, die Haustranse, bog um die Ecke des Anesso. »Felix! Wo bist du?«

»Hier!«, schallte es aus mehreren Mündern meines Chors gleichzeitig. Die meisten schienen belustigt, nur die Lehrerkollegen wirkten etwas bleich um die Nase.

»Weitersingen!«, rief der Junge.

»Entschuldigt, ihr Lieben«, japste Olga und hustete. Sie rauchte zu viel. Andererseits hätte sie dann nicht diese schöne, knarzige Stimme. Sie sollte Piaf singen, statt immer nur diese schrecklichen Playbacknummern zu imitieren. Ich wette, sie könnte das. »Wir wollten euch nicht stören. Das Bürschchen ist einfach zu schnell für mich.«

»Der ist vor allem zu jung für dich!«, witzelte jemand, und einige lachten hämisch.

»Es gibt nicht zu jung, es gibt nur zu …«, proletete Lukas geschmacklossicher, aber Olga war auf Zack. »FRESSE!«, schnitt sie ihm das Wort ab.

»Richtig! Solche dämlichen Sprüche will ich in unserem Chor nicht hören«, pflichtete ich ihr bei.

»Ab mit dir auf die stille Treppe, Lukas!«, krakeelte Jonas schadenfroh. Ein paar Sänger lachten auf, andere johlten: »Schweigefuchs, Schweigefuchs!« Das lief mir gerade aus dem Ruder. Was hatte der Junge bloß angerichtet!

»Aber das heißt *Leisefuchs*!«, mischte sich der nun ein. »Und wieso singt ihr nicht weiter? Das war schön!«

»Weil wir hier eigentlich proben, und du hast uns dabei gestört, Felix«, versuchte ich zu erklären.

»Ich hab doch nur mitgesungen!«

»Ja, aber weißt du, Felix«, versuchte Olga einzugreifen. »Die singen hier nach Noten.«

»Was sind Noten?«

»Man notiert die Musik auf einem Blatt.«

»Das ist aber doof. Warum macht man das?«

»Damit alle wissen, was sie singen müssen«, antwortete ich.

»Aber das ist doch ganz einfach. Mein kleiner, grüner Kaktus, der steht auf dem Balkon, holari …« Erneut traf er die sechzehn Töne exakt – was auch meinen Chormitgliedern nicht verborgen blieb. Sopranist Paul wirkte, als fletsche er die Zähne.

»Seht ihr, liebe Nachtigayllen«, besann ich mich auf meine musikpädagogischen Qualitäten, »so schwierig ist es gar nicht. Lasst uns jetzt weiterproben.«

Ich schaute Olga scharf an, die daraufhin Felix an der Schulter fasste.

»Darf ich mitproben?«, fragte der.

»Nein, das geht nicht, Felix. Du gehörst nicht zum Chor.«

»Und kommst nicht aus Kassel«, rief jemand.

»Aber ich *will*!«

»Nein, Felix«, bestimmte Olga. »Wir gehen jetzt zurück zu deiner Schwester an den Pool.«

»Aber ich will singen!«

»Wieso lassen wir ihn nicht einfach 'ne Runde mitsingen?«, sagte Petr. »Er kann's doch anscheinend ganz gut.«

Der Idiot! Solche Angebote macht man Kindern nicht. Dann gibt's keine Chance mehr zurück. Der Junge schrie vor Begeisterung: »Au ja! Au ja! Danke!« Ratlos zuckte Olga mit den Achseln. Was blieb mir anderes übrig, als zuzustimmen?

Wir sangen das Lied einige Male. Beim zweiten Mal hörten meine Sänger auf, doof zu giggeln, wenn sie Felix' glockenhellen Kindersopran heraushörten. Beim nächsten Mal beherrschte Felix schon den Refrain und ergänzte Petrs Falsettgesang gar nicht mal so schlecht. Nach der vierten Runde fragte er, ob wir auch noch andere Lieder hätten, der Kaktus würde jetzt langweilig. Ich hab genau gesehen, dass Jonas, Paul, Petr und David zustimmend nickten. Ausgerechnet David, der den anderen immer noch ein leider hörbares My rhythmisch hinterherhinkte!

»Nein, wir üben dieses Lied, bis es auch der Letzte aus dem Effeff kann!«

»Aber das ist doch pipileicht«, erklärte Felix meinem Chor. Wieder wandten sich alle Blicke synchron funkelnd in seine Richtung. Bevor sich ein blutrünstiges Rudel Erdmännchen auf ihn stürzen konnte, gelang es Olga, Felix von unserem grünen Hügel zu lotsen.

»Weißt du, Felix«, hörte ich sie sagen, »das ist ein ganz besonderer Chor. Er singt immer nur ein einziges Lied.«

Ich bin froh, dass ich ihre Antwort auf Felix' »Warum?« nicht mehr mitbekommen habe. Der Rest der Probe verlief ohne weitere Zwischenfälle.

FELIX

Später nach dem Singen war ich auf dem Klo. Als ich herauskam, sah ich Herrn Helmer.

»Du, Herr Helmer«, hab ich gefragt, weil ich was nicht verstanden hatte und man dann ja fragen soll. »Kannst du mir sagen, was Schlitzpisser sind?«

HELMER

»Bitte *was*?«

Ich schaute auf Felix herab, der mich neugierig anblickte wie … wie ein neugieriges Kind eben. Kinder haben keine Schambremse. Damit sind sie Homosexuellen fast ebenbürtig.

»Moment, Felix«, ich musste mich kurz sortieren. »Sag das noch mal: Was willst du wissen?«

»Was Schlitzpisser sind!«

Verdammte Scheiße!

»Das … das ist ein ganz, ganz böses Schimpfwort für Frauen, Felix. Das sagt man nicht! Das sagen nur böse Männer.«

Felix deutete auf die WC-Tür hinter sich. »Dann waren eben ganz böse Männer auf deinem Klo.«

Ich seufzte. Daran hatte ich leider keinen Zweifel. »Jetzt ham wa ja auch noch zwei Schlitzpisser hier«, hatten sich zwei meiner Gäste offenbar am Urinal unterhalten, während der Junge in seiner Kabine gesessen hatte.

»Merk dir dieses Wort bitte nicht, Felix. Es ist ein hässliches Wort, das niemand gerne hört.«

»Kann ich es nicht mal in der Schule sagen, wenn wir Schimpfwörter tauschen?«

»Nein! Und Schimpfwörter tauschen macht man auch nicht.«

»Okay«, versprach Felix und lief seiner Wege. »Tschüss, Herr Helmer!«

Okay war hier nichts.

Es ist eins der ungeklärten Geheimnisse der männlichen Homosexualität, wieso sich in ihr eine große Zuneigung zu Femininem paart mit einem ausgeprägten Hass auf Frauen.

Dragqueens: ja, *Desperate Housewives*: ja, Madonna für die mit Abitur, Helene Fischer für die ohne: ja und ja. Alles gekauft. Und auch die beste Freundin, die »Gaby«, gehört dazu, aber sie wird nicht als Frau wahrgenommen, sondern als ein wohltuend asexueller, schwuler Kumpel, geboren im Körper eines Aliens. Statt »Gaby« sollte es besser »ALF« heißen. Ansonsten sind Frauen ein ärgerliches Übel, ohne das die Welt dummerweise nicht auskommt, kein Kind geboren und die Eigentumswohnung nicht geputzt wird. In dieser Hinsicht sind homosexuelle Männer fast prototypische Männer. Sie wissen alles besser, sie können alles besser, natürlich wären sie auch die besseren Frauen. Und wehe, die Frau erdreistet sich, auf Frauen zu stehen! Glauben Sie nichts, was Sie über die sogenannte »lesbisch-schwule Community« gehört haben. Das ist ein Kunstwort der politischen Korrektheit, eine Erfindung der Politik, so wirkungsvoll wie »Humankapital« oder »Nachhaltigkeit«. Es gibt diese Gemeinschaft nicht. Nichts kratzt schwerer am Selbstverständnis eines schwulen Mannes, als dass es Wesen geben könnte, die mit Männern nichts anfangen können. Ich weiß nicht, ob es den Lesben umgekehrt genauso geht. Ich wage da kein Urteil, ich kenn mich mit Lesben nicht aus.

Es gab eine Untersuchung, der zufolge amerikanische Siedlungen einen gewissen prozentualen Anteil afroamerikanischer Bevölkerung problemlos akzeptieren. Steigt dieser Prozentsatz, ziehen die Weißen weg. Ich erinnere mich nicht mehr an die genaue Zahl, aber sie war erschreckend niedrig. Mit Schwulen und Lesben verhält es sich nicht anders. Eine Szenekneipe mit mehr als zwanzig Prozent lesbischer Besucherinnen geht innerhalb von einem Jahr ein. Fragt man den schwulen Wirt nach den Gründen, wird der sagen, es liege daran, dass sich die Lesben einen Abend lang nur an einer großen Apfelsaftschorle festhielten. Das ist eine billige Schutzbehauptung. Die

Schwulen selbst waren's, die seinem Laden den Rücken kehrten.

Ich mache mir keine Illusionen mehr. Es gab mal eine Zeit, da dachte ich, dass jemand, der selbst Diskriminierung erfahren hat, selber andere weniger diskriminiert. Was war ich naiv! Das Gegenteil ist der Fall. Wer selbst Diskriminierung erfahren hat, weiß einfach zu gut, wie's geht. Zu viele Asiaten im Gayclub stören, so viele »Mingvasen« braucht's dann doch nicht. (»Die haben ja auch alle so kleine Pimmel!«) Und würde man sich nicht so leicht die Fingernägel dabei abbrechen, gäbe man viel mehr Arabern und Türken, die es wagen, nachts durch den Schöneberger Homokiez zu spazieren, eins auf die Mütze. Sicher, da würde teilweise nur Gleiches mit Gleichem vergolten, aber diesbezüglich mache ich mir nichts mehr vor: So islamophob und ausländerfeindlich viele Schwule inzwischen sind, müsste man in die Rainbowflag längst einen braunen Streifen mit einnähen.

ILKA

Gott, was für ein Tag! Tag 1 in meinem Leben ohne Dennis endete in der Lounge des Rainbow Inn.

Felix war völlig k.o. Selten hab ich ihn so leicht ins Bett verfrachten können wie an diesem Abend. Leider war er nicht erschöpft genug, um sofort wegzupennen.

»Mami«, fragte er, obwohl die Müdigkeit schon an seinen Augenlidern zog. »Kommt Papa auch noch hierher?«

»Gott bewahre!«, hätte ich gerne ausgerufen, konnte es mir aber gerade noch verkneifen.

»Nein«, sagte ich. »Papa kommt nicht hierher.« Daraufhin machte Felix ein Gesicht, das mir schlicht das Herz zerriss, und Tränen schossen mir in die Augen.

Ich holte tief Luft. »Du, Felix, das ist kompliziert und für mich auch nicht leicht. Dein Vater und ich ... wir werden uns trennen, er hat mir sehr weh getan, und das immer wieder, und da ist es besser, wenn man getrennte Wege ... aber ... aber das heißt nicht ...« Inzwischen schluchzte ich, was Felix zu verwirren schien.

Thea kam aus dem Badezimmer. Schweigend setzte sie sich in einen der Sessel gegenüber vom Bett und beschränkte sich ausnahmsweise mal aufs Zuhören. Wenn's drauf ankommt, kann sie sehr verständnisvoll sein. Leider kommt's ihr zu selten drauf an. Hauptsache, sie fing nicht auch noch an zu flennen.

»Aber ihr seid doch meine Eltern«, beharrte Felix.

»Ja, natürlich. Aber das heißt nicht, dass wir auf ...« – Gedeih und Verderb kam mir in den Sinn – »... immer zusammenbleiben müssen.«

Zweifelnd schaute Felix mich aus seinen müden Augen an. Er wirkte ängstlich, und ein paar Tränen rollten ihm über die Wange.

»Sehe ich Papa dann nie wieder?«, fragte er leise. Ich schluckte. Wie konnte er auf solch eine Idee kommen?

»Kann passieren, wenn die Sache eskaliert und deine Mama den Papa im Affekt totschlägt «, würde die Sarkastin in mir sagen, aber Felix sah so unendlich besorgt und traurig aus, dass jeder Sarkasmus augenblicklich in den Schneidersitz fällt und mittelalterliche Ammenlieder anstimmt.

»Doch, natürlich! Wir kümmern uns weiter um dich und Thea. Der Papa und ich werden nur nicht mehr zusammenwohnen. Es wird anders, aber du musst keine Angst haben. Ihr seid dann mal bei mir und mal bei Papa, habt wahrscheinlich in beiden Wohnungen ein Kinderzimmer ...«

… und zu Weihnachten scheißen wir beide euch mit Geschenken zu, weil wir so ein schlechtes Gewissen haben.

»Zu mir war Papa nie gemein«, meinte Felix. »Auch wenn ich es doof finde, dass er immer sagt, Rosa gehört sich nicht für einen ordentlichen Jungen.«

Ich versuchte so etwas wie ein Lächeln. Wenn einem gleichzeitig Tränen die Wange runtersuppen, wirkt das nicht besonders überzeugend.

»Ich bin doch ein ordentlicher Junge, oder?«

»Bist du.«

Es stand nicht zu befürchten, dass Dennis seinen Vaterpflichten nicht nachkommen würde. Er liebte Felix und Thea. Als Daddy war er halbwegs tauglich, auch wenn er sich, wie wohl viele Familienväter, immer lieber die Rosinen des familiären Zusammenlebens rausgepickt hat: Spielen, Abenteuer, cooles Zeug. Hausaufgabencheck, Kinder wecken, Brote schmieren, Schimpfen hatte er lieber mir überlassen.

»Aber weißt du noch, Felix, wie Papa und ich uns immer gestritten haben? Das wird es dann nicht mehr geben. Vielleicht … kommen Papa und ich wieder besser miteinander klar, und ihr habt mehr Spaß mit uns beiden.« Himmel hilf, was redete ich mir da gerade zusammen?

»Kriege ich dann einen neuen Vater?«

»Was?«

Aus Theas Sessel kam ein leises Glucksen.

»Der Noah aus der Schule hat zwei Väter, und damit wir nicht durcheinanderkommen, sagt er immer ›Vater Wolfgang‹ und ›Vater Echt‹.«

»Nein, Felix, das heißt …«, korrigierte ich mich, »… keine Ahnung. Vielleicht. Irgendwann.«

Wenn mich noch jemand nimmt, schoss mir durch den Kopf. Scheiße, über so etwas wollte ich gar nicht nachdenken und redete schnell weiter, um nicht laut loszuplärren. »Jetzt müssen wir erst mal sehen, wie wir das alles gemeinsam gut hinkriegen. Es wird sich vieles ändern, und leicht wird es nicht für euch, und das tut mir unendlich leid …« Wer zieht eigentlich aus? Bleiben wir in unserem Haus wohnen? Zum Glück haben wir es nur gemietet, bauen wollten wir erst noch, aber verdammt, kann ich mir die Miete allein überhaupt leisten? »Aber wenn Eltern sich trennen … dann … dann nicht einfach so. Und wir werden alles tun, dass es euch gut geht.« Haben wir noch irgendwo Umzugskartons? »Wir kriegen das schon hin, Felix. Wir schaffen das. Wir bleiben ja eine Familie, aber manches wird sich halt ändern …«

»Mom«, raunte Thea. Überrascht schaute ich auf. Ich hatte mich in einen beruhigenden Flow reingeplappert, der sogar auf mich wirkte. Meine Tränen waren jedenfalls versiegt.

»Was ist?«

»Du kannst aufhören. Er schläft.«

Und in der Tat, Felix hatte die Augen geschlossen. Er atmete gleichmäßig, jegliche Sorge war aus seinem Gesicht gewichen, es war wieder ein friedliches Kindergesicht, dessen Entspanntheit mit dem Teddyface des Kuscheltiers in seinem Arm wetteiferte.

Später saß ich mit Thea in der Hotellounge, sie bei einer Cola, ich bei einem Glas Wein. Mochte Andreas den Weinhändler auch für einen Mafiosi halten, der Wein hier war klasse, auch wenn die Rebsorte laut Weinkarte »Monica di Sardegna« hieß, und ich bei Monica immer an meine Patentante Monika aus Oldenburg denken muss, die furchtbarste Spießbürgerin unter der Sonne. Zur Konfirmation hatte sie mir ein Bügeleisen geschenkt! Das sagt doch schon alles!

Männer saßen verstreut in den Sesseln, quatschten gedämpft, hier und da Lachen und Tuscheln. Dass Thea und ich hier den Tag ausklingen ließen, nahm man wohl zur Kenntnis, aber keinen Anstoß daran. Ein paar Sänger des unsäglichen Chors hatten sich in einer Ecke versammelt. Wenn sie nicht sangen, wirkten sie ziemlich harmlos. Jemand rief »Stößchen!«, Gläser klirrten. Später sollte Olga noch auftreten.

»Tja«, bemühte ich mich, ein Gespräch mit Thea in Gang zu bringen. »Hätt'ste wahrscheinlich nicht gedacht, dass der Urlaub so turbulent zu Ende geht …« Dazu ein müder Versuch eines mütterlichen Lächelns.

»Nö«, sagte Thea. »Ehrlich gesagt hatte ich gedacht, es würde wie immer.«

»Wie immer?«

»Ganz schön die erste Zeit, bis ihr anfangt, euch alle naselang zu streiten. Ich meine, das habt ihr diesmal auch gemacht, aber … na ja.«

Ich war baff. So abgeklärt, wie sie den Satz raushaute, hauste die Pubertät bereits in meiner Tochter wie ein Alien im Embryonalzustand; nicht mehr lang, und das Monster würde schlüpfen. Fehlte nur noch, dass Thea Kaugummi kaute, nebenbei Blasen platzen ließ und auf ihrem Smartphone rumwischte. Aber immerhin: Ihr schien die Trennung weit weniger Angst zu machen als Felix.

»Trennt ihr euch wirklich?«

»Ja.« Es sprach sich leichter aus, als es sein würde. Keine Regung in Theas Gesicht, vor ihrem Mund zerplatzte eine imaginierte Kaugummiblase. Plopp.

»Sicher?«

Wurde das hier ein Verhör? Ich nickte und schluckte. Tränen sammelten sich schon wieder hinter meinen Augen. Ich nickte zur Sicherheit noch einmal.

»Okay.« Plopp.

»Wie, okay?«

»Lenas Eltern haben sich auch getrennt vor einem halben Jahr. Sie wohnt jetzt mit ihrer Mutter in einem neuen Haus, und ihr Zimmer ist viel größer.« Großes Plopp, Schnute verklebt bis zur Nasenspitze.

»Lenas Mutter ist Zahnärztin! Thea, mach dir keine Hoffnungen auf ein größeres Zimmer!« Wenn du Pech hast, wohnen wir nächstes Jahr in einer Dreizimmerwohnung in 'nem Wohnsilo in Hannover-Vahrenwald, und du musst dir dein Pubertierendes-Mädchen-Zimmer mit deinem Bruder und seinen LEGO-Steinen teilen.

»Und Lena sagt, alles ist viel besser als vorher. Ihre Eltern sehen sich kaum noch, aber wenn, dann verstehen sie sich sogar.«

»Dann hoffen wir mal, dass das bei uns auch so ist.«

»Bleiben wir denn bei dir?«

»Aber natürlich!«, sagte ich.

Thea nickte zufrieden. »Gut.«

Verkrampft lächelte ich gegen meine Ahnungslosigkeit in puncto Sorgerecht an. Darum musste ich mich schleunigst kümmern. Wie war das? Normal ist gemeinsames Sorgerecht, es sei denn, man kann sich nicht einigen, dann entscheidet das Gericht, aber viel wichtiger ist die Frage, wo die Kinder dann leben. Oder so ähnlich. Ich musste mich dringend schlaumachen. Doch irgendwie ging ich davon aus, dass es Dennis schon recht wäre, dass die Kids bei mir bleiben. Die Rolle als gelegentlicher Teilzeit- und Adventurevater liegt ihm ja. Mit den Niederungen des Alltags durfte ich mich rumschlagen. Vielen Dank auch! Vielleicht sollte ich die Kinder ganz bewusst Dennis überlassen. Was für eine Vorstellung! Felix, der mal wieder die Fliehkräfte einer Schaukel unterschätzt, wenn er eigentlich dringend aufs Klo muss, und dann Dennis mit der stinkenden Buxe in der Hand!

»Was denkst du, Mom? Du guckst grad so komisch.«

»Nichts.« Außer dass ich dich und Felix gerade meinem Ex als Strafe an den Hals gewünscht habe. Ich ertränkte den Gedanken schnell in einem großen Schluck Rotwein. Nix da, Thea und Felix gehörten zu mir. Und damit basta!, wie ein großer Hannoveraner immer zu sagen pflegte.

Thea zog nun tatsächlich ihr Handy raus und tippte teeniemäßig drauf rum.

»Wem schreibst du?«

»Ich schreib Lena, dass ich auch bald Scheidungskind bin. Aber ich glaub nicht, dass sie antwortet.«

»Wieso?«

»Tut sie die ganze Zeit schon nicht. Vielleicht hat sie keinen Empfang. Sie ist mit ihrem Vater und seiner neuen Freundin auf den Seychellen.«

Ich bekam Zahnschmerzen. Ein heftiges Ziehen vom rechten Backenzahn, das bis ins Gefühlszentrum meines Hirns ausstrahlte. Zahnschmerzen der Seele.

»Ich glaub, ich bin auch müde«, sagte Thea. »Ich les noch ein bisschen und schlaf dann.«

Ich muss sehr verwundert geschaut haben. Meine Tochter. Geht selbstständig ins Bett. Früher als sonst. Was ging hier vor?

»Betrinkst du dich jetzt, Mom?«

»Für wen hältst du mich!«, rief ich und fühlte mich ertappt. Genau danach stand mir tatsächlich der Sinn. Aber allein der Gedanke, morgen früh um sieben verkatert neben einem feixenden Felix auf unserer Kingsize-Matratze aufzuwachen, würde mich davon abhalten.

Dachte ich.

THEA

Ich weiß nicht, weshalb ich an Moms Telefon gegangen bin! Ich wollte wirklich schlafen, weil ich hundemüde war. Aber ich sah, dass »Dennis« als Anrufer aufblinkte, und außerdem brummte und vibrierte Moms Handy so laut auf dem Tisch, dass ich dachte, gleich fällt's runter, und Felix wacht auf. Und als ich's in die Hand nahm, war ich auch schon dran. Keine Ahnung, warum. Wahrscheinlich weil man das eben so macht. Dazu sind Telefone doch da, nicht wahr?

»Ilka?!«, rief's aus dem Telefon. Es war die Stimme von Dad, und sie klang erleichtert. »Ilka! Danke, endlich gehst du mal ran! Gut, dass ich dich erreiche. Bitte, bevor du mich in Grund und Boden verdammst: Es tut mir leid. Es tut mir wirklich aufrichtig leid. Das … ich weiß auch nicht, was mich da geritten hat … es war so heiß, und manchmal drehen bei uns Männern da die Hormone durch, das ist mir … Ilka?«

Dann zögerte Dad, wahrscheinlich kam's ihm seltsam vor, dass Mom noch nicht dazwischengekeift hatte. So lange kam er nämlich sonst selten zu Wort, wenn die beiden sich stritten. »Ilka? … Hallo? … *Ilka*?«

Ich wusste nicht, was ich mit dem Telefon machen sollte, bin aufs Klo gerannt und hab erst mal abgeschlossen.

»Ilka? Was ist los, wieso sagst du nichts?«

Da hab ich tief Luft geholt und geantwortet: »Hallo Dad, hier ist Thea.«

Stille.

»Thea, meine Große!«, rief Dad fröhlich, aber es klang irgendwie nicht wirklich fröhlich, sondern eher so, als wär er überrascht, mich dranzuhaben.

»Wie geht's euch?«, fragte Dad.

»Gut.«

Dann haben wir geschwiegen. Ich wusste nicht, was ich sagen sollte, und Dad anscheinend auch nicht.

»Thea, ich muss unbedingt Mutti sprechen.«

»Die ist grad nicht da.«

»Wo ist sie denn?«

Und ich hab geantwortet, dass sie unten in der Hotelbar ist und sich Olga anschaut.

»Wer ist Olga?«, wollte Dad wissen.

»Olga ist ein Transvesdit und total nett zu uns!«

»*Was?*«

»Das ist eine Frau, die eigentlich 'n Mann ist, die hat sich heute ganz viel um Felix gekümmert.«

Plötzlich hat Dad heftig geatmet und nur noch Zeug gestammelt. Schließlich fragte er: »Wo seid ihr?«

»Im Rä …« Dann hab ich mir auf die Zunge gebissen, weil Mom sicher nicht wollte, dass Dad hier auftaucht. »In so'm Hotel«, hab ich mich schnell verbessert.

»Wo?«, wollte Dad wissen, aber das wusste ich wirklich nicht.

»Was ist mit dem Auto?«

Ich überlegte, ob ich dazu was sagen durfte, aber es ist ja Dads Auto, da sollte ich lieber ehrlich sein: »Das ist kaputt.«

Daraufhin schnaufte Dad schon wieder. »Wie, kaputt? Hattet ihr etwa einen Unfall?«

»Nein. Aber als wir gestern Abend gefahren sind, kamen wir in ein mordsmäßiges Gewitter, und das Auto ist abgesoffen und ging nicht wieder an.«

»Wo war das denn?«

»Keine Ahnung. Hier in der Nähe.«

»Und wo ist das Auto jetzt?«

»Weiß nicht. Glaub, das steht noch an der Straße.«

Dad schnappte nach Luft. Das tat er immer, bevor er laut wurde und Mom anschrie. Oder Mom ihn anschrie und er wütend in die Garage stapfte.

»Ja, aber, wie wollt ihr denn dann zurückkommen?«

Da ist mir leider rausgerutscht: »Wir fliegen nach Hause!«

Danach war wieder Stille; damit hatte Dad, glaube ich, nicht gerechnet.

»Ihr fliegt …?!«

Er schien ziemlich verplex, oder wie das heißt, wenn man total baff ist und nicht weiß, man sagen soll, weil man so geplättet ist, als wär man von 'ner Straßenwalze überfahren worden.

»… und ich?«, fragte Dad.

»Weiß nicht.« Ich wusste ja nicht mal genau, wie Mom sich das so gedacht hatte. Aber ihr ging's gerade ziemlich scheiße, da denkt man nicht immer an alles. Plötzlich fiel mir wieder ein, warum sie sich mies fühlte und dass Dad und sie sich trennen wollten, und ich wurde mit einem Mal ein bisschen traurig.

»Papa …«, hab ich geantwortet und mich sofort geärgert, weil ich das doch nicht mehr sagen wollte, »ich meine, Dad … versprecht ihr mir bitte, dass ihr euch wieder besser versteht, wenn ihr erst mal geschieden seid?«

Dad atmete jetzt wieder heftig und wurde lauter: »Thea! Wer redet hier von Scheidung!? Mama und ich haben uns nur ein bisschen gestritten, mehr nicht. Das kriegen wir schon wieder hin. Das passiert in Familien, dass man sich mal streitet. Man verträgt sich auch wieder.«

Das hat mich dann wiederum richtig aufgeregt, weil ich fand, dass Dad es sich da zu einfach machte. Voll naiv war das. Da packt Mom Felix und mich ein, fährt noch am Abend mit uns weg, nachdem es 'nen Mordsaufstand gab, und Dad denkt, alles wird wieder gut – wie immer. Was sollte ich jetzt sagen? Wär ich doch bloß nicht an dieses doofe Telefon gegangen.

Aber was hält Mama mir in solchen Situationen immer vor, wenn ich richtig Scheiße gebaut habe oder sie das zumindest denkt (und manchmal hat sie sogar recht)? Mom sagt dann immer mit strenger, scharfer Stimme, mit der man bestimmt auch Zwiebeln schneiden könnte: »Junges Fräulein …« Nun gut, damit konnte ich Dad natürlich nicht kommen. Aber danach folgte dann immer so was wie: Du hast es voll übertrieben, jetzt ist aber Schluss, ab aufs Zimmer. Und das soll ich dann bitte schön nicht verlassen, bis mir klar geworden ist, was ich falsch gemacht hab.

»Thea, hast du mich verstanden? Du musst Mutti unbedingt sagen …«

»Vater«, hab ich ihn unterbrochen. »Vater, ich glaub, du hast den Bogen überspannt.«

Und dann hab ich schnell aufgelegt.

Monica di Sardegna und ich passten besser zusammen, als ihr Name vermuten ließ. Kein Bügeleisen diesmal, aber sie wärmte trotzdem. Leider vermochte der Alkohol das Gedankenkarussell in meinem Kopf nicht anzuhalten. »Ka-Russl«, hatte Felix eine Zeitlang gesagt. Hatte Dennis ihm beigebracht. Aus Jux, weil er die falsche Aussprache so witzig fand. Und ich durfte es ausbaden und musste es auf der Kirmes immer korrigieren. »Aber Papa hat gesagt, das heißt Ka-Russl!«

»Papa redet viel, wenn der Tag lang ist.«

Dennis war ein Idiot, Spaß mit Kindern, das war sein ganzes Erziehungskonzept. Gott, was hatte ich für einen Penner geheiratet! Aber jetzt war endlich Schicht im Schacht, allerdings ärgerte ich mich schwarz, dass ich es so lange ausgehalten hatte. Drei Jahre hatten wir uns schon gequält. Mindestens. Vielleicht auch länger. Herrje, war Felix nicht bereits ein Versuch gewesen, die Familie wieder aufs Wesentliche zu konzentrieren? Er war unser Wunschkind, nachdem Thea ja anfangs …, na ja, sie kam halt etwas früher als geplant, beziehungsweise: Eigentlich hatten wir noch gar keine Planungen aufgenommen, außer dass Dennis und ich bei jeder Gelegenheit spontan losvögelten. Darin war er echt großartig – leider. Denn blöderweise wusste er um seine Begabung und wollte diese der Welt nicht vorenthalten, dieser Arsch!

Aber trotzdem, Thea kam. Die Mutter erst vierundzwanzig und dann Heirat, batsch! Beziehung Nummer vier in ihrem Leben (die fünf Wochen mit Marty Jackman beim Schüleraustausch in Milwaukee muss ich schon mitzählen). Verheiratet mit einem drei Jahre älteren Speditionskaufmann, den sie im Sportverein kennengelernt hat, wo sie Leichtathletik machte und er Handball spielte. Aus Ilka Altvater wurde Ilka Tänzer. Wenigstens den schöneren Nachnamen hat er mit in die Ehe gebracht. Sollte ich den jetzt aufgeben und wieder den Namen Altvater annehmen? Und heißen Thea und Felix dann auch Altvater? Thea Altvater? Felix Altvater? Mit so einem Namen konnte er nur Latein- oder Geschichtslehrer werden. Da war die Cordhose doch schon vorprogrammiert. Nix mehr mit Rosa und Pink!

Ich nahm noch einen Schluck Wein, das zweite Glas leerte sich auch. Oder würde »Altvater und Tänzer« dereinst auf unserem Klingelschild stehen? Klingt nach einer Möbelspedition. Scheiße, schon wieder Spedition! Speditionen lieferten mir das Unglück meines Lebens frei Haus. »Sie haben einen notorischen Schürzenjäger mit erotischer Sonderausstattung bestellt, hier bitte einmal unterschreiben; Lieferschein, Frachtpapiere sowie Heirats- und Scheidungsurkunde im praktischen Doppelpack.« Konnten wir unser kleines Häuschen überhaupt halten? Ich hab nur 'ne Dreiviertelstelle, TVöD Stufe 6, knapp zweitausend Euro brutto. Reicht das für unsere Reihenhausmiete? Wie viel musste mir Dennis dazuzahlen? Unterhalt würde er ja wohl zahlen müssen.

Eigentlich hab ich nie in einem Reihenhaus wohnen wollen, aber unsere Siedlung ist ganz schön. Man hockt nicht allzu sehr aufeinander. Keine architektonische Glanzleistung, aber wenn die Nachbarn stimmen … und unsere sind nett! Ich will da nicht weg! Ich hab keine Lust auf Umzug. Da soll Dennis sich mal bitte was Neues suchen. Für den ist das Ding eh zu groß. Allein könnte er das Haus nicht halten, und dass die Kinder zu ihm ziehen, nein, das steht außer Frage. Hoffentlich. – Nein, da gibt's keine Diskussion. Sind Dennis doch auch nur im Weg für seine One-Night-Stands, Affären und Sexdates …

Ich winkte nach einem weiteren Wein. Monica. Wahrscheinlich hatte er auch mal eine Monika. Die Engländerin, mit der er in Monte Nai gefickt hat, hieß ausgerechnet Peggy. Peggy! Wie 'ne ostdeutsche Straßennutte! Wir hatten sie kurz am Strand kennengelernt, sie war mit ihrer Familie da. Ich schätze Mitte zwanzig, was weiß ich, vielleicht auch jünger, keine Ahnung, jedenfalls war die Familie mehr so 'ne Sippschaft, und sie sollte die jüngeren Geschwister mit beaufsichtigen. Das war aber gar nicht nötig, stattdessen quatschte sie irgendwann am Beachvolleyballfeld mit Dennis, der leider mit siebenunddreißig immer noch verdammt sportlich aussieht. Was heißt »leider«, im Grunde gefiel er mir ja! Aber leider zu vielen anderen Frauen auch, und Dennis konnte seinen verfluchten Schwanz nicht bei sich behalten. Wie zum Beispiel gestern – Gott, es war erst gestern gewesen! Spät am Nachmittag hatte Dennis Kopfschmerzen, zu viel Sonne, drohender Sonnenstich, und wollte sich ein Stündchen hinlegen. Und mir ging durch den Kopf, Nachtigall, ich hör dir …, aber ich dachte: Nee, das kann nicht sein. Nicht im Urlaub! Aber »zum Glück« kippte sich Felix einen Jogurt in den Schoß, und ich hatte einen triftigen Grund, zur Ferienwohnung zurückzulaufen, um eine neue Badehose zu holen, die ich dann aber vergaß, weil Dennis gerade im Schritt von dieser Peggy rumleckte. In unserer Ferienwohnung. Sie auf Theas Schlafsofa im Wohnzimmer, er kniend davor. Ein Legostein von Felix neben seinem Fuß.

Bei diesem Bild schossen mir wieder die Wuttränen in

die Augen, und mein Magen krampfte sich zusammen. So schamlos konnte nur Dennis sein! Zwei Seitensprünge hatte ich ihm verziehen in den letzten sechs Jahren. Zwei! Angefleht und geheult hatte er, nie wieder werde er! Doch inzwischen bin ich mir sicher, dass er sich nur offenbarte, weil die beiden Seitensprünge zu schnell aufgeflogen wären. So oft, wie er spontan länger arbeiten oder noch trainieren musste, hatte er womöglich seit Jahren eine Geliebte. Hatte ich es nicht mitbekommen oder einfach nicht wahrhaben wollen?

Ich umklammerte mein Rotweinglas und heulte nun leise vor mich hin. Zwölf Jahre meines Lebens hatte ich an ein untreues Arschloch verschwendet. In das immer schneller rotierende Ka-Russl in meinem Kopf stieg nun auch noch Scham ein und kotzte in jeder Runde. Zwölf Jahre! Und wie lange war ich die ahnungslose Idiotin gewesen?! Gott, bei jedem beknackten Fernsehfilm schrei ich die blöden, gehörnten Hausmütterchen an, die nix mitkriegen, und jetzt war ich plötzlich selbst die begriffsstutzige, dumme Nuss!

Es war mein Glück, dass in diesem Moment Olga die kleine Bühne in der Lounge enterte. So konnte niemand Zeuge werden, wie eine vierunddreißigjährige Vollverzweifelte ihr Rotweinglas erhob, es in einem Zug leer soff, auf der Tischkante zerschlug und sich mit dem Stiel die Wangen blutig ohrfeigte.

Stattdessen wurde das Licht gedimmt, und auch ich ließ mich von Olgas Auftritt, der mehr eine Erscheinung war, für ein paar wohltuende Momente ablenken.

»Mesdames et Messieurs! Ladies and Gentlemen! Liebe Gleichgeschlechtlichen! ’n Abend Mädels!!! Ein wunderschöner Sonnentag geht zur Neige, und für mich ist es wieder an der Zeit, meine heutigen Cocktails abzuarbeiten. Mit anderen Worten: *Showtime*!«

Jetzt klatschten alle im Saal, einige enthusiastisch, andere eher verhalten bis gelangweilt.

»Ihr wisst ja, wenn ich mir einen Flug leisten könnte, wäre ich schon längst nicht mehr hier … sondern auf Gran Canaria in den Dünen.« Wissendes Johlen bei einigen im Publikum. »Herr Kapellmeister, bitte.«

Besagter »Kapellmeister« war einer der sardischen Barkeeper hinter dem Tresen, der in einer Nische lehnte und jetzt einen Musiktrack vom Laptop startete. Die ersten Takte erklangen, unverkennbar: ABBA, *Money, Money, Money*. Ein paar der Chorsänger juchzten glücklich auf. Olga bewegte zum Originalgesang nur die Lippen, schien den Text aber perfekt draufzuhaben, so gut passten Mimik und Ton zusammen. Dabei verzog sie ihren deutlich geschminkten Mund mehr als nötig. Das sah herrlich grotesk aus, ich musste bewundernd loslachen. Vor allem das Wort »Money« erhielt so etwas Obszönes. Das hätte schon gereicht, doch Olga zog dazu noch laufend Geldscheine aus der Handtasche und dem Dekolleté, aus ihrer Perücke und unter ihrem Kleid hervor und ließ sie angewidert fallen. Es sah ziemlich bescheuert aus und wurde vom teilweise mitsingenden Publikum honoriert. Doch wovon sangen die eigentlich? Sich einen reichen Mann zu angeln, der einen dann doch nicht begehrt, weshalb man in Las Vegas und Monaco fett absahnen müsse. Was für'n Scheiß! Wir würden den Gürtel sicher enger schnallen müssen. Keine Ahnung, wie viel mir bleibt, wenn Dennis erst ausgezogen ist. Ich schätze, mit Biofleisch ist jetzt Schicht, dann gibt's für Felix wieder Bärchenwurst aus der Aldi-Packung.

»Ahhaaaaaa«, jaulte Olga passend zu meinen Gedanken von der Bühne, beziehungsweise Agneta oder Frida aus den Boxen, was weiß ich, wer von den beiden, da kannten sich die Schwulen besser aus. Olga wand sich, als erlitte sie einen geldallergischen Schock. Zum Glück hatten wir zwei Gehaltskonten, allerdings ein paar gemeinsame Sparbücher und Geldanlagen, da hatte sich meist Dennis drum gekümmert, er war ja der Kaufmann von uns beiden. Die Versicherungen hatte auch er alle abgeschlossen. Brauchte ich jetzt neue?

Aufbrandender Applaus schreckte mich auf, nun, wenn man von »Aufbranden« sprechen kann, wenn nicht mehr als zwanzig Leute in einem Raum sitzen. Als Nächstes kündigte Olga einen »deutschen internationalen Superhit« an, und was dann erklang, war *Moonlight Shadow* von Mike Oldfield, jedoch in einer grauenhaften eingedeutschten Version. Hilfe, wer sang das? Und wieso tat sich die Frau das an? Wieso hab ich mir Dennis angetan? Was für ein blöder Gedanke, lieber wieder auf Olga konzentrieren, die auch dieses furchtbare Gesäusel über Sehnsucht und ein Schussopfer perfekt auswendig konnte. Die Ärmste!

Beim nächsten Song (*Umbrella* von Rihanna) tat Olga so, als hätte sie während des Songs einen fürchterlichen Schluckauf, steckte sich irgendwann den Finger in den Hals und übergab sich schlussendlich in ihre Handtasche. Ich dachte währenddessen darüber nach, welches Mobiliar Dennis wohl mitnehmen würde. Wir bräuchten einen neuen Fernseher, da Dennis dieses Flatscreen-Ungetüm mit der HD-Mega-Bildschirmdiagonale von schlagmichtot Zentimetern auf jeden Fall einsacken würde, selbst wenn er es in seiner zukünftigen Scheidungsvaterbutze hochkant aufstellen müsste.

»Den letzten Song singe ich *live*!«, verkündete Olga mit stolzgeschwellten Brüsten. Ein Johlen erscholl aus einigen Ecken.

»Ja, ihr Hasen, ihr glaubt es nicht, aber die Alte kann sogar selbst singen! Es ist alles nur eine Frage von Mut, Talent … und Promille!«

Wieder Johlen. Und jetzt, wo sie es sagte, fiel es mir auch auf: Ganz nüchtern wirkte Olga nicht mehr, der ein oder andere Ausfallschritt in der Performance war wohl ungeplant gewesen. Aber wer war hier schon nüchtern, Monica?

»Den Song widme ich allen Verliebten. Denen, die es mal waren, denen, die es noch vorhaben, und dem sardischen Sackgesicht, das sich gefälligst in mich verlieben könnte.«

Schallendes Gelächter, in das der Barkeeper das Playback abfuhr. Olga begann zu singen, mit rauchiger Stimme, nicht jeder Ton saß, aber Schmelz und Timbre passten:

Love is in the air
Everywhere I look around
Love is in the air
Every sight and every sound
And I don't know if I'm being foolish …

Ein Scheißsong! Keine Ahnung, was Olga auf der Bühne für Sperenzchen machte, das war nichts für meinen aktuellen Gemütszustand. Mein Gedankenkarussell bremste hart ab, und ich fühlte mich wie eine Roulettekugel, die noch etwas rumhopste und dann auf dem Wort »love« liegen blieb (was das auch immer in einem Roulettespiel gerade zu suchen hatte). War's das mit der Liebe in meinem Leben? Hatte ich überhaupt noch die Chance, mich neu zu verlieben? Würde Felix irgendwann einen Papa Neu neben Papa Echt bekommen? Wollte ich das überhaupt? Konnte ich der Spezies Mann noch trauen? Verdammte Axt, wer sollte mich denn nehmen? Eine vierunddreißigjährige Schulsekretärin mit zwei Kindern an der Backe, nicht gerade ein Hauptgewinn für einen Mann. Und ich war zwölf Jahre weg vom Markt! Mit allen Eingemeindungen hatte ich erst vier Beziehungen in meinem Leben und Sex mit sechseinhalb Männern (bei Malte Petersen aus der Parallelklasse bin ich mir bis heute nicht sicher, ob man das mitzählen kann). Flirten – ich kann das doch gar nicht mehr. Ich weiß, wie man Windeln wechselt, Nutellaflecken aus T-Shirts wäscht und heulende Kinder innerhalb von fünf Minuten gesundpustet. Das sind doch alles keine Flirtskills …

Ich griff nach Monica, obwohl Monica, die dritte, auch schon fast ausgetrunken war, und stürzte nach draußen auf die Terrasse, um nicht mitten in der Lounge lauthals loszuschluchzen.

»Entschuldige, Liebes«, sagte Olga, als sie ein paar Minuten später zu mir auf die Terrasse trat. Ich rauchte, weinte noch immer und ärgerte mich schwarz, weil ich nicht aufhören konnte, und heulte zunehmend aus Wut über mich selbst. Das war Heulen im Quadrat, aber das machte es auch nicht besser.

»Das war sehr dumm von mir. Ich hab nicht dran gedacht, dass du da sein könntest.«

»Geht schon«, schluchzte ich, »ist ja nicht dein Problem.«

»Doch, mein Herz. Du weinst, und ich mag dich, deshalb ist es mein Problem. Komm mal her.«

Ungefragt drückte sie mich an sich. Sie roch nach Schnaps und Haarspray. Aber Olga war einen halben Kopf größer als ich und eignete sich gut zum Anlehnen. Meine Tränendrüsen nahmen das abermals zum Anlass fürs Kommando »Wasser marsch!«, warum hab ich die Biester nicht unter Kontrolle?

»Lass es raus, Mädchen«, sagte Olga. Wäre ich nicht gerade mit Flennen beschäftigt gewesen, hätte ich ihr für diesen abgeschmackten Satz gern eine reingesemmelt.

Ich hoffe, dass wir nur ein paar Minuten so standen, jedenfalls kam ich irgendwann wieder zu Sinnen und löste mich von Olga.

»Danke.« Ich wischte mir die Tränen aus den Augen und wollte ihr noch was Nettes hinterherschicken: »Du warst toll auf der Bühne. Kannst du wirklich alle Titel auswendig?«

»Ja, ziemlich viele. Und wenn ich nicht weiterweiß, singe ich Rhabarber.«

»Rhabarber?«

»Rhabarberrhabarberrhabarber«, sagte Olga und bewegte ihre Lippen so übertrieben wie eben auf der Bühne. »Funktioniert immer.«

Ich grinste.

»Ach, schon schauste wieder etwas fröhlicher aus der Wäsche und nicht mehr wie Audrey Hepburn mit akutem Katzenjammer in *Breakfast at Tiffany's*. Hach, das ist doch schön!«

»Wie wer?«

»Du weißt nicht, wer Audrey Hepburn ist?! Große Güte, gleich heule *ich*!«

»Doch, 'ne Schauspielerin, schon tot, oder? Ich schau mehr … *andere* Filme.«

»Was denn?«

»Eher *Rosemary's Baby* statt *Frühstück bei Tiffany's.*«

»Brrrrrrr!«, Olga schüttelte sich mit gespieltem Entsetzen. »Bah! Und zum Einschlafen hörst du Iron Maiden, und zum Frühstück brätst du deinen Kindern eine frisch geopferte schwarze Katze, oder was?!«

Ich lachte auf.

»Noch geben sie sich mit Cornflakes und Otternasen zufrieden.«

Albernheit befreit, hilft fast immer. Blödsinn macht den Kopf leer. Das ist wohl auch das Erfolgsrezept von Mario Barth. Ich zündete mir eine weitere Zigarette an, Olga gab mir Feuer und steckte sich ebenfalls eine an.

»Ja, ich war mal ein richtiges Metal-Mädchen«, erzählte ich. »Fast meine ganze Berufsschulzeit. Aber manches höre ich immer noch.«

Olga schüttelte den Kopf. »Wie schade, mit *Hells Bells* kann ich in meinen Shows leider nicht dienen.«

»Doro Pesch?«

»Wer?«

»Große Güte, du kennst Doro Pesch nicht? Ich glaub, ich muss schon wieder weinen …«

Nach meiner Retourkutsche grinste Olga übertrieben, als fühlte sie sich ertappt.

»Kennst du echt nicht? Sie ist so was wie die Audrey Hepburn des Hard Rock.«

Olga lachte, und ich fuhr fort: »Die Ärzte höre ich noch. Das war mein letztes Konzert kurz vor Theas Geburt. Ich war hochschwanger, aber das konnte ich mir nicht entgehen lassen. Wir sind extra nach Bielefeld in die Seidenstickerhalle gefahren.«

»Mit deinem Mann?«

»Ach, da war er noch gar nicht mein Mann, wir haben erst später geheiratet. Nee, die Ärzte waren ihm suspekt. Er stand mehr so auf Techno. Mit meinen zwei besten Freundinnen war ich dort, und mit Johann, 'nem schwulen Punk aus Peine.« Was machte der eigentlich inzwischen?

Ich blies Rauch aus und atmete tief durch, das Nikotin beruhigte mich allmählich.

»Puhh, geht schon besser. Eben als ich da saß, drehte sich alles in meinem Kopf, und ich konnte nicht mehr. Ist alles ein bisschen viel gerade …«

Olga nickte. Ich versuchte, das Gespräch erneut von mir wegzulenken, bevor ich wieder auf mein Gedankenkarussell aufstieg. »Ist das wahr, was du auf der Bühne gesagt hast, dass es einen heißen Sarden gibt, in den du verschossen bist?«

»Nein«, sagte Olga. »Es gibt ihn, aber er ist kein Sarde. Er lebt hier.«

»Hier auf Sardinien oder hier hier?«

»Du bist eindeutig zu neugierig, meine Liebe.«

»'tschuldige.«

»So!« Olgas Tonfall wurde resolut. »Weißt du, was wir jetzt tun? Wir gehen wieder rein, und ich sing noch einen Song.«

»Ich dachte, du bist fertig.«

»Dachte ich auch, bin ich aber nicht.«

Ohne meine Antwort abzuwarten, rauschte sie ab, ich hinterher. Sie stöckelte zum Tresen und besprach sich kurz mit dem Barkeeper. Dann stapfte sie auf die Bühne zurück und fischte sich das Mikrofon aus dem Ständer.

»So, meine Lieben. Einen Song habe ich noch für euch. Den singt zwar keine Frau, aber so what, ich nehm's da nicht so genau.«

Irgendjemand kiekste. Wohl einer von den Chorsängern.

»Diesen Song widme ich der tollsten Hetera hier im Hotel. … Na gut, sie ist auch die einzige, aber so what! …« Als irgendjemand hämisch lachte, strafte Olga ihn mit einem Blick, der ihn wahrscheinlich in zwei Hälften auseinanderfallen ließ.

»Gottchen, auch wenn sie hetera ist, sie kann doch nix dafür!« Diesmal gutmütigeres Lachen. »Und von diesem Thema können wir alle ein Liedchen singen. Aufgepasst! Herr Kapellmeister.«

Es erklangen Die Ärzte: »Hallo, mein Schatz, ich liebe dich, du bist die Einzige für mich …« Ich jubelte, und ein paar andere taten es mir nach. Es war Fun-Punk de luxe: Farin Urlaubs Lausbubenstimme und Olgas überschminkte Walkürengestalt, die plüschige Eckbühne und eine Hotellounge, in der beim Refrain erstaunlich viele Anwesende mit einstimmten: »Männer sind Schweine. Traue ihnen nicht, mein Kind …« Es war die großartigste Aufführung dieses Songs, die ich je erlebt hatte, und in diesem Moment genau das Richtige – auch wenn ich wusste, dass Olga wohl nur »Rhabarber« sang.

TAG 3

ILKA

TO DO:
- *Mutti informieren*
- *Fragen: Kann sie Thea und Felix ein paar Tage nehmen?*
- *Britta, Jenny und Lea anrufen → wer hilft?*
- *nachgucken: Wie viel verdiene ich genau?*
- *Dennis' Sachen packen*
- *Kartons!!!*
- *Bett neu beziehen*
- *was Schönes für die Kinder!!*
- *Geld vom gemeinsamen Konto auf meins überweisen (Wie viel?)*
- *Anwalt/Anwältin: Scheidung? → Jenny fragen (hat Erfahrung)*
- *Dennis über Rausschmiss informieren. (Wann am besten? → Jenny fragen, oder Mutti?)*
- *aus dem Sportverein austreten (Frist?)*
- Mare-*Abo kündigen (zu teuer)*
- *Monica kaufen*

Die Schrift auf dem Zettel auf meinem Nachttisch sah etwas verwackelt aus. Wahrscheinlich weil der Zettel gar kein Zettel war, sondern eine Serviette. Ich hatte die Liste noch in der Lounge angefangen.

Einen Kater hatte ich zum Glück nicht, auch wenn sich mein Kopf etwas größer anfühlte als sonst. Vielleicht hatte Monica mir im Schlaf die Haare auftoupiert. Ich hatte zwar noch ein viertes Glas Wein getrunken, aber so groß waren die Gläser hier nicht, und ich weiß, wie ich mich in solchen Fällen zu verhalten hab. Brav einen halben Liter Wasser und ein Aspirin hinterher, und schon ist man morgens zumindest fit genug, um die Kinder startklar zu machen. Danach kann man sich notfalls wieder hinlegen. Oder übergeben.

Thea schlief noch tief und fest auf der Couch gegenüber, die sie hergerichtet hatte, um nicht mit Mama und Bruder in einem Bett schlafen zu müssen. Die Sonne spiegelte sich in unserem Fenster. Ein Blick auf die Uhr: kurz nach sieben. Verflixt, um diese Zeit wurde Felix langsam aktiv, vielleicht konnte ich mich schlafend stellen. Womöglich war er ja in genau dieser Nacht endlich charakterlich so weit gereift, dass er seinen Mitmenschen das Recht auf Schlaf zugestand, obschon er selbst wach war. Vorsichtig drehte ich mich um. Felix fehlte.

»Felix?«, fragte ich erschrocken. Eigentlich eine saudumme Frage. Wieso befragt man eine Leere nach der Person, deren Abwesenheit sie gerade vertritt?

Als ich mich mit einem Ruck aufrichtete, kollidierte mein Schädel mit irgendwas, vielleicht meinem Gehirn. Zumindest fühlte es sich so an. Nun hatte ich doch Kopfschmerzen. Monica, du hinterhältiges Biest! Du hast mich reingelegt!

Die Tür zum Bad stand halb auf, dort war es dunkel. Kein Zweifel: Felix war nicht im Zimmer! Mist! Wie früh war er heute wach geworden?! Und warum hatte ich nichts gemerkt?

Ja, mein Hirn, ein paar läppische Gläser Monica di Sardegna, die kriegste mit, aber dass der Sohn aus unserem gemeinsamen Bett krabbelt, das bemerkste nicht?! Hast du deine fünf Sinne noch beisammen?

Missmutig quälte ich mich aus den Laken und trat ans Fenster. Das Hotelgelände lag in aller Herrgottsfrühe da wie tot. Der Pool wirkte wie mit Glas abgedeckt. Ich öffnete das Fenster. Als ich meinen Kopf in die frühmorgendliche Friedhofsstille streckte und weit nach rechts schaute, meinte ich, Helmer Klotz zu erkennen. Ja, er war's, er stand etwas abseits vom Hauptgebäude am Rand einer Wiese. Und neben ihm eine kleinere Gestalt, die rosa leuchtete. Na, Gott sei Dank, hat doch was Gutes: Wäre Felix' Lieblingsfarbe Grün oder Beige, wäre ich jetzt 'ne halbe Stunde übers Gelände geeiert, bis ich ihn gefunden hätte.

Als ich mich umwendete, weckte eine bizarre Installation auf dem Tisch meine Aufmerksamkeit. Dort waren zwei Sofakissen aufeinandergestapelt. Ziemlich genau da, wo zuletzt mein Handy gelegen hatte. Das fand ich zwischen den Kissen, wahrscheinlich Theas Werk. Ich schaute aufs Display: mehrere entgangene Anrufe von Dennis. Tatsächlich, die Schalldämmmaßnahme gegen das Vibrationsgebrummsel war wohl dringend nötig gewesen.

Zuletzt eine SMS: »Ilka! Was ist los, was habt ihr vor? Wieso fliegt ihr? Wo ist mein Auto? WTF macht ein Transvestit mit meinem Sohn? Spinnst du?! Ich verlange sofort eine Erklärung!« Empfangen um 22.58 Uhr.

Monicas Schatten versetzte mir noch einmal einen Tritt in die Magengrube.

Was …? WIESO …?!

Ein Blick in die Anruferliste brachte Gewissheit: 21.17 Uhr: Anruf von Dennis. Telefonat angenommen. Dauer: 5:06 Min. So eine Scheiße!

Einem Impuls folgend wollte ich Thea aus dem Bett schmeißen und zur Rede stellen. Was hatte sie alles ausgeplaudert?! Ich konnte mich beherrschen, aber um den Preis, mich maßlos über mich selbst zu ärgern, weil ich mein Telefon offen hatte herumliegen lassen. Dennis war ihr Vater. Hatte sie nicht das volle Recht, schwach zu werden, wenn er anrief? Was mich allerdings wunderte, war, dass Dennis direkt nach Ende des Telefonats noch mehrfach angerufen hatte, jedoch ohne dass Thea drangegangen war. Ha! Das sprach eher dafür, dass die gute Thea ihrem Vater ordentlich die Meinung gegeigt und danach auf stur geschaltet hatte.

Voll der Freude über meine patente Tochter, fischte ich Theas Handy aus ihrer Jeans. Ja ja ja, ich weiß, eine Mutter tut so was nicht, aber jetzt musste ich es einfach wissen. Wenn Thea mich beim Spionieren erwischte, könnte ich es immer noch auf den Restalkohol schieben.

Ich entdeckte: seit unserer Flucht aus Monte Nai viele, sehr viele Anrufe von Dennis. Kein einziges Mal war Thea ans Telefon gegangen. Viele SMS, keine einzige beantwortet, braves Mädchen! Auch gestern Abend: 21.29 Uhr, 21.31 Uhr, 21.40 Uhr, 21.45 Uhr. Zuletzt wie bei mir eine SMS um 21.49 Uhr: »Thea! Was sollte das eben?! Sag Mom bitte, bitte, sie soll mich anrufen! Hast du das verstanden? Ohne Reden geht's nicht!!! Schlaf gut. Vati.«

Ich schob Theas Handy zurück in die Jeans. Thea schlief immer noch wie ein Stein. Mal abwarten, was sie mir von dem Gespräch mit Dennis berichten würde.

Ich ging zurück zum Fenster. Ich verspürte Scham. Natürlich freute ich mich, dass Thea Partei ergriff. Aber war das wirklich gut?

Einträchtig standen Helmer und Felix hinten im Grünen. Was machten sie da nur? Rufen würde keinen Sinn haben. Es waren ein paar hundert Meter. Ich musste wohl oder übel runtergehen.

Einen Moment legte ich die Stirn an das morgendlich kühle Glas des Fensters. Das tat gut. Andererseits: Ich konnte es auch einfach lassen. Sollte Helmer Klotz den kleinen Frühaufsteher doch ruhig noch ein wenig länger bespaßen.

Ilka Rabenmutter nahm ein Aspirin und legte sich wieder hin.

HELMER

Ich mag den frühen Morgen. Ich bin Frühaufsteher, schon immer gewesen. Ich hab's nicht anders gelernt. In einem familiengeführten Hotel im Schwarzwald steht man immer früh auf, egal ob Sonntag, Feiertag, nächtliche Partys, Weihnachten, Pubertät, tut alles nichts zur Sache. Der Wecker rappelte meist, bevor das Sonnenlicht anklingelte. Selten hab ich in meinem Leben länger als bis sieben geschlafen. Sieben nannte sich bei uns Ausschlafen. Sieben hieß für meinen Vater »bis in die Puppen«, auch wenn 'ne Barbie um sieben sicher noch keinen einzigen Lidstrich gezogen hätte.

Ich war zwar oft müde, aber verflucht habe ich das zeitige Aufstehen nie. »Wer lange feiern kann, kann auch früh aufstehen«, sagte Vater immer, wenn er noch volltrunken vom Vorabend in der Küche stand, Rührei für die ersten Hotelgäste machte und sich zwischendurch in den Altfetteimer erbrach.

Ich arrangierte mich mit diesen Uhrzeiten, begann den Morgen sogar zu mögen, wenn der Tag ins Laufen kam, an guten Vormittagen die Sonne über die Gipfel lugte und der Raureif zurückblinzelte. Die Kühe schaukelten von ihren Melkplätzen auf die Weide, und wenn ich an ihnen vorbei zur Schule lief, hatte ich meist schon einen Versicherungsvertreter oder Ingenieur ausgecheckt und war mindestens eine Stunde wach. Und nicht selten wacher als meine Lehrer. »Helmer Klotz hat in der ersten Stunde ungebührlich laut geschrien«, lautete einmal eine Rüge in unserem Klassenbuch.

Inzwischen weiß ich, dass am frühen Morgen die Tage unschuldig sind wie ein leeres Blatt Papier. Sie sind still und noch nicht zugeschwallt vom sinnlosen Gequake des Tages. Manchmal denke ich, dass die Welt uns nur so schlecht behandelt, weil sie genervt ist von dem ganzen Palaver auf ihrem Rücken. Das sind gar keine Naturkatastrophen, das ist Notwehr. Wir sollten alle öfter die Fresse halten. Das könnte die UNO mal einführen. Statt Internationalem Tag des Tanzes, Weltzugvogeltag oder Welttag der Handhygiene einen Welttag des Fressehaltens. Vielleicht immer am ersten Januar als guten Start ins neue Jahr, oder am vierundzwanzigsten Dezember als internationale Krisenprävention. Oder generell jeden Dienstag.

Morgens um sieben ist die Welt noch in Ordnung hieß ein Buch meiner Mutter. Ich glaube, sie hat es mehrfach gelesen, es stand im Regal in der Kammer hinter der Rezeption. Die Hauptfigur war ein Junge mit Namen »Gaylord«, ausgerechnet.

Morgens um sieben streichelte ich Hennes den Hals.

»Na, alter Junge, gut geschlafen?«

Hennes nickte zur Bestätigung, und ich gab ihm einen Apfel. Der sardische Bauer, von dem ich das Gelände hier habe, wollte Hennes weggeben. Ich hab nicht verstanden, ob er Schlachter oder Abdecker meinte, und bevor ich mich versah, hatte ich gefragt, wie viel er für den Esel haben wolle. Da hat er gelacht und abgewunken, und ich fragte, wie das Tier denn heiße, das mich aus treudoofen Eselsaugen neugierig musterte. Erneut lachte er und zeigte eine unschöne Zahnlücke. »Bardotto!«, rief er. Da ich das Wort nicht kannte, hielt ich es für den Namen. Später schlug ich es nach, es heißt schlicht »Maulesel«. Nicht einmal einen Namen hatte dieser Banause seinem Tier verpasst.

Wie alt Bardotto sei, habe ich gefragt. »Vecchio, tante vecchio.« Das begriff ich hingegen sofort. Alt, sei das Vieh, meinte der Sarde, sehr alt, ein »vecchietto« – ein altes Männlein. Bei »Männlein« machte er mit den Händen Anführungszeichen und lachte hämisch.

Ich gab dem Tier den Namen Hennes, und auch wenn Hennes inzwischen ein paar Jährchen mehr auf dem Buckel hat, ist er in besserem Zustand als damals, als ich ihn übernommen habe, und erfreut sich bester Gesundheit. Im Gegensatz zu mir genießt er die Freuden rein schwuler Gesellschaft, kein Wunder, er hat ja auch keinen direkten Kontakt. So profitiert er davon, dass homosexuelle Männer das Kernobst beim Frühstücksbuffet notorisch verschmähen.

Hennes weiß dagegen knackige Früchte aus hiesigem Anbau zu goutieren.

Ich gab ihm einen zweiten Apfel. Zugegeben, die roten Delicious von der Insel sind kleiner als neuseeländisches Importobst und oft etwas unförmiger, dafür konzentriert sich in ihnen das Aroma. »Aber sie sind nicht hübsch«, würde meine Klientel motzen. Und überhaupt, meine Schwulen maulen mehr als mein Maulesel.

»Nicht wahr, Hennes? Du weißt, was gut ist, anders als

die ganzen Maulmännchen im Hotel …« Hennes' Zunge schlabbte den Apfel aus meiner Hand, und der Esel kaute ihn genüsslich. Das Saftaroma drang bis in meine Nase.

Außer diesem Konrad, dem rothaarigen Burschen, den der Berliner Lehrer angeschleppt hatte, war noch keiner meiner Hotelgäste hier am Gatter gewesen, aber der macht beruflich auch irgendwas mit Tieren.

Manchmal habe ich das Gefühl, Hennes ist der einzige vernünftige Mann weit und breit. Er ist auch nicht homosexuell, glaube ich zumindest, sondern in erster Linie alt, allein und unfruchtbar – wie jeder männliche Maulesel. Da ist nichts mit Vaterfreuden. Ein Hybrid aus Eselstute und Pferdehengst. Vielleicht ist er schon der Letzte seiner Art; die Zeit der Maulesel auf Sardinien ist vorbei. Sie sind schwer zu züchten und haben normalen Eseln gegenüber eigentlich keinen Vorteil. Nicht so Maultiere, bei denen die Elternschaft andersrum ist. Pferden ähnlicher, sind sie angenehme Reittiere für Kinder, kleiner als ein Pferd und dabei gelassen wie ein Esel. Gelassen und gutmütig – das sind alle Kreuzungen aus Eseln und Pferden, Hennes wäre ein perfekter Vater.

Ob er überhaupt eine Züchtung ist oder ein wildes Zufallsprodukt aus einem notgeilen Hengst und einer zufällig fruchtbaren Eselin, hab ich den alten Sarden gar nicht mehr gefragt. Im Grunde ist es auch egal.

»Solche Fragen bringen nichts, Hennes. Warum man ist, wer man ist, gell? Es ist schon anstrengend genug, zu sein, wer man ist. Was nutzt die Grübelei … oder hättest du gerne Kinder gehabt?«

»Ia-a«, antwortete Hennes und schüttelte die Mähne in einer kreisenden Bewegung. Das war etwas uneindeutig.

»Oder was hältst du von unserer Kleinfamilie hier?«

Hennes wandte den Kopf zum Hotelgelände, als habe er verstanden und wolle herausfinden, welche Kleinfamilie ich meinte. Ich folgte seinem Blick und fuhr zusammen.

»Ist das dein Pferd?«, fragte Felix.

Was machte der Junge hier! Vor allem um diese Uhrzeit?!

Felix stand neben dem Zaun und schaute zu mir und Hennes rüber.

»Das ist kein Pferd«, sagte ich.

»Nicht? Sieht aber so aus«, erwiderte Felix. Verwundert stand er da in einem rosafarbenen Kapuzenpulli, gemusterter Schlafanzughose und deutlich zu großen Turnschuhen, die er sich offensichtlich von seiner Schwester geliehen hatte. Gut, dass Raffael noch nicht auf war, er würde den Jungen sofort von der Fashionpolice abführen lassen.

Ich winkte Felix zu mir. Kinder mögen Tiere.

»Nein. Pferde sind größer und haben nicht so buschige, lange Ohren. Das hier ist ein Maulesel.«

Felix musterte das Tier, das Tier musterte Felix.

»Wo ist deine Mutter?«

»Ach, die schläft noch. Ich konnte nicht mehr schlafen und wollte sie nicht wecken. Heißen Maulesel Maulesel, weil sie Esel mit einem Maul sind?«

»Nein. ›Maul‹ meint, dass das Tier ein Mulatte ist, eine Mischung aus zwei Tierarten.«

»Das verstehe ich nicht.«

»Hennes' Vater war ein Pferd und seine Mutter ein Esel. Deshalb sieht er ein bisschen wie ein Esel und ein bisschen wie ein Pferd aus.«

»Ist sein Name Hennes?«

»Ja.«

»Hast du den ausgesucht?«

»Ja.«

»Warum?«

»Weil … ach, ich kannte mal einen Hennes, als ich jung war, na, etwas älter als du …« Siebzehn war ich. Und er war auch ein ganz schöner Esel. Geziert, hat sich nie recht getraut. Treudoofer Blick und keinen Arsch in der Hose. Schrankschwester und heimlich heftiger Springinsfeld. 1989 gestorben. Mit nur siebenundzwanzig. Offiziell an Krebs, wie viel zu viele damals.

»Redest du deshalb mit ihm?«

»Was?«

»Na, du hast doch mit Hennes geredet.«

Wie lange hatte der Junge da schon gestanden?

Ich weiß nicht, ob es ungebührlich war, Hennes nach Hennes zu benennen. Es war eine Laune, und normalerweise entscheide ich nicht nach Launen. Aber etwas in den Augen dieses alten Männleins stieß eine Erinnerung an jemanden an, an den ich gut zwanzig Jahre nicht mehr gedacht hatte. Der guckt wie Hennes, hab ich gedacht und das Tier nach ihm benannt, kennt ja niemand die Hintergründe. Hennes und Hennes hätten sich sicher gut verstanden. Äpfel aß Hennes jedenfalls auch gerne. Und er war nicht schwul, no, no, never, nein, er schlief nur mit Männern, ziemlich vielen, und einer war wohl faul gewesen, aber als Nichthomo musste man sich mit diesen Schwulenkrankheiten ja nicht auseinandersetzen … vielleicht war es diese Mischung aus naiver Sanftmut und störrischer Dummheit, die ich im Blick dieses Maulesels wiederentdeckte.

»Ist Hennes dein Kuscheltier?« Was?!

»Nein.«

»Weil du mit ihm redest. Ich erzähl meinem Kuscheltier auch alles, auch wenn Papa immer sagt, dass ich dafür langsam zu alt bin.«

»Ach …«

»Weinst du?«

»Nein, nein, es ist nur … ein kleines Zwicken im Auge«, sagte ich, mir fiel nichts Besseres ein: »Ich … ich … bin gegen Esel allergisch.«

Felix sagte: »Hm«, und schaute mich sehr zweifelnd an.

Ich Esel.

»Willst du Hennes was zu essen geben?«, fragte ich heiser, um von mir abzulenken. Als Felix nickte, drückte ich ihm einen Apfel in die Hand, der von Hennes sofort neugierig beäugt wurde.

»Einfach auf die flache Hand legen. So. Und es kann gleich ein wenig kitzeln.«

Etwas scheu streckte Felix seine kleine Hand zum Zaun. Und eh er sich versah, wickelte sich Hennes' lange Eselszunge um den Apfel.

»Ihhh, nass!«, quiekte Felix leise. »Das kitzelt!«

Schon war der Moment vorbei, und Hennes kaute wieder genüsslich. Fasziniert betrachtete Felix ihn und vergaß dabei glatt, seine Hand zurückzuziehen.

Was sollte ich jetzt mit dem Kind machen?

Das Schmatzen des Tieres lieferte die Antwort.

»Sollen wir mal nachschauen, ob es für uns auch was zum Frühstücken gibt?«

»Ja.«

»Dann mal los.« Ich drehte mich um und hielt Felix meine Hand hin. Felix nahm sie, und wir spazierten zum Speisesaal. Kitschig, dachte ich. Der Junge konnte doch allein laufen.

Falsch vermutet. Zwei Mal fing ich ihn auf, weil er über die Schnürsenkel der zu großen Schuhe stolperte.

FELIX

Ich hab die Schuhe von Thea genommen, weil ich meine nicht gefunden hab. Die waren weg. Vielleicht hat Mami die weggestellt. Mami stellt oft was weg. Ich glaub, das machen alle Mütter so.

Mami hat gefragt, wieso ich am Morgen nach draußen gegangen bin. Und ich hab gesagt, ich war wach und wollte sie nicht stören. Da hat sie komisch geguckt. Außerdem wollte ich wissen, ob das Pferd schon aufgestanden ist. Das hab ich nämlich gestern entdeckt! Aber Herr Helmer hat mir erklärt, das ist gar kein Pferd, sondern ein Maulesel. Ein halbes Pferd und ein halber Esel, aber nicht vorne so und hinten so, sondern irgendwie gemischt. Wie wenn man ein Pferd und einen Esel auseinandernimmt und mit Lego neu zusammenbaut. Und Herr Helmer hat mir gesagt, dass Hennes, so heißt der Maulesel, keine Kinder bekommen kann. Also wie die Männer hier im Hotel.

Und dann hab ich zu Mami noch etwas gesagt, nämlich dass Herr Helmer, glaube ich, ziemlich allein ist. Sonst würde er doch morgens nicht mit seinem Maulesel sprechen, sondern mit seinem Mann frühstücken.

ILKA

»Hast du dir eigentlich deine Hände gewaschen, nachdem du den Esel gefüttert hast?«

Wenn Felix nur eifrig genickt hätte, anstatt gleichzeitig auf seine Flossen zu starren, hätte ich ihm sogar geglaubt.

Viel ulkiger fand ich, dass Helmer Klotz fast betretener

aussah als Felix. Ich betrachtete Felix' vollgekrümelten Platz und seine mit Nutella verschmierten Hände. Jetzt war es eh zu spät.

»Das ist gar kein Esel, sondern ein Maulesel«, korrigierte Felix mich.

»Du hast Nutella an den Händen, nimm bitte die Servi...«

Felix leckte sich die Finger ab.

Es gibt im Leben jeder Mutter diese Momente, da möchte man mit der Stirn auf die Tischplatte hämmern und ausrufen: »Himmel, was hab ich für dumme Kinder!« In manchen Momenten frage ich mich, ob das nicht gelegentlich viel wirkungsvoller wäre als eine pädagogisch korrekte Ermahnung.

Ich zog eine kurze Bilanz: Monicas Gefolge hatte mich nach einer Stunde verlassen. Aspirin sei Dank.

Ich saß hier und hatte mit meinen Kindern gefrühstückt. Niemand hatte sich darüber echauffiert, aber wir waren auch deutlich früher als die meisten anderen Hotelgäste im Frühstücksraum.

Ich hatte eine harsche Auseinandersetzung zwischen Thea und Felix geschlichtet. Tatvorwurf: heimtückische Entführung von zwei Sportschuhen. Streitwert: unbegrenzt.

Theas Anklage war gehandicapt durch die Tatsache, dass sie mir fast im selben Atemzug gestand, hinter meinem Rücken mit Dennis telefoniert zu haben. Ihre Reue wirkte auf die Vorsitzende Richterin Mutter überzeugend und strafbefreiend, ein kurzes Kreuzverhör ergab, dass während des Telefongesprächs weder unser Aufenthaltsort preisgegeben noch sonstige für die Gegenseite sachdienliche Angaben gemacht worden waren.

Gleichwohl wurde mir klar, dass ich etwas unternehmen musste, also fragte ich Helmer nach der Lage seines Hotels und tippte anschließend folgende SMS:

Hallo Dennis. Wir sind in einem Hotel in Cagliari, fliegen zurück. Dein Wagen steht an der Küstenstraße zwischen Gereméas und Sant'Andrea. Irgendwas ist kaputt, fährt nicht mehr. Hör bitte auf, uns ständig anzurufen, wir klären alles in Hannover. Ilka
PS: Für mich ist eine Trennung unausweichlich, lass uns dabei fair bleiben.

Ich tippte gut zehn Minuten an dieser SMS, neun Minuten gingen für den letzten Satz drauf, den ich fünf- bis zehnmal änderte, vielleicht auch zwanzigmal.

»Kann man das so schreiben, Helmer?«

Helmer schien überrumpelt, hatte er Felix doch gerade noch von Mauleseln und Maultieren erzählt. Irritiert schaute er auf das Display und sagte: »Ja, sehr sachlich. Aber gefallen wird ihm das nicht.«

»Na ja, ›bussi bussi‹ und ›hab dich ganz doll lieb‹ werde ich ihm nicht hinterherschicken«, ätzte ich. Dann schickte ich die SMS ab und schaltete das Gerät schnell aus. Den Impuls, mich draufzusetzen, unterdrückte ich.

Anschließend verkündete ich doch noch ein Urteil in Sachen unberechtigter Mobilfunkannahme: »Thea, mach dein Handy bitte auch aus. Es kann sein, dass dein Papa gleich sehr oft anzurufen versucht.«

Thea zog einen Schmollmund. »Aber wenn Lena mich erreichen will …«

»Ach was, auf den Seychellen ist es jetzt Nachmittag, da ist die Lena sicherlich tauchen«, beschied ich. »Und

Mädchen, die unter Wasser auf ihrem Handy rumtippen, werden von Haien als Erste verschluckt.«

Thea zog ihren gequälten Meine-Mama-versucht-witzig-zu-sein-aber-ich-will-es-nicht-witzig-finden-Flunsch und schaltete ihr Handy aus.

»Danke«, sagte ich. »Wenigstens zwei, drei Stunden, dann wird er sich abgeregt haben.«

Hoffentlich.

THEA

Mittags kamen auf einmal viele Wolken und Wind vom Meer. Mama meinte, woanders gewittert's jetzt sicher. Blöd, ich hatte gerade erst Badesachen angezogen.

»Dann geh rein und spiel was mit Felix«, sagte sie. Aber was denn, hä? Die IKEA-Tasche mit den Spielen lag ja bei Dad in der Ferienwohnung. Die muss er uns vor der Scheidung unbedingt noch vorbeibringen.

Dad hatte wirklich wieder versucht, mich zu erreichen. »Entgangener Anruf: Papa«, stand auf meinem Handy, als ich es vorhin kurz angemacht habe. Viermal. Aber nur eine SMS diesmal: »Thea, Mama geht wieder nicht an ihr Telefon, sag ihr BITTE, sie MUSS mich anrufen!!! Dad.«

Ich bin dann ein bisschen auf dem Hotelgelände rumgelaufen, der Wind war voll kalt. Jedenfalls wenn man nur einen Badeanzug trug und schon im Swimmingpool gewesen ist.

Ich bin um das kleinere Haus auf der anderen Seite vom Pool herumgegangen. Irgendwo in dem Haus sangen Männer, aber es klang schrecklich. Es war immer das Gleiche. Plötzlich sah ich ein Schild »Sauna«. Das fand ich komisch. Wir sind ja im Süden, da ist es doch warm. Sauna ist da doch voll überflüssig. Aber vielleicht war die für den Winter. Ich hab keine Ahnung, wie kalt so ein Winter in Sardinien ist. Vielleicht braucht man da eine Sauna.

Ich kam an einer Tür vorbei, die war sogar auf, und dahinter war ein Raum mit Fliesen, Pflanzen und Liegestühlen, und auf einer Glastür stand »Finn. Sauna«. Ich wollte kurz durch die Scheibe gucken, da hab ich plötzlich gemerkt, dass die Scheibe krass warm war! Und es saßen sogar zwei Männer in der Sauna und schauten aus dem großen Fenster. Man konnte rausschauen aufs Meer, voll schön eigentlich. Nur hingen überm Meer ja gerade Wolken.

Der eine hat mich gleich bemerkt und sich sofort sein Handtuch umgewickelt. Als wenn ich nicht wüsste, wie'n nackter Mann aussieht! Mom und Dad waren mal mit uns in einem riesengroßen Schwimmbad, wo es auch Saunas gab. Da waren fast alle nackt. Mom und Dad auch. Felix war das zu heiß, und er ist lieber zurück ins Wellenbad gegangen. Aber ich fand's da schön. Unsere Eltern nörgeln ja dauernd an uns oder noch viel lieber an sich rum. Aber in so 'ner Sauna muss man still sein.

Die beiden Männer sahen ganz nett aus. Der eine war so alt wie Dad ungefähr. Der andere war jünger und hatte rote Haare. Er hat mir ein Zeichen gegeben, dass ich ruhig eintreten darf, wenn ich möchte. Das hab ich dann gemacht.

»Magst du reinkommen?«, fragte er. Und ich hab geantwortet: »Aber ich bin doch schon drin!« War ja auch 'ne blöde Frage, hat er aber selbst gemerkt. Er hat nett gelächelt. »Ja, das seh ich, aber willste mitsaunieren, oder wolltest du nur mal gucken?«

»Weiß nicht«, sagte ich. War schon irgendwie seltsam,

sich im Sommer hier reinzusetzen. Aber ich hatte vom Wind draußen etwas Gänsehaut.

»Draußen neben der Tür liegen Handtücher im Regal, die kannst du nehmen.«

Na, da hab ich mir ein Handtuch geholt und mich mit in die Sauna gesetzt. Ich hab eine von diesen Sanduhren umgedreht und beschlossen, nach spätestens zehn Minuten rauszugehen. Aber ausgezogen hab ich mich natürlich nicht! Mom hätte das bestimmt nicht gut gefunden, auch wenn die beiden Männer voll harmlos aussahen und schwul waren. Aber wenigstens wurde mein Badeanzug schnell trocken.

Ich hab dagesessen und erst mal nix gesagt.

»Bist du immer so still?«, fragte der Rothaarige. Der saß immer noch nackig auf seinem Handtuch, deshalb wollte ich da nicht so hinsehen.

»In der Sauna muss man doch still sein«, flüsterte ich.

»Aber wir sind ja nur zu dritt. Wir stören niemanden.«

»Ach so. Darf ich euch dann was fragen? Warum sitzt ihr hier in der Sauna?«

»Warum denn nicht?«

»Aber es ist doch Sommer und ziemlich warm!«

»Nun … die Sonne ist grad weg«, sagte der Ältere. »Wir mögen das: richtig aufheizen und dann ins Meer springen!«

Trotzdem sonderbar. Aber die Luft in der Sauna war viel wärmer als die draußen und fühlte sich auch irgendwie anders an.

»Verrätst du uns, wie du heißt?«, fragte der Rothaarige.

»Thea. Und ihr?«

»Jan-Friedrich«, sagte der Ältere.

»Konrad«, sagte der mit roten Haaren. Da musste ich

kichern. »Das ist ja ein altmodischer Name«, ist mir rausgerutscht.

»Kann ich ja nichts für! Außerdem mag ich ihn.«

»Thea ist auch ein sehr alter Name«, schlaumeierte der Jan-Friedrich wie'n Lehrer. »Der kommt von den alten Griechen.«

»Aber er ist nicht altmodisch. In meiner Schule sind noch zwei andere Theas, aber kein einziger Konrad!«

Jan-Friedrich ging es ähnlich, es kam nämlich raus, dass er wirklich Lehrer ist und in all seinen Klassen keinen einzigen Konrad hat.

»Du bist eben einzigartig«, sagte er zu Konrad. Ich glaub, das hat er voll verliebt gemeint, aber Konrad zeigte plötzlich aus dem Fenster: »Seht mal. Da hinten kommt schon wieder blauer Himmel.«

»Super!« rief ich, weil Sonne eigentlich doch schöner ist als heiße Luft.

Als wir alle am Schwitzen waren, stand Konrad auf einmal auf und sagte: »So, das reicht.« Und ich hab gefragt: »Und jetzt springen wir ins Meer?«

»Ja«, antwortete Jan-Friedrich.

Die beiden haben sich fix ihre Badehosen angezogen, mein Badeanzug war megawarm. Konrad lief vorneweg, runter zum Felsen mit dem Sprungbrett. Er hat laut »Huiiii« gerufen und ist ins Wasser gesprungen. Mit'm Köpper. Einfach so. Das fand ich irre cool.

Ich wollte mir dieses Sprungbrett mal angucken, von wo Konrad gesprungen ist. Das war ganz schön hoch, hab ich gemerkt, als ich draufstand. Wie im Schwimmbad. Sicher 'n Dreier. Oder sogar 'n Fünfer. Und es zog, weil ja immer noch Wind war und ich voll verschwitzt.

»Na los!«, schrie Konrad von unten. »Es ist toll! Es tut nicht weh und ist wirklich nicht hoch!«

Jan-Friedrich stand jetzt auf dem Brett hinter mir.

»Ach was, Thea. Wir müssen da nicht runterspringen. Ich geh auch lieber unten ins Wasser.«

»Du hast aber gesagt, man muss nach der Sauna ins Meer springen!«

»Ja, aber nicht von ...«

»Na los, traut euch!«, rief Konrad wieder von unten. »Sieht von oben höher aus, als es ist!«

Jan-Friedrich hat geseufzt und mich gefragt: »Sollen wir gemeinsam springen? Du nach links, ich nach rechts?«

Da hab ich genickt. Aber es war immer noch ganz schön hoch. Ich hatte das Gefühl, je näher ich zur Kante kam, desto höher wurde es.

»Ich zähle!«, rief Konrad. »Auf drei!«

»Eins – zwei – drei«, brüllte er, während Jan-Friedrich es wiederholte: »Zwei.« – »Drei.« Dann haben wir beide Luft geholt und sind auf dem Brett stehen geblieben. Wir mussten voll lachen.

»Noch mal!«, rief Konrad. »Ihr schafft das! Du schaffst das, Thea!«

Jan-Friedrich hat wieder gezählt. Bei zweieinhalb hab ich mir die Nase zugehalten und bin gesprungen. Ich wollte nicht bis drei warten, weil wir dann wieder nicht gesprungen wären.

Man taucht tief ein, und es war im ersten Moment saukalt. Neben mir platschte Jan-Friedrich ins Wasser. Ich bin sofort ans Ufer geschwommen. Obwohl ich gebibbert habe, war ich irgendwie auch glücklich.

Beim Schulschwimmen hab ich mich noch nie getraut,

vom Dreier zu springen. Konrad johlte und hat sich riesig gefreut.

»Wieso freut der sich so?«, hab ich Jan-Friedrich gefragt, als er hinter mir aus dem Wasser kletterte.

»Ich bin noch nie gesprungen«, sagte er.

Da war ich noch stolzer auf mich.

HELMER

»Chef! Chef!« Gregor schien außer sich zu sein. Nicht ungewöhnlich, außer sich ist er öfter, das ist sein Lieblingsort im Rainbow Inn. In Kleingeistern ist eben nicht viel Platz. »Chef! Das geht so nicht!« Er japste fast. »Die … die *Kinder*. Ich hab es befürchtet. Sie stiften Unruhe, sie machen Dreck. Sie … sie schmieren alles voll.«

»Sie schmieren alles voll?«

Was war passiert? Hatte Gregor etwa während des Abräumens einen Blick in den Frühstücksraum geworfen und den Platz von Felix inspiziert? Felix hatte ja heute das Nutella auf dem Buffet entdeckt. Schweineteuer ist diese verdammte Schokopampe hier, obwohl sie aus Italien stammt. Doch auf Sardinien verkaufen sie das Zeug nur in homöopathischen Kleinstgläsern. Aber wehe, man stellt eine Ersatzpampe hin! Ich weiß nicht, warum, aber Schwule lieben Nutella. Hat vermutlich mit der Weigerung zu tun, erwachsen zu werden. Coole Sneaker und Nutella. Gehört zusammen. Und ich fürchte, in manch einer Sneakerfetisch-Beziehung wird das eine auch vom anderen abgeleckt … Ich schaute auf die Uhr. Nein, das Frühstück war schon vor Stunden abgeräumt worden.

»Kommen Sie mit, Chef! Das müssen Sie sich mal anschauen!«

Aufgeregt führte Gregor mich ins Anesso. Vor der

schwarzen Tür des Playrooms blieb Gregor stehen und schaute mich siegesgewiss an: »Da! Sehen Sie selbst!«

Er guckte wie Sherlock Holmes, der einen kniffeligen Fall gelöst hatte, nur Watson hat mal wieder nichts kapiert. Die Mimik hatte er sich bei Benedict Cumberbatch abgeschaut.

Allerdings kapierte ich wie Watson nichts: Die Tür zum Playroom war aus schwarz lackiertem Holz, schwarz als eindeutige Andeutung, die schlichten weißen Großbuchstaben »Playroom/Spielzimmer« als eindeutige Beschriftung. Jedes Kind weiß, was sich dahinter befindet.

Gregor deutete nach unten. Knapp unterhalb der Türklinke stand in unsicheren Großbuchstaben:

FORSICHT
NICHS FÜA
KINDER

»Kinderhände beschmieren Tisch und Wände!«, belehrte mich Gregor triumphierend.

»Ich bitte dich, damit sind die Kinder nicht allein«, gab ich zu bedenken. »Denk an die Flecken in unseren Zimmervorhängen …«

Ich vermochte mir ein Schmunzeln nicht zu verkneifen. »Aber hier hat sich doch jemand sehr viel Mühe gegeben.«

»Aber wieso tut das Mädchen das?«

»Gregor, das war nie und nimmer das Mädchen. Dazu ist es zu weit unten, und so schreibt keine Elfjährige.«

»Aber die Schrift ist rosa!«

»Eben. Und welcher Junge läuft hier seit zwei Tagen in einer rosa Badehose rum?«

»Aber … warum tut er so was?«

»Na, es ist doch ein wohlmeinender Warnhinweis, offenbar … *Verdammt!*«

Es ist immer ein schöner Augenblick, wenn in einer Sherlock-Folge bei Watson der Groschen fällt. Es ist ein furchtbares Gefühl, wenn man selbst der Watson ist.

»Chef? Alles okay, soll ich es wegmachen lassen?«

»Gregor, das ist scheißegal! Was haben wir an Ledertrinen und SM-Freaks gerade im Haus?!«

»Nur die beiden Holländer, aber bei den anderen weiß man ja nie so genau. Was weiß ich, was dieser Lehrer mit seinem rothaarigen Lover so anstellt.«

»Das ist nicht sein Lover. Egal, wo hast du die zuletzt gesehen?«

»Keine Ahnung! Was wollen Sie von denen?«

»Wissen, was Felix gesehen hat, verflucht!«

»Oh«, und jetzt hatte sogar Gregor verstanden.

Traumatisierung. Mit diesem Wort hantieren Seelenklempner ja gerne. Ich habe als Kind einmal heimlich mit angesehen, wie meine Eltern Sex hatten. In der Waschküche. Als ich den Kommunionsunterricht geschwänzt habe. Und ich habe einmal erlebt, wie mein Vater meine Mutter schlug, nachdem er den Frühschoppen besser hätte schwänzen sollen. Beide Male hätte ein Psychologe begeistert in die Hände geklatscht. Nicht auszudenken, wenn Felix die Symbiose aus beidem mitbekommen hatte, live und in Farbe und mit Ton, in High Definition und 3D.

Und noch viel weniger wollte ich mir ausmalen, was mit mir passieren würde, wenn seine Mutter das rauskriegte. Dann würden die Chirurgen begeistert in die Hände klatschen, bevor sie mich zusammenpuzzeln dürften und mir die ausgekratzten Augen wieder einsetzen.

Auf dem Weg zum Haupthaus kam mir Felix entgegen. Ausgerechnet. Sehr traumatisiert sah er allerdings nicht aus. Aber vielleicht verdrängte er das alles auch geschickt.

Er trug wieder seine rosa Badehose und hatte einen pinken Eimer mit Wasser in der Hand. Oder umgekehrt, ich kann diese grässlichen Farben nicht auseinanderhalten. Für mich würden allein die Farben schon zum Trauma gereichen. Sollte ich Felix ansprechen? Auf die Gefahr hin, dass ich Erinnerungen aufwühlte, die er sich gerade mittels Wasser in rosa (oder pinkem) Eimerchen von seiner frisch lädierten Kinderseele trug?

»Hallo, Herr Helmer!«, kam Felix mir zuvor.

»Hallo, Felix, …«, begann ich und versuchte, so unverfänglich wie möglich zu fragen: »Da oben im Anesso. Diese Schrift da an der Tür. Warst du das?«

»Ja!« Felix schaute mich stolz an. »Ich dachte, weil das ja nicht für Kinder ist, schreibe ich das hin, dann wissen andere Kinder Bescheid.«

Nein, verbot ich mir. Nicht weiterfragen. Mach das Kind nicht kaputter, als es womöglich schon ist. Was würden andere Erwachsene an dieser Stelle tun? Aber mir fiel nur Gregor ein, der sicherlich nur darauf verweisen würde, dass es hier keine »anderen Kinder« gibt und dass das auch weiß Gott besser so sei.

»Ich wusste gar nicht, dass du schon schreiben kannst!«, sagte ich.

»Natürlich! Das habe ich in der Schule gelernt. Nach den Ferien komm ich in die zweite Klasse!« Felix klang begeistert. Stimmt, in dem Alter ging man noch gerne zur Schule.

»Dann bist du ja ein guter Schüler und den anderen weit voraus!«

»Nein, wir können alle schon lesen und schreiben«, belehrte mich Felix.

Irgendwas hat sich in der Grundschule geändert, seit ich zuletzt dort war. Ist heute offenbar doch nicht alles schlechter als früher. Ich konnte nach dem ersten Schuljahr, glaube ich, noch nicht mal das komplette Alphabet. Und Schreibschriftbuchstaben, die man spätestens in der Pubertät verschämt durch anständige Großbuchstaben ersetzte. Wer weiß denn noch, wie man das große H schreibt? Und wie man das vom großen X unterscheidet? Eins von beiden sah jedenfalls aus wie ein Autobahnkreuz (aber fragen Sie mich nicht, welches). Heute können die Kröten offensichtlich mit sechs schon lesen und schreiben. Zwar wie ihnen der Füller zwischen die Finger kommt, aber immerhin. Falls es so was wie Füller überhaupt noch gibt und sie nicht direkt mit diesen vermaledeiten UPS-Stiften auf Touchscreens kritzeln.

»Opa findet das auch immer komisch, dass ich schon schreiben kann«, fügte Felix hinzu. Anscheinend hatte er auch bereits gelernt, meine Gedanken zu lesen. Aber musste er mir unbedingt das Wort »Opa« unter die Nase reiben? So kam ich mir eh schon vor. Mann, ich hab schreiben noch auf kleinen Täfelchen gelernt, zwar kein Schiefer mehr, aber Täfelchen waren es trotzdem! Mit einem Schwämmchen dran. Und wenn man es genau betrachtete: Altersmäßig könnte Felix problemlos mein Enkel sein. »Trauma!«, krähte mein innerer Seelenklempner und patschte fröhlich in die Hände.

Ich beschloss, es bei einer Opa-Reaktion zu belassen, und sagte: »Das mit der Schrift an der Tür …« Felix schaute mich fragend an, als müsse er sich erinnern, wovon ich sprach: »Das hast du sehr gut gemacht!«

Felix griente stolz, trippelte aber etwas unruhig hin und her. War das ein Zeichen von Verstörtheit? Aber vielleicht wurde auch nur das Eimerchen schwer, das er inzwischen mit beiden Händen hielt.

»Wohin willst du mit dem Wasser?«

»Ich hab da oben Sand entdeckt und baue eine Burg. Aber dazu brauche ich Wasser. Das ist aus dem Pool.«

»Dann viel Erfolg beim Burgenbauen,« sagte ich, und Felix rannte von dannen. Wenn das Gregor wüsste: Wasser aus dem Pool in den Sand neben dem Parkplatz. Na ja, besser als umkehrt.

ILKA

Wieso haben so viele Schwule Angst vor Frauen? Gibt's dafür eigentlich schon einen Fachbegriff? Feminiphobie? Die Psychologen kennen ja die abenteuerlichsten Dinge. Neulich waren Eltern bei mir im Sekretariat, die ihre Tochter vom Schulsport befreien lassen wollten. Gut, wir kennen da schon allerlei mehr oder minder zugkräftige Begründungen – Wirbelsäulenverkrümmung, Diabetes, Adipositas, Islam und religiöse Furcht vor Koedukation, das Übliche halt –, aber diesmal hieß die Diagnose »Kinesiophobie«. Angst vor körperlicher Bewegung – eine Sportphobie! Als ich das Attest auf den Kopierer legte, hätte ich am liebsten laut losgelacht. Aber ich hab es gegoogelt. Gibt es wirklich! Irre, nicht wahr? Als ich allerdings gesehen hab, bei wem die Arme Sport hatte, war mir die Ursache der Phobie sofort klar.

Früher, seit ich zehn war, hab ich in solchen Fällen immer gesagt, ich hätte meine Tage. Hatte ich von meiner großen Schwester aufgeschnappt, der Lehrer hat zwar ein bisschen eigentümlich geguckt, aber ich musste nicht mitmachen. Ich war die Erste und lange die Einzige. Jahre später, als der Sportlehrer mich gefragt hat, ob ich nicht vor zwei Wochen erst meine Tage gehabt hätte, hab ich geantwortet, die Pubertät sei eben eine besonders fruchtbare Zeit, ob er das in der Umkleide denn nicht riechen könne. Das sei kein Schweißgeruch, so stänken die Hormone. Da is' er rot geworden und hat die Klappe gehalten. War eben kein Biolehrer, und als schwul galt er obendrein. Feminiphobie. Quod erat demodingsbums, wie die Lateinlehrer so gern schlaumeiern.

Helmer Klotz schaute jedenfalls panisch wie das Kaninchen vor der Schlange, als er mich sah.

»Helmer, ich muss mit Ihnen über Felix sprechen!«, hielt ich ihn an, und er machte plötzlich den Eindruck, als wolle er sich augenblicklich wegen akuter Frauenangst von der Resortleitung befreien lassen. Er bekam kaum ein Wort raus: »Ehm, ja?«

Aber was sollte ich tun? Das konnte ich ihm nicht ersparen. Da kommt mein Sohn mit seinen rosa Wachsmalstiften an und berichtet stolz, er hätte hier Türen beschriftet. Ich hab nicht verstanden, was er wohin gekritzelt hat, geschweige denn wieso, nur irgendwas mit »anderen Kindern«. Daraufhin hab ich gesagt: »Es gibt hier keine anderen Kinder, und die Wachsmalstifte sind konfisziert.«

Er erwiderte, er habe ja noch andere Wachsmalstifte im Zimmer, ich daraufhin: »Untersteh dich, Freundchen. Du nimmst jetzt dein rosa Eimerchen und baust die verdammte Sandburg, mit der du mir seit gestern in den Ohren liegst.«

Es folgte Geplärre und Geschrei, woraufhin uns die Blicke der Herren Homosexuellen am Pool schon wieder in Mutter-und-Kind-Gehacktes halb und halb zerfleischten. Aber irgendwann war Schluss mit der Heulerei, und Felix nahm sich einen fliederfarbenen Eimer aus der Strandtasche, tauchte ihn in den Pool und lief los, um seine Scheißburg zu bauen. Und ich lief los, um zu tun, was eine Mutter tun muss.

Ich versuchte, es niedlich klingen zu lassen. »Der Felix hat mir vorhin erzählt, er hätte Türen in Ihrem Hause neu beschriftet. Tja …«, ich bemühte mich um einen charmanten Augenaufschlag, »… und da wollte ich Sie fragen, ob Sie zufällig wissen, wo seine Mutter gleich einen Putzeinsatz hat.«

Helmer Klotz schaute mich so fassungslos an, als hätte Felix ein Altarbild von Leonardo da Vinci übermalt. Ich meine: Wachsmalkreide! Da nimmt man ’nen ordentlichen Schuss Pril und – mene mene takel – weg ist das Gekrakel.

»Es ist so …«, druckste Helmer rum.

»Was hat er ausgefressen?«

»Öh … nichts.«

»Na gut«, sagte ich, »dann muss ich auch nichts saubermachen.«

»Tja, er hat schon …«

»Also doch!« Ich verstand überhaupt nicht, wieso er sich plötzlich so wand. In seinen Pupillen blinkte die Panik so grell wie die Leuchtschrift eines arabischen Spielcasinos im Bahnhofsviertel.

»Nun … es gibt hier im Resort Räume, die, wie soll ich sagen, nicht hundertprozentig kindgerecht sind. Und

Ihr Felix hat das ganz richtig erfasst, er ist ein sehr kluger Junge …«

»Was – ist – passiert?«, unterbrach ich ihn mit schneidender Stimme, und Helmer berichtete mir kleinlaut von seiner Vermutung. Zumindest wusste ich jetzt, dass er nicht allgemein Angst vor Frauen hatte, sondern bloß Angst vor mir. Und die absolut zu Recht!

»Und wann wollten Sie mir das sagen?!«

»Ich hab das doch gerade erst selbst erfahren und wollte erst herausfinden, ob er überhaupt etwas gesehen hat!«, verteidigte er sich. »Und wenn ja, was *genau*. Ich wollte gerade mit den beiden Herren sprechen, die womöglich mehr wissen könnten.«

»Das, Helmer, machen wir schön gemeinsam!«

»Wäre es nicht besser, wenn ich zuerst unter vier Augen mit ihnen spreche?«

»Sagten Sie nicht, es wären zwei? Dann sind es eh schon sechs Augen. Und dann kommt's auf zwei mehr oder weniger auch nicht mehr an, und meine Augen gehören immerhin Felix' Mutter! Und wenn mein Sohn irgendwelche Ferkeleien mitbekommen hat, dann will ich wissen, wer zukünftig seine Traumatherapie bezahlt!«

»Sollen wir uns nachher in meinem Büro …«

»Quatsch. Wir treffen uns in diesem ominösen Spielzimmer. Ich will wissen, wie es da aussieht und was mein Felix gesehen hat.«

Ganz ehrlich. Einen Playroom hatte ich mir anders vorgestellt, wie eine Art mittelalterlichen Folterkeller. Aber das hier wirkte wie das Negativ vom Gymnastikraum unserer Schule. Mehr Schwarz als Weiß, ein bisschen Rot, keine Fenster. Eine Spiegelfront, damit sich die Herren beim erotischen Männerballett von allen Seiten zusehen können. Eine Leiter an der Wand, eine Schaukel in der Ecke, ein paar Ringe, eine weiche Matratze zum Draufwerfen, und selbst ein alter Turnbock stand unmotiviert im Raum rum. Gut, dass man Sex auch als Leistungssport betreiben kann, war mir klar, aber dass man dazu gleich Geräte braucht! (Obwohl: Wenn man den Gerüchten um Frau Schröder-Hanke und Herrn Korn an unserer Schule Glauben schenkt, spielt darin neben der achten Stunde auch der Gymnastikraum eine entscheidende Rolle.) »Turnbock«, sagt man heute auch nicht mehr, heute heißt es meines Wissens »Pauschenpferd«. Wenn ich mir vorstelle, dass sich hier erwachsene Männer den Hengst am Pauschenpferd machen, könnt ich loswiehern, hahaha.

Ein Feldbett stand in der Ecke, damit man sich nach dem Bockspringen etwas hinlegen kann. Wenngleich das abwischbare Plastiklaken auf mich alles andere als einladend wirkte. In einer Wandnische hingen allerlei Riemen, Gerten und Schnüre in Schwarz und Weiß, Nieten- und Ösenarmbänder, Dinge, die ich für Knebel hielt, und welche, über deren Verwendungszweck ich lieber nicht weiter nachdachte. Das war gut so, denn wenn schon mir dazu nichts einfiel, hatte Felix keinen blassen Schimmer. Zumindest solange sie nicht zum Einsatz gekommen waren, und ob das der Fall war, versuchten wir ja gerade rauszufinden.

SM-Fetischisten hatte ich mir ebenfalls anders vorgestellt und schon befürchtet, es handelte sich um diesen Bulldozer Boris. Aber mir seinen Lover, diesen aufgetakelten Raffael, in diesem Ambiente vorzustellen, nee, dazu fehlte mir einfach die Fantasie. (Wenngleich ich ihn mir geknebelt extrem gerne vorstellte.)

Meine Fantasie wurde schon von den beiden Bürschchen beansprucht, die gerade auf der Bettkante vor mir saßen und arg schuldbewusst dreinschauten.

»De Jonge kann nichts gesehen haben«, sagte der, der sich als Thijs vorgestellt hatte, mit breitem holländischem Akzent. Er trug eine schwarze Sporthose mit drei weißen Streifen, ein schwarzes Muskelshirt mit Adidas-Logo und Adiletten. Sehr sportlich im Prinzip, nur das deutliche Kugelbäuchlein störte.

Sein Freund hieß Ruben und saß neben ihm, in hellem Karohemd, unifarbener Stoffhose in Übergröße, wie sie die Jungs an unserer Schule vor ein paar Jahren alle noch trugen, und diesen großformatigen Turnschuhen, die unzugebunden trotzdem am Fuß halten, einfach so. Hab nie recht verstanden, wie das funktioniert, da muss ein Trick bei sein. Einmal hab ich leichtfertig einen Jungen im Sekretariat danach gefragt. Das war ein Fehler, er sagte »So!« und schlüpfte demonstrativ aus dem Schuh. Seitdem habe ich Fußschweiß in Verdacht, das Haftmittel zu sein. (Ich werde das bei Felix beobachten, wenn er in das Alter kommt. Hauptsache, er ist bis dahin mit dem Rosafimmel durch, denn ich glaube nicht, dass es coole Sneaker in Flieder oder Mauve gibt.)

Am meisten erstaunte mich, dass der Schwarzgekleidete, also Thijs, eine recht hohe Stimme hatte, die sogar leicht kiekste, was bei seinem Akzent noch drolliger wirkte. Den würde man eher im schwulen Männerchor verorten als in der nächsten Lederbar.

Im Prinzip konnte man diese beiden Typen für Elftklässler an unserer Schule halten, vorausgesetzt, man war extrem kurzsichtig und die beiden sehr weit weg. Von Nahem erkannte man allzu gut, dass sie locker auf die vierzig zugingen.

»Wieso habt ihr nicht abgeschlossen?«, fragte Helmer Klotz.

»Geen Idee«, nuschelte der eine. »Ik mein', keine Ahnung …«

»Irgendwie vergessen«, sagte der andere.

»Konnten doch nich ahnen, dass plötzlich de Jonge reinkommt …«, murmelte Ruben.

»Kinners! Jetzt hört mal auf, so schuldbewusst aus der Wäsche zu gucken. Ich bin Schulsekretärin. Winselnde Halbstarke vorm Büro des Direktors hab ich oft genug erlebt. Darauf hab ich keinen Bock, denn ich hab Urlaub. Benehmt euch wie anständige Erwachsene und erzählt, was wirklich passiert ist: Ihr wart scharf aufeinander, und zwar dermaßen, dass ihr glatt vergessen habt, die Tür abzuschließen. Und weiter?«

»Nou ja, der Thijs hat mir an die Leiter gefesselt hier …«

»Mach mal vor.«

Okay, Ruben war offenbar der Unterwürfige, Sklave, Lakai oder wie auch immer die dazu sagen. Jedenfalls sprang er sofort auf und dackelte zur Leiter, breitete die Arme aus und stellte sich mit gespreizten Beinen hin. »Alee, so in etwa.«

»Kleidung?« Helmer Klotz lehnte an dem alten Turnbock und sah aus, als würde er im nächsten Moment einen roten Lehrerkalender aus der Hemdtasche ziehen und Noten aufschreiben.

»Sportswear.«

»Sportklamotten«, übersetzte Helmer unsinnigerweise und deutete auf Thijs' Outfit. Für wie blöd hielt der mich eigentlich? Seh ich aus, als könnte ich kein Englisch?

»Ja ja, schon klar. Und sonst nichts?«

»Doch, Sneakers natürlich. Und der Thijs hatte Wäscheklammern an meine Brustwarzen gemacht, ein paar, und … rieb ein bissken … in dem Schritt von mir …«

Wie süß, er wurde tatsächlich rot. Meine Fresse, er war gut fünf Jahre älter als ich und redete mit mir, als hätte ihn seine Mutti beim Onanieren ertappt.

»Um noch mal konkret nachzufragen: Du warst vollständig bekleidet, und es hing auch nichts raus?«

»Wir hatten grad erst angefangen! Außerdem, de Jongen kann nichts gesehen haben, weil: Thijs stand vor mir.«

»Okay, Thijs, wo standest du?«

Der sprang ebenfalls bereitwillig auf. Also gleich zwei Unterwürfige in dieser Beziehung. Meine Güte, was hätte ich dafür gegeben, wenn mein Dennis so nach meiner Pfeife getanzt wäre.

Thijs positionierte sich vor Ruben. Er stand mit dem Rücken zur Tür. »Kijk! Meine Hand hier. Mehr machten wir noch nicht …«

Ich ging zur Tür und kniete mich hin, das müsste ungefähr Felix' Höhe sein. Aus dieser Perspektive konnte man tatsächlich wenig von Ruben an der Leiter sehen. Langsam wich meine Sorge einer gewissen Belustigung über die Gesamtsituation. Wenn uns hier jemand beobachten würde! Hatten wir eigentlich abgeschlossen?

»Kleidung?«, fragte Helmer wieder dazwischen.

»Ich war in Skaterstyle, Thijs in Leather«, antwortete Ruben.

Strafend schaute ich Helmer Klotz an, bevor er mir das auch noch übersetzte.

»Welnu … ich hatte oben rum … nichts an«, piepste Thijs. »Sonst nur Chaps.«

Helmer schwieg, und ich blickte ihn Hilfe suchend an. »Was heißt das?«

»Beinkleider aus Leder.«

»Beinkleider?« Sorry, ich musste losprusten. Hatte er wirklich »Beinkleider« gesagt? Quetschte die Panik vor Frauen in seinem Kopf jetzt schon sein Sprachzentrum zurück ins neunzehnte Jahrhundert? »Sie meinen eine Lederhose?«

»Na ja, ›Hose‹ trifft es nicht wirklich, denn das Leder bekleidet im Grunde wirklich nur die Beine. Der Allerwerteste bleibt unbedeckt.«

O Gott, die Dinger! Ich glaub einer von den Village People trug immer so ein schreckliches Teil. Allerdings hatte *er* eine Jeans drunter.

»Ich hatte noch einen Jockstrap an!«, ergänzte Thijs.

»Eine Art Slip«, erklärte Helmer. »Zumindest vorne rum.«

»Auch da hing nichts raus«, beeilte Thijs anzufügen. Er hyperventilierte fast.

»Wie gesagt, wir hatten noch nicht angefangen«, beteuerte Ruben. »Außerdem waren nur ein paar Kerzen an.«

Der Zeitpunkt, ab wann Felix dem, nennen wir es mal *Liebesspiel* beiwohnte, ließ sich perfekt rekonstruieren. Als Erstes schaltete er nämlich das Neonlicht an.

»Und was habt ihr gemacht?«

»Wir haben uns erschreckt!«, berichtete Ruben. »Thijs ist hochgesprungen!«

»Ik denk, ich hab sogar geschrien … eein betje.«

Die entscheidende Frage stellte Helmer: »Und Felix? Was hat er gesagt?«

»De Jongen?«, sagte Ruben. »Der hat gefragt: ›Gibt's hier auch Lego?‹«

Mehr war offenbar nicht. Helmers und meine Befürchtung, mein Sohn könnte hier einen Knacks fürs Leben kassiert haben, hatte sich zum Glück nicht bewahrheitet. Felix wollte lediglich wissen, was die beiden da spielten. Und sie haben mit unerwarteter Geistesgegenwart reagiert und gesagt, dass sie Sport machen würden und dies ein Spielzimmer nur für Erwachsene sei. Daraufhin hat sich Felix verkrümelt, und die beiden Berufsjugendlichen ebenfalls. Wenn jemand hier ein Trauma fürs Leben bezogen hat, dann wohl die beiden.

Olga kriegte sich gar nicht ein, als ich ihr von dem Erlebnis im Spielzimmer berichtete. Ich musste wohl ein wenig blass um die Nase ausgesehen haben, als ich mich in den Liegestuhl neben ihr fallen ließ. Sie lachte, ihre Brüste wippten dabei fröhlich auf und ab, und ich fragte mich nicht das erste Mal, was genau da unter ihrem Kimono so lustig schwappte. Wenn ich sie richtig verstanden hatte, nahm sie keine Hormone, sie war ja kein Transgender, sondern ein Transvestit. Trug sie einen BH ausgestopft mit … ja, womit eigentlich? *Socken*? Oder hatte sie sich im Laufe der Jahre einfach zünftige Biertitten angetrunken und band diese geschickt hoch? (Kriegte man von Prosecco und Gin eigentlich Biertitten?)

»Ja, wir Schwuchteln sind schon schlimme Finger …«, gluckste Olga. »Zigarettchen zur Beruhigung?«

Sie bot mir eine an, doch ich schüttelte den Kopf, nicht hier, wo jederzeit die Kinder auftauchen konnten. Außerdem hatte ich noch nicht entschieden, ob ich tatsächlich wieder anfangen wollte zu rauchen.

»Dann hol ich uns was zu trinken. Lauf nicht weg und lass dich von niemandem irgendwo anbinden.«

Kurz darauf hatte ich einen Gin Tonic in der Hand. Chorgesang wehte zu uns rüber.

»Ach, der Chor.« Ich seufzte.

»Man gewöhnt sich dran«, sagte Olga. »Das ist wie mit einer Autobahn, wenn man nicht daneben steht, kann man's ausblenden.«

»Ich dachte, die proben für eine Aufführung?«, fragte ich. »Da will man doch Publikum.«

»Na, es gibt auch Menschen, die auf Autobahnbrücken stehen und Lkws angaffen«, meinte Olga lapidar und prostete mir zu.

»Ui«, krächzte ich nach dem ersten Schluck, als der Gin in meinen Rachen biss.

»Oh, zu stark? Ich hab Angelo gesagt, du müsstest einen homosexuellen Schock überwinden.«

»Und da hat er den Longdrink extra stark gemacht?«

»Iwo, ich hab bloß gesagt, er soll deinen genau so wie meinen mischen. Chin-chin!«

»Musst du etwa auch homosexuelle Schocks überwinden?«

»Oh ja! Jeden Tag aufs Neue!«

»Warst du schon mal im Playroom?«, fragte ich aus einer Laune heraus.

»Hab ihn mir nur angeschaut, aber SM ist nichts für mich«, sprach Olga mit geheimnisvollem Unterton in der Stimme, der überflüssig war, weil sie das Geheimnis ohnehin sofort lüften würde. »Ich hab's mal versucht, aber nein, wenn da so ein verschnürtes Würstchen vor mir kniete und wimmerte ›Gib's mir, Mutter! Gib's mir!‹, da regte sich bei mir nur eins: der Wunsch, dem armen Wurm einen Kakao zu kochen.«

Sie lachte röhrend über ihren Witz, ich stimmte ein

und versuchte, mir Olga als Domina vorzustellen, mit Peitsche in der einen und Gin Tonic in der anderen Hand, während sie einen Sklaven malträtierte und im Hintergrund Gloria Gaynor dudelte.

Mir wurde ganz heiß im Kopf, wobei das auch an dem starken Drink liegen konnte. Ich linste zu den Seiten. Obwohl Olgas Stimme durchdringend war, als hätte sie zwanzig Jahre im Schuldienst verbracht, musterte uns niemand argwöhnisch oder belustigt. Vielleicht waren das im Rainbow Inn ganz normale Small-Talk-Themen.

»Für mich ist das alles noch so neu«, sagte ich. »Mir kommt es vor, als seien Schwule viel offener.«

»Offen, oder nicht ganz dicht?«, fragte Olga spitz.

»Hier gibt es ein Spielzimmer, und diese beiden Holländer spazieren da einfach am helllichten Tage rein. Ich glaube, wir Heteros wären da diskreter. Sind alle Schwulen so … freizügig?«

»Ich kenne ja nicht *alle* Schwulen«, antwortete Olga grinsend, »aber viele sind so. Und die, die langweilig in ihren Reihenhauswohnungen verschimmeln und deren Eheleben im gemeinsamen *Markus-Lanz*-Gucken gipfelt, kenne ich zum Glück nicht.«

Etwas an Olgas süffisantem Kommentar versetzte mir einen Stich. Vielleicht das Wort »Reihenhaus«.

»Du findest Familienleben öde?«

»Nein«, sagte Olga. »Aber ich find Treue öde.«

»Wie bitte?« Ich schaute sie entgeistert an.

»Nun, vielleicht nicht öde«, ruderte sie zurück, glaubte ich zumindest, tatsächlich startete sie nur den Außenborder: »Ich glaube nicht an Treue – zumindest nicht an die Art von Treue, wie ihr Heteros sie immer hochhaltet.«

»Aber Treue ist doch das A und O jeder Beziehung!«,

warf ich ein. »Wie soll man denn als Paar zusammenleben, wenn man sich nicht treu ist?!«

»Es hängt davon ab, wie man Treue definiert«, widersprach mir Olga. »Es heißt ja immer, Schwule wären zu Langzeitbeziehungen nicht in der Lage. Stimmt aber nicht! Nur mit der Monogamie haben wir's nicht so …«

»Aber was sind denn das für Beziehungen?«

»Meistens sehr liebevolle.«

»Pah!«, sagte ich, weil mir »Pah!« angebracht schien. Ich weiß natürlich, dass »Pah!« ein Scheißargument ist, was mir Dennis beim Streiten auch gerne unter die Nase reibt, ich meine, *gerieben hat*, wenngleich ich seltener zum »Pah« griff als er zum »Es ist mir scheißegal, was du denkst, aber ich seh das nun mal so«. Da ist »Pah!« doch griffiger! Mehr fiel mir in diesem Moment nicht ein, weil ich bei Olgas Satz nur an Dennis' Fresse zwischen den Schenkeln dieser englischen Schlampe denken konnte.

»Willst du damit sagen, ich soll mich wegen Dennis' Fehltritten nicht so anstellen?« Meine Stimme muss ziemlich giftig geklungen haben.

»Quatsch!«, entrüstete sich Olga. »Dein Dennis ist ein Arsch. Er hat dich hintergangen, das ist ein absolutes No-Go! Wenn man eine Beziehung öffnet, geht das nur, wenn man einander vertraut!«

Ich setzte schon zum nächsten »Pah!« an, aber Olga fuhr fix fort: »Ich glaube, eine offene Beziehung erfordert ein viel größeres Maß an Vertrauen und, ja, vielleicht sogar Liebe, als strikte Monogamie. Denn ich muss bei meinem Kerl darauf vertrauen, dass er vielleicht an einen Typen gerät, der dreimal besser fickt als ich, er aber trotzdem zu mir zurückkommt, weil ich ihm als Mensch wichtiger bin.«

Olga nahm einen tiefen Schluck von ihrem Longdrink. Ich tat es ihr gleich. Der Gin ätzte sich durch meine Speiseröhre wie der Sinn von Olgas Äußerung in mein Hirn. Ich wollte das alles nicht hören, schien es doch an meinem Entschluss, mich von Dennis zu trennen, zu rütteln.

»Weißt du, Ilka, in früheren Zeiten war sexuelle Treue noch wichtiger. Sie schützte vor Krankheiten, ungewollten Schwangerschaften und allem Pipapo. Aber der Mensch ist doch nicht als treues Wesen vom Baum geklettert.« Olga dozierte wie eine angetrunkene Biologielehrerin. »Ich seh das so: Mein Körper und meine Libido sind tolle Spielzeuge, mit denen man verdammt viel Spaß haben kann. Es ist schnuppe, mit wem ich das Bett teile, viel wichtiger ist: Mit wem teile ich mein Leben? Wem gehört mein Herz? *Das*, Ilka, ist für mich der Treue Kern.«

»Also, ich könnte das nicht«, hörte ich mich sagen, etwas zu tonlos vielleicht, »ich kann Liebe und Sex nicht einfach voneinander trennen, schon gar nicht in einer Beziehung.«

»Musst du ja auch nicht«, sagte Olga. »Ich will hier niemanden bekehren! Unser schwuler Lebensstil ist sicher nicht der Weisheit letzter Schluss, aber ganz ehrlich, viele heterosexuelle, angeblich ach so monogame Beziehungen sind's ebenfalls nicht.«

Ich nickte. Der Regisseur meiner Gedanken blendete dazu wieder das Bild von Dennis und der Engländerin ein.

»Meistens sind's die Männer, die irgendwann fremdvögeln, und wir Frauen müssen es ausbaden. Da frage ich mich in meinem kleinen, dummen Tuntenhirn: *Muss* das so sein?«

»Ja, aber Sex ist doch was Privates«, suchte ich nach

einem Einwand. »Wird Sex dadurch nicht unglaublich abgewertet … so profan?«

»Schätzchen, Sex *ist* profan«, erwiderte Olga. Wie aufs Stichwort reckten sich nun doch ein paar homosexuelle Hälse in unsere Richtung. »Schau dir an, was wir für komische Dinge tun, Ilka! Was für Verrenkungen! Man schwitzt, es klebt, man steckt sich Körperteile irgendwohin und -rein, überall sabbern Flüssigkeiten raus, und die meisten riechen oder schmecken nicht mal besonders. Etwas Profaneres als Sex existiert nicht! Was gibt es denn da noch abzuwerten? Wenn überhaupt, wird da 'ne ungesunde Aufwertung auf den Boden der Tatsachen runtergevögelt, und dieser Boden ist halt schmutzig!«

»Wie bitte?«

»Pass auf, wenn Sex nur mit einem Partner erlaubt ist, oder noch krasser ausschließlich zum Kindermachen – gibt ja Extrempfaffen, die das so sehen –, dann stellt man Sex doch auf einen goldenen Sockel, der der ganzen schönen Schweinerei auch nicht ganz gebührt.«

Ich schaute mich um, in Erwartung, dass die Umsitzenden in zustimmenden Beifall ausbrachen. Aber nichts da, nur einige Ohren erschienen mir gespitzt.

»Was willst du mir damit sagen?«

»Ob man bereit ist, Sex auf diesen Sockel zu stellen, sollten die Partner miteinander ausmachen und sich dabei möglichst wenig von außen beeinflussen lassen. In diesem Punkt könnten sich Heten ruhig was bei den Homopaaren abschauen, denn gerade weil wir etwas wahlloser rumvö… ich meine, sexuell etwas unbefangener sind, taucht in fast jeder Beziehung früher oder später die Frage auf, wie man es denn halten will mit der Treue. Wenn ich euch Heten einen Rat geben kann, dann diese

Frage wenigstens mal miteinander zu besprechen, anstatt gleich das Ehebett *Modell Stacheldraht* aufzubauen.«

»Hm«, machte ich. »Pah!« schien mir nicht angebracht. In meinem Hirn rumorte es. Dennis und ich hatten über so etwas natürlich nie gesprochen. Wir waren zusammengekommen, und das bedeutete für uns, treu zu sein – für mich zumindest. Was es für Dennis bedeutete, weiß ich ja jetzt. Obwohl wahrscheinlich auch für ihn Treue ein Ziel darstellte. Eines, das er so regelmäßig verfehlte, dass es ihm zuletzt wohl egal war. Ich schaute weg, als mir wieder das Bild von der nymphomanen Britin eingespielt wurde. Stattdessen versuchte ich mir vorzustellen, wie Dennis reagiert hätte, wenn ich fremdgegangen wäre und auf seinen letzten Seitensprung reagiert hätte mit: »Ach, Schwamm drüber, ich mach's dafür manchmal mit dem neuen Facilitymanager im Heizungskeller unserer Schule.« Ich glaub, er hätte mich augenblicklich vor die Tür gesetzt! Jede Wette, Seitensprünge waren für ihn ein maskulines Privileg.

»Ilka, bitte nicht falsch verstehen …« Olga zögerte. »Mal ganz hypothetisch: In einem anderen Leben, einem Paralleluniversum … Wenn man einen Mann mit der Libido eines rammelnden Batteriehasen hat, sollte er seine Bedürfnisse vielleicht in klar definierten Grenzen ausleben, vorausgesetzt, der Mann hat noch andere charakterliche Qualitäten und vorausgesetzt, ihr gestattet euch, dass auch du ab und zu am hübschen Englischreferendar naschen darfst.«

»Unser Englischreferendar hat abstehende Segelohren und einen behaarten Leberfleck neben der Nase.«

»Ihh«, sagte Olga, »dann vielleicht nicht, aber in einem Paralleluniversum könnte er ja aussehen wie Orlando Bloom in seinen besten Zeiten …« Unvermittelt fragte sie: »Masturbierst du?«

»Aber hallo«, sagte ich und erschrak über meine Offenheit.

»Und? Hast du dabei immer an deinen Dennis gedacht? Hand aufs Herz, Ilka!«

»Nein«, hörte ich mich sagen. Hilfe, Mayday! Natürlich nicht. Aber auch nicht an Orlando Bloom oder unseren Englischreferendar, und einen neuen Facilitymanager hat unsere Schule auch nicht, aber … ach, das geht niemanden was an.

»Mami!«

O shit!

Irgendwann lernt man »Mami!«-Rufe zu differenzieren. Mami-guck-mal, Mami-Drama, Mami-hilf!, Mami-ich-hab-was-Schlimmes-gemacht-trau-mich-aber-nicht-es-zu-sagen, Mami-nerv und so weiter. Obwohl, Mami-nerv kann jedes »Mami!« sein.

In diesem Moment wurde die Mami jedoch knallrot, als Felix ausgerechnet mitten in ihre Masturbationsfantasie hineinstolperte. Ich fühlte mich ertappt. Fast so wie damals, als Thea bei Dennis und mir im Schlafzimmer stand, während wir gerade Felix machten. Egal, ich war jedenfalls froh, dass Felix nur mit einem Mami-Hilf kam: »Mami, ich hab Schlamm im Auge.«

Der war zum Glück schnell beseitigt, und Felix konnte wieder seiner Wege ziehen. Auf die Frage, woher der Schlamm kam, hatte ich keine Lust, und eigentlich war sie auch völlig unwichtig. Kinder ziehen Schlamm an wie Bildschirme Staub. Rosa Badehose hin oder her, in Sachen Rumschmötkern unterschied sich Felix nicht von anderen Kids.

Kinder verkomplizierten Olgas Beziehungsmodell natürlich ungemein! Nein, das ging nicht.

»Ilka, lies den Kindern heute die Gute-Nacht-Geschichte vor. Ich geh noch mal schnell rüber zu meiner kleinen englischen Schlampe.«

»Mach das Schatz, und grüß schön. Aber sei nicht zu spät zurück. Du weißt ja, dass später noch Holger vorbeikommt.«

»Wer?«

»Na, Holger! Der neue Facilitymanager von unserer Schule, hab ich doch erzählt … Wir wollen mal ausprobieren, ob das bei uns im Heizungskeller auch geht.«

»Aber Schatz, da stehen die Fahrräder!«

»Ach so, na, dann ficken wir halt in deinem Hobbyraum, okay?«

»Macht das, aber seid leise und weckt die Kinder nicht.«

Ich schüttelte den Kopf. »Nein, Olga. Offene Beziehungen gehen nicht, vielleicht wenn man jung und wild ist und in der Großstadt lebt. Aber irgendwann muss man sich entscheiden. Wenn du 'ne Familie willst, hast du auch mehr Verantwortung. Da noch weiter fröhlich promisk zu leben, nein, das käme mir unmoralisch vor!«

»Pah!«, schnaubte Olga. Sie konnte das also auch. »Schätzchen, komm mir nicht mit Moral. Wir Schwulen sind nicht unmoralisch. Wir haben nur verstanden, dass Moral nicht als Schlaginstrument taugt. Wer die Moral als Keule schwingt, hat nichts begriffen.« Olgas Stimme wurde pathetisch. »Deswegen gehen mir diese ganzen selbsternannten Moralapostel auch so auf die Eierstöcke, diese ›Ich-hab-ja-nix-gegen-Schwule-ich-kenn-sogar-einen-der-ist-ganz-nett-im-Rahmen-seiner-Möglichkeiten‹-Arschlöcher, diese ›Was-habt-ihr-denn?-

Man-wirft-euch-nicht-mehr-ins-KZ,-was-wollt-ihr-denn-noch?‹-Säcke! ›Kommt bloß nicht auf die Idee, unsere Kleinbürgerwelt noch weiter zu hinterfragen‹«, äffte Olga nach und sagte noch einmal: »Pah!«

War ich in ihren Augen etwa eine Kleinbürgerin? Aber Olga war längst beim Großen und Ganzen: »Deswegen gibt es die schwule Subkultur, all unsere mühsam aufgebauten Parallelwelten. Wir stehen damit doch nicht außerhalb der Moral, mein Schatz. Wir sind bloß einen Schritt zur Seite getreten, damit uns die Moralkeulen nicht mehr treffen. Sollen die Deppen sie weiter schwingen! Sie landen im Leeren und zersplittern.« Ich nickte, als verstünde ich, wovon Olga predigte. »Weißt du, Ilka, ich zersetze keine Moral, aber ich tue alles dafür, Moralkeulen zu zersetzen.

Bei diesen reaktionären Idioten und fanatischen Christen dreht sich alles darum, wer seinen Dödel wann in welche Körperöffnungen schieben darf und warum das mal gut und mal schlecht sein soll. Und darüber wollen Menschen urteilen, deren einziges Sexualleben in lebenslanger Enthaltsamkeit oder gelegentlichem Missbrauch eines Chorknaben besteht?«

»Jetzt biste aber reichlich unsachlich, Olga!«, warf ich ein, meine Ohrläppchen fühlten sich an, als glühten sie. Das tun sie fast immer, wenn's ans Eingemachte geht. Das Blut steigt hoch, und in den Ohrläppchen geht's nicht weiter. Sie sind meine Schamgrenze.

»Natürlich bin ich unsachlich, Schätzchen!«, rief Olga. »Ich bin Tunte, Transe, Dragqueen, whatever! Sachlichkeit gehört nicht zu meiner Jobbeschreibung. Ich bin eine Provokation auf Stöckeln. Ich hab nicht zu urteilen. Wenn es ein notgeiler Neunzehnjähriger erregend findet, sich in einem Berliner Darkroom eine Nacht lang von zehn geilen Kerlen durchbumsen zu lassen, dann muss ich das nicht gutheißen, aber wieso sollte ich den Jungen mit mehr oder weniger Anstand behandeln als eine vierzigjährige Arztgattin, die seit fünfzehn Jahren all ihre sexuellen Wünsche hintanstellt, um einmal im Monat für ihren angetrunkenen Dentisten drei Minuten die Beine breit zu machen, obwohl sie weiß, dass er sich seinen Spaß zweimal die Woche im Puff holt?«

Nun war ich wirklich krebsrot und Olga in Rage: »Weißt du, Ilka, ich hab mit ein paar hundert Männern geschlafen, keinen einzigen habe ich benutzt oder mehr benutzt, als er es wollte.« Sie grinste kurz und wurde plötzlich todernst: »Richtig benutzt habe ich nur die einzige Frau in meinem Leben.« Sie stockte, und die Gesprächspause war so angenehm wie eine Ohrfeige.

»Warum?«, fragte ich leise.

»Weil ich mich in ein Modell von Familie reinzwingen wollte, von dem ich glaubte, dass man es von mir verlangte. Und diese Frau, die ich immer noch sehr mag, aber eben nie begehrt habe, habe ich dadurch so verletzt wie keinen anderen Menschen. Und, Ilka, wenn ich all diese selbstgerechten Moralapostel verachte, die über meinesgleichen urteilen wollen, dann kriegen sie nur einen kleinen Teil von der Verachtung ab, die ich in diesem Punkt für mich selbst empfinde.«

Ich schluckte. Olga hatte gesprochen wie eine Filmdiva in einem Schwarz-Weiß-Melodram. Darin hätte sie nun den Kopf ruckartig abgewandt und wäre unter wildem Gegeige in einer Schwarzblende verschwunden. Stattdessen trank sie ihr Glas leer und stocherte aggressiv in Eis und Zitronen herum.

»Diese Frau ist die Mutter deiner Tochter?«, fragte ich zaghaft.

»Ja«, sagte Olga und wurde wieder etwas ruhiger, sodass ich mich zu einer weiteren Frage entschloss: »Weiß deine Tochter von deinem Leben?«

»Natürlich! Seit sie zehn ist. Und sie ist trotzdem der fabelhafteste Mensch geworden, den ich kenne. Sie ist großartig und moralisch sehr integer – und das sage ich nicht nur, weil sie meine Tochter ist.«

»Nicht?«

»Nee. Was gäbe ich drum, wäre sie etwas entspannter. Jedes Mal, wenn sie mich besucht, lagere ich meinen kompletten Kühlschrankinhalt bei meinem Nachbarn aus und fülle ihn mit politisch-korrekt erzogenem Biogemüse auf.« Olga verdrehte gespielt die Augen.

»Und wer ist der Vater ihres Kindes?«

»Ihr Erstmann und Lebensgefährte.«

»Ihr *was*?«

»Na ja, sie hat zwei Männer. Sie lebt polyamourös. Mit einem teilt sie Tisch und Bett, und mit dem anderen führt sie so eine Art Teilzeit-SM-Beziehung, glaube ich. So genau weiß ich es auch nicht.«

Meine Ohrläppchen waren gerade abgekühlt, nun schlackerten sie vermutlich rot leuchtend.

»So what?«, fragte mich Olga ob meines entsetzten Gesichtsausdrucks. »Die drei haben das als Lebensmodell für sich entdeckt, und es funktioniert. Sie sind glücklich.«

»Und dein Enkelkind?«, rutschte mir raus.

»Ich hab keinen Zweifel, dass meine Tochter und ihr Freund es zu einem verantwortungsvollen jungen Menschen heranziehen werden. Und zur Not steht ja noch der verlotterte Opa Olga bereit.« Sie grinste und fuhr fort: »Jetzt komm mir nicht mit intakten Elternhäusern und solchem Blabla. Natürlich ist ein intaktes Elternhaus schön. Hab ich nie gehabt. Ich bin trotz alledem ein toller Mensch geworden. Bitte nick mal unauffällig, Ilka, danke. Deine Kinder haben offensichtlich auch kein intaktes Elternhaus mehr …« – Aua, der Satz tat weh, aber was blieb mir anderes übrig, als zu nicken? – »Doch du wirst sie sicher richtig erziehen. Und dein zukünftiger Ex wird dir bestenfalls beistehen – wehe ihm, wenn nicht! Und vielleicht hast du Glück und lernst den umwerfendsten Typen und treusorgendsten Ersatzvater von ganz Hannover kennen und lieben. Vielleicht passiert eine Weile nichts. Oder du probierst ein paar Männer aus und lädst sie dir zum Testbeischlaf ein, was auch immer. Nichts davon ändert etwas daran, dass du eine tolle Mutter bleibst. Oder siehst du das anders?«

Auch wenn mir die wenigsten von Olgas Zukunftsfantasien gefielen, im letzten Punkt musste ich ihr recht geben. Ich nickte zustimmend.

»Was ich sagen will, Ilka«, Olga holte noch einmal tief Luft, »kein Staat, keine Religion, kein Priester, keine Partei, kein Dummschwätzer hat sich einzumischen, wann und wie Menschen beschließen, gemeinsam ihr Glück zu finden, sei es für ein Menschenleben oder eine fröhlich durchvögelte Nacht.«

»Amen«, sagte ich.

Olga stand auf und lief zur Bar. Erschlagen blieb ich in meinem Liegestuhl sitzen und versuchte zu verdauen, was ich gerade gehört hatte. Meine Gedanken fuhren Karussell, was sie ja ohnehin die ganze Zeit schon taten, aber Olga hatte noch ein wenig Beschleuniger dazugekippt.

Sie kam mit einem weiteren Gin Tonic zurück. Mein

Glas war dagegen noch nicht mal halbleer. Olgas Tiraden hatten mich so in den Bann gezogen, dass ich ganz vergessen hatte zu trinken.

»Den hab ich mir aber verdient«, sagte Olga. »Entschuldige, Liebes, sonst echauffiere ich mich nicht so.«

Sie lehnte sich zurück.

»Und Helmer?«, fragte ich in die Stille hinein und wunderte mich, wieso. Manchmal ist meine Klappe schneller als mein Hirn. Aber wahrscheinlich dachte ich an das, was Felix am Morgen gesagt hatte.

»Ach, das Klötzchen …« Olga seufzte. »Manchmal glaube ich, dass Helmer der einsamste Mensch der Welt ist.«

»Hat er niemanden?«

»Niemanden. Nur dieses blöde Eselsvieh. Und er glaubt, niemand weiß, dass er in aller Herrgottsfrühe mit dem Tier endlose Monologe führt.« Olga grinste, aber es war mehr ein mitleidiges Grinsen.

»Oh.«

»Ach, der kommt sonst schon auf seine Kosten. Manchmal leiht er sich einen Escort aus.«

»Einen was?«

»Nicht jeder Hotelgast zahlt hier für seinen Aufenthalt. Manche sind dienstlich hier.«

»Du willst sagen …«

»Siehst du den älteren Herrn dort hinten am Pool mit diesem unverschämt hübschen Bengel an seiner Seite?«

»Ja, seltsames Paar, die beiden. Passen so überhaupt nicht zusammen …«

»Paar!« Olga schnaubte vergnügt. »Wenn die ein Paar sind, fang ich morgen als Stahlkocher bei Thyssen-Krupp an. Im Kimono.«

»Du meinst, er ist … *Stricher*?«

»Oh, lass ihn das bloß nicht hören. Er ist einer der gefragtesten Escorts aus Stuttgart. Kann fließend Italienisch, Englisch, Französisch und Tischmanieren nach Knigge. Opernkenntnis von Renaissance bis in die Gegenwart. Er kann alles.«

»Außer Hochdeutsch«, ergänzte ich.

»Des isch in der Tat des Einzige, wo er net kann«, pflichtete Olga mir bei. Dann senkte sie die Stimme: »Und er hat einundzwanzig Zentimeter.«

Bei »einundzwanzig Zentimeter« wurden auch wieder einige Leute auf der Terrasse hellhörig.

»Woher weißt du …?«

»Steht so in seinem Onlineprofil, kann jeder nachlesen. Komm schon, Ilka! Jetzt tu nicht so, als müsstest du rot werden. Gib's zu, du redest mit deinen Freundinnen auch über so was. Habt ihr nie zusammen *Sex & the City* geguckt?«

»Ja, aber da waren wir immer furchtbar pubertär.«

»Siehst du, deswegen gelten wir Schwulen ja immer als so jugendlich. Wir weigern uns einfach lebenslang, die Pubertät zu verlassen.«

»Dafür habt ihr aber verdammt wenig Pickel.«

»Wir können uns bloß bessere Cremes leisten.«

Drüben vorm Anesso tauchten der rothaarige Schlaks und seine etwas ältere Begleitung auf. Sie waren wohl auf den Badeklippen gewesen.

»Und die beiden da hinten? Ist der Rothaarige auch so ein … Escort?«

»Nein, sicher nicht. Die beiden sind ein komisches Paar, oder besser Duo, denn ob sie ein Paar sind, fragen wir uns schon seit Tagen. Vielleicht fahren die auch einfach ein Beziehungsmodell, das bloß auf tiefer, inniger Freundschaft beruht …«

»Platonische Liebe unter Schwulen?«

»Na gut«, grinste Olga, »ich glaub, da hab ich mich doch etwas verrannt.«

HELMER

Als ich Olga am Pool aufgeregt auf Ilka einreden sah und bemerkte, dass sich um die beiden herum ein weiter Kreis zufällig anwesender und demonstrativ unauffällig lauschender Jünger versammelt hatte, wusste ich schon, dass Olga mal wieder ihre sexuelle Befreiungstheologie verkündete. Ilka schien mental überfordert zu sein, jedenfalls deuteten ihre rot leuchtenden Ohrläppchen darauf hin.

Ich geb nichts mehr auf die ganze Mär von der sexuellen Freiheitsbewegung durch die Schwulen. Ich bin nicht prüde und aus der katholischen Kirche mit achtzehn ausgetreten, ich war weder ein Kind noch ein Mann von Traurigkeit, aber ich halte nichts davon, Sex als Akt der Subversion und kulturelle Errungenschaft einer unterdrückten Subkultur zu glorifizieren. Sex ist Sex.

Dass Schwule sich Freiräume für Sex erkämpft haben, war kein Dienst an der Menschheit, sondern notgeiles Eigeninteresse. Keiner von meinen Hotelgästen denkt beim Sex an Freiheit und Revolution, die meisten denken daran, nicht zu früh zu kommen oder ob sie gut sind, der Typ gestern besser war oder wie lang das Viagra noch wirkt.

Für viele Schwule ist Sex bloß noch Zeitvertreib, eine geilere Variante vom *Quizduell*. In drei von vier Fällen liegt man hier wie dort daneben, aber dennoch spielen alle mit.

Mehr ist von der Schwulenbewegung nicht übriggeblieben: sich einmal im Jahr beim CSD von Zwanzigtonnern durch die Stadt kutschieren zu lassen und die Freizügigkeit als Sieg der queeren Lebensart zu feiern. Ich glaube nicht mehr an ein politisches Bewusstsein bei Schwulen, dazu sind wir viel zu opportunistisch. Wir würden jeder Obrigkeit hinterherlaufen, sofern sie auf die Idee käme, Jungs in knackige Uniformen zu verpacken. Schauen Sie sich schwule Pin-up-Kalender an. Jedes zweite Schwarz-Weiß-Foto sieht aus, als hätte es Leni Riefenstahl persönlich geschossen. Fragen Sie heute einen x-beliebigen Schwulen mal, was er mit dem Zahlenpaar 33 und 45 anfangen kann. Jeder zweite wird sagen, das sei die Jeansgröße eines scharfen Basketballers.

Einzig Olga würde vermutlich selbst beim Akt noch das Hohe Bewegungslied der schwulen Emanzipation trällern. Aber ich weiß nicht, ob sie jemals Sex hatte hier im Hotel, zumindest hat sie nicht mal im redseligsten Grad der Alkoholisierung davon berichtet. Manchmal glaube ich, sie ist der einsamste Gast, den ich hier beherberge. Dafür hat sie die höchste Barrechnung trotz Künstlerfreigetränken. Zusammenhänge sind denkbar.

ILKA

Dass das Erlebnis im Spielzimmer an Felix doch nicht spurlos vorübergegangen ist, merkte ich am Abend vorm Zubettbringen, als er mir bekundete: »Mami, ich muss mal.«

»Dann geh. Aber setz dich bitte hin und nimm nicht wieder eine halbe Rolle Klopapier.«

»Mami, kriege ich auch so eine Hose wie der Mann im Spielzimmer? Dann müsste ich die Hose nicht mal runterziehen zum Aa machen.«

Verschmitzt grinsend verschwand er im Bad, und ich dachte die nächsten Minuten über die Ironiefähigkeit von Sechsjährigen nach. Anschließend musste ich mich um das verstopfte Klo kümmern, weil er doch wieder eine halbe Rolle genommen hatte.

WERNER

Ja, es ist wahr: Ich bin mit einem Escort hier. Eigentlich sollte es mir egal sein, ob die anderen Hotelgäste sich das Maul zerreißen. Als Schwule tun sie das eh. Außerdem werden in zehn, zwanzig, dreißig Jahren auch sie mit ihren blutjungen Begleitern hier einchecken, wenn ihnen das Glück lebenslang erfüllter Partnerschaft nicht vergönnt ist. Und wem ist es das schon?

Natürlich hab ich gesehen, wie die Transe heute Nachmittag auf mich zeigte und der jungen Frau vermutlich zuflüsterte, wes Kind mein Torsten ist. Glaubte wohl, dass sie mich durchschaut hätte. Aber da gibt's nicht viel zu durchschauen.

Warum ich mit einem Escort in den Urlaub fahre? Erstens: Wieso nicht? Zweitens: Ich kann es mir leisten. Und drittens …

Drittens ist etwas komplizierter.

Ich bin zweiundsiebzig und seit dreizehn Jahren allein. So lange ist Martin schon tot. Martin war mein Mann. Uns war es nicht vergönnt, heiraten zu dürfen, aber er war mein Mann, und ich habe ihn geliebt, bis dass sein Tod uns schied. Nein, er starb nicht an AIDS. Man kann als Schwuler auch konventionell krepieren. Lungenkrebs. Dabei hat Martin nicht mal geraucht. Mehr will ich darüber nicht sagen. Kennt man ja, die Stichworte sind immer dieselben: Chemotherapien, Hoffen, Bangen, Diagnosen, Händchenhalten, Fügen in das Unabänderliche. Ich bin nicht Single, ich bin Witwer.

Aber vor allem bin ich alt.

Drei Wochen vor seinem Tod hat Martin mir das Versprechen abgenommen, es in meinem Leben noch ordentlich krachen zu lassen. Ein halbes Jahr später wurde ich sechzig. In diesem halben Jahr krachte jedoch erst einmal mein Leben in sich zusammen. Drei Monate war ich sogar dienstunfähig. Offiziell wegen eines Rückenleidens. Burn-out war noch nicht erfunden, und Depressionen hatte man nicht zu haben in meiner Position.

Es war grässlich, wieder allein zurechtkommen zu müssen. Die Trauer nahm mit der Zeit zwar ab, aber krachen lassen? Schwul und über fünfzig, über sechzig gar? Da kracht nichts mehr. Da bleibst du allein, bis du selbst abtrittst.

Wenn du das Glück hast, in einer Großstadt zu leben, hast du vielleicht die Chance auf eine Gruppe mit putzigem Namen wie »Gay & Grey«. Keine Ahnung, ob das Glück oder Chance bedeutet oder nur ein Süppchen ist, das sich ein paar alternde Trauerklöße kochen, um in etwas wärmerem Elend zu schwimmen. Ich kann das nicht beurteilen, aber ich leb auch nicht in einer Großstadt. Stuttgart ist nicht weit. Eine Homometropole sieht anders aus.

Ein paar Internetdates hatte ich. Alle Jubeljahre verlor sich ein anderer Mittsechziger – ähnlich einsam wie ich – auf meinem Gayromeo-Profil. Aber es heißt eben Gayromeo und nicht Gaymethusalem, nach oben hin wird's einsam. Mir fiel auf, wie zynisch jede Alterspyramide ist: Nach oben hin *verjüngt* sie sich. Ein paar siebzigjährige Herren schrieben mich an, sie wirkten noch verzweifelter als ich. Es endet nie: Immer muss es was Jüngeres sein.

Am offensten ist wohl die Bärenszene, aber dazu muss man auf behaarte, bärtige Bauchträger stehen und das selbst auch sein. Bin ich alles nicht, kann ich nichts mit anfangen.

Ansonsten haben ältere Homosexuelle in der Szene nichts zu melden. Selbst lesbisch lebende Transsexuelle mit veganem Migrationshintergrund haben eine größere Lobby als Alte. Dabei ist das Älterwerden eins der größten Themen bei Schwulen. Mode, Kosmetika, Fitnesstipps, Netz und Medien sind voll davon. Altern ist etwas, das es unbedingt zu verhindern gilt. Du schaust in schwule Magazine und siehst nichts außer jungen Leibern oder maximal mittelalten Körpern, Letztere dann aber Muskelprotze, als hätten sie ihr Leben lang nichts anderes getan, als Holz gehackt, als würde ihnen die straffe Haut um den Bizeps nicht in zwanzig Jahren schlaff um den Oberarm schlackern. Einmal im Jahr erscheint ein großer Report zu Schwulsein im Alter, der den Eindruck erweckt, als wäre Alter eine Behinderung. Mehrgenerationenhäuser, Alten-WGs, Integrationsbemühungen, spezielle Pflegeeinrichtungen. Meine Güte, ich brauche keinen Sozialarbeiter! Mir reicht schon das Gefühl, dass nicht alle durch mich hindurchsehen, wenn ich eine Szenelokalität betrete. Ich rede gar nicht von Clubs, da sollen die jungen Hüpfer rumtollen und all die, die sich dafür halten. Aber irgendwann hörst du eben auf, dich jugendlich zu kleiden, später vielleicht als heterosexuelle Männer, aber eines Tages kommt die Erkenntnis, dass ein Sechzigjähriger im Outfit eines Skaterteenies nur noch peinlich wirkt.

Schwule achten so sehr auf ihr Äußeres. Schwule sind immer so gepflegt, heißt es. Als täten wir das gern!

Quatsch, wir haben nur eine panische Angst vorm Altern, und zu Recht!

Schwulsein ist nicht für Ältere gemacht, sie sind in der homosexuellen Praxis nicht vorgesehen. »Live fast, die young«, das wäre die perfekte Losung für Homosexuelle, und bei vielen ist es ja auch so gekommen. Klingt bitter, aber als Schwuler alt zu werden ist ebenfalls bitter.

Wenn die Natur geschickt gewesen wäre, würde sich Homosexualität mit dreißig schlagartig verwachsen. Man hätte über ein Jahrzehnt seinen Spaß gehabt und könnte sich dann ein hübsches Frauchen suchen, eine Familie gründen, der Rest des Lebens wäre brav geordnet. Und wenn's gut liefe, hätte man sogar noch jemanden, der hinterher ein paar Jahre das Grab pflegt.

Ein paar Mal war ich übers Wochenende in einer Großstadt. Hab mir ein Hotel gebucht und die einschlägigen Darkroom-Bars und Festivitäten besucht. Wollte es krachen lassen. Manchmal krachte es auch, ein bisschen. Eher ein verhaltenes »Plopp!«. Aber die Flops überwogen. Ist so: Je älter du wirst, umso häufiger wirst du abgewiesen. Aber du bist ein Mann und spürst nach wie vor Lust, hast Energie und bist nicht bereit, dir ab Mitte sechzig die Zeit bis zum Tod mit Rosenzüchten und dem ZDF-Abendprogramm zu vertreiben. Du machst viel allein, gehst allein ins Kino, fährst allein ins Opernhaus nach Stuttgart, besuchst andere Städte, verreist allein oder mit Reisegruppen, flanierst an Strandpromenaden und Seeufern entlang. Nichts kracht in deinem Leben, aber immerhin lässt du dich nicht hängen.

Der erste Escort war ein Reinfall. Er war Tscheche, Rumäne, Bulgare, irgend so was und verlebter als auf seinen Internetbildern. Sprach kaum ein Wort Deutsch, zog sich gleich aus, legte sich aufs Bett und ließ sich widerstandslos ficken, machte dabei aber Geräusche, als synchronisiere er gerade einen billigen Pornofilm. Nach einer halben Stunde war es vorbei und ich einen Hunderter los.

Trotzdem hatte mir diese Null einen Weg aufgezeigt. Ich war im öffentlichen Dienst. Verwaltung, gehobener Dienst, zuletzt Wahlbeamter. Meine Pension lässt sich sehen. Ich trieb mich immer öfter auf Escort-Seiten im Netz rum. Sortierte all die aus, deren Profile in radebrechendem Deutsch verfasst waren, und all die, die ausschließlich Pornobildchen enthielten. Blieb an Worten wie »Abend-« und »Reisebegleitung« hängen.

Torsten war ein Glücksgriff. Ein Beau, wie er im Buche steht, sah smart und sexy aus, wie fast alle Escorts auf ihren Fotos, pries neben seinem vielseitigen und großen Schwanz seine Sprachkenntnisse an, der Rest seiner Selbstauskunft klang beinahe überheblich. (»Mit mir kannst du dich sehen lassen, auch in der Oper oder im Sterne-Restaurant. Biete gehobene Konversation für anspruchsvolle Herren.«)

Weshalb verdingt sich so einer als Escort? – Geld natürlich. Die Antwort ist einfach: *Money makes the world go round*. Als Student der Kunstgeschichte verdient man nicht viel, und Torsten pflegt einen hohen Lebensstil.

Wir kommen gut miteinander aus. Er macht seine Sache ausgezeichnet, und das nicht nur im Bett. Das schätze ich an ihm. Wir sprechen auf Augenhöhe, obwohl ich ihn dafür bezahle, das ist eine Kunst, die man beherrschen muss. Er schaut nicht durch mich hindurch, gibt mir sogar das Gefühl, ein attraktiver alter Mann zu sein. Ich glaube sogar, dass er mich sympathisch findet, und denke nicht, dass das gespielt ist. Dies ist unsere vierte gemeinsame Reise. Wir waren schon auf Gran Canaria, in Ägypten und Miami zusammen. So viel verstellen kann man sich nicht. Und er reist so gerne wie ich, ist interessiert und, wenn ich mich nicht täusche, zieht sogar etwas aus diesen Reisen und vielleicht sogar aus den Gesprächen mit mir. Aber was noch viel entscheidender ist: Torsten öffnet mir Türen, und ich bin wieder dabei. Ich gerate wieder in den Blick. Wir betreten eine Gaybar, die Leute sehen ihn, man kommt ins Gespräch, und ich rede mit. Torsten ist das perfekte Reise-Accessoire. Schwulen mit Mitte vierzig reicht vielleicht noch der neuste Adidas-Kapuzenpulli, um wahrgenommen zu werden. Ich habe dafür Torsten.

Natürlich ist es im Prinzip widersinnig, dass ich mit einem Sechsundzwanzigjährigen hier bin. Es gäbe auch ältere Escorts. Näher dran an meinem Alter. Vielleicht jemand mit Mitte dreißig, Anfang vierzig. Hab ich auch schon gehabt. Aber wenn du die Auswahl hast? Ich geh doch auch nicht morgens zum Bäcker und sag: »Hallo, ich bin alt, deshalb hätt ich gerne ein Brot von gestern.« Dann doch lieber frisch. Das Auge isst mit, ich bin zwar alt, aber sehen kann ich noch gut. Und ich sehe, dass Kämpfen keinen Sinn hat. Die Szene krankt bis ins Mark an Jugendwahn, du hast nur eine Chance: Du musst mitspinnen.

HELMER

»Jetzt erzählen Sie doch mal, Helmer, wie kommt man eigentlich darauf, ein Homosexuellenhotel auf Sardinien aufzumachen?«, fragte mich Ilka am Abend. Ich hatte mich zu ihr gesetzt, nachdem ich sie allein an einem Tisch in der spärlich besetzten Lounge entdeckt hatte, ein

Glas Rotwein vor sich. Nur Werner und seine jungenhafte Begleitung saßen ein paar Tische entfernt bei einem Glas sündhaft teuren Whiskey, und ein paar Chormitglieder gackerten hinten am großen Ecktisch. Wie hatte sie den Tag verdaut?

Ilka hatte mich schnell beruhigt, alles sei in Ordnung, nur vieles sehr ungewohnt, sie habe auch schon mit Olga darüber gesprochen.

»Oha«, hatte ich gesagt, und Ilka hatte gelächelt. »Na gut, was sie sagte, war dann noch mal neu, aber manches auch sehr ... erhellend.« Dann hatte sie mir die Hotelfrage gestellt.

»Weil Deutsche gerne nach Italien fahren und es in Italien noch kein solches Haus gab«, erklärte ich. Natürlich hätte ich auch nach Mykonos, Sitges oder Playa del Ingles auf Gran Canaria gehen können, die einschlägigen Urlaubsghettos für Homosexuelle. Aber da seien mir einfach zu viele Schwule.

»Zu viele Schwule?« Ilka blickte mich erstaunt an.

Ja, es war schlimm genug, ein Haus ausschließlich für Schwule zu eröffnen, da wollte ich draußen vor der Tür wenigstens Ruhe vor ihnen haben.

»Sagen wir es so«, bereitete ich diesen Gedanken für Ilka auf, »wenn Sie aus der Sauna kommen, gehen Sie ja auch nicht zum Abkühlen ins Warmbadebecken.«

Für Italien sprachen auch rein praktische Gründe: Ich kann seit meiner Kindheit Italienisch. Mein Vater war mit einem Hotelier am Gardasee befreundet, wir waren oft dort in Gardone Rivera. Unsere Mutter fuhr mit uns dorthin, gelegentlich übernahm mein Vater Personal von dort. Als Kind schnappte ich viel auf, und es fiel mir später nicht schwer, die Sprache richtig zu lernen.

Hier auf Sardinien betreibe ich das einzige Haus dieser Art. Ich hatte die Hoffnung, damit eine gute Auslastung zu erzielen (ist aufgegangen), und vor allem, eher die erträglichen Individualtouristen unter den Schwulen abzugreifen (ist nicht aufgegangen). Beziehungsweise: Wenn meine Gäste hier die erträglichen Individualtouristen sind, können die Gehirne aller Gran-Canaria-Schwuppen streng genommen nur aus rosa Zuckerwatte bestehen.

»Mit anderen Worten«, folgerte Ilka, »die Partywütigen fliegen alle nach Gran Canaria, und Sie kriegen den schwulen Chor ab.«

Diese Schlussfolgerung traf mich so sanft wie ein Tritt in den Schritt.

»Ja«, seufzte ich. »So ist es wohl.«

Dennoch ist mein Leben hier im Großen und Ganzen (und in chorfreien Zeiten) recht annehmbar. Wer auch immer den Hedonismus erfunden hat – es war wohl Epikur –, eine Nacht im schwulen »Bermudadreieck« von Gran Canaria, und er würde tags drauf ein katholisches Mädcheninternat gründen.

»Wissen Sie, Ilka, ich halte nichts mehr von rein homosexuellen Welten. Homosexualität wird unerträglich, wenn sie zur homogenen Masse gerinnt. Ich habe zwanzig Jahre im Nollendorfkiez in Schöneberg gewohnt – Berlins Schwulenghetto. Das darf man in Berlin aber nicht laut sagen, sonst wird man sofort aus der Szene exkommuniziert und nach Cottbus abgeschoben. Aber es war so. Mein Arzt war schwul, mein Apotheker war schwul, mein Frisör, mein Schlachter, der Mann am Hot-Dog-Stand, selbst mein türkischer Gemüsehändler gab sich als schwul aus, obwohl er in Wahrheit verheiratet war und vier Kinder hatte. Aber im Nollendorfkiez verkauft man keine heterosexuellen Gurken. Ich konnte das nicht mehr ertragen!«

»Heißt das«, fragte Ilka, »Sie mögen Heterosexuelle mehr als Homosexuelle?«

»Nein«, sagte ich, »ich mag sie genauso wenig. Aber ich mag etwas Abwechslung.«

»Sie mögen also grundsätzlich keine Menschen.« Ilka gluckste vielsagend.

»Nur die wenigsten«, erwiderte ich. »Das ist bei Hoteliers eine anerkannte Berufskrankheit.«

Ich beließ es bei diesem flauen Scherz, anstatt die Wahrheit zu sagen, dass ich nämlich glaube, dass ein gewisses Maß Misanthropie eine natürliche Nebenwirkung von Intellekt ist. Doch ich wollte Ilka nicht überfordern.

»Sind Sie deshalb weg aus Berlin?«

Ich beließ es bei einem »Ja«, aber Ilka bohrte weiter. Wollte wissen, was ich in Berlin gemacht, ob ich dort auch schon Hotels betrieben hätte.

Natürlich nicht. Nachdem ich nach meiner Ausbildung aus dem Schwarzwald geflohen war, wollte ich alles machen, bloß nichts mit Hotels. Dass ich später neben dem Studium ein paar Semester in Hotels gejobbt habe, war purer finanzieller Not geschuldet.

»Sie haben studiert?«

»Ja, einiges von dem, was ich mit meinem Fachabitur machen konnte. Am längsten BWL.«

Grässliche Kommilitonen. Eine Mischung aus spießbürgerlichen Erbsenzählern und verschnöselten Karrieristen mit eingebauten Krämerseelen. Ich hab nicht abgeschlossen. Habe in Bars gearbeitet, Events organisiert, war zeitweise Programmchef einer Chansonbühne, bin noch immer Teilhaber einer Schöneberger Szenebar, seit Jahren aber nur in stiller Nebenrolle. Ich kann die Jobs nicht zählen, die ich gemacht habe, aber sie drehten sich alle auf die ein oder andere Weise um das Nachtleben gelangweilter Großstadthomos.

»Klingt aufregend«, bescheinigte mir Ilka.

»Ein paar Jahre ist es das. Dann merken Sie, wie öde es im Grunde ist. Es war immer dasselbe. Die Musikstile wechselten, aber die Bewegung blieb dieselbe. Erst war es Disco, dann NDW, Acid House, Techno, Electro, was auch immer. Die Schwulen waren wie Lemminge. Kaum war die eine Generation über die Klippe in die Bürgerlichkeit gesprungen, drängte schon die nächste nach. Es ging immer so weiter.«

Das war nicht ganz richtig. Viele kippten einfach ganz von der Bildfläche. Es gab Zeiten in Berlin, da war ich alle vierzehn Tage auf einer Beerdigung und hab wieder einen meiner Freunde oder lockeren Bekannten, nur selten älter als ich selbst, zu Grabe getragen.

Nur bei Hennes wurde ich nicht eingeladen. »Die Beisetzung hat im engsten Familienkreis stattgefunden«, stand auf der Trauerkarte, die mich drei Wochen nach seinem Tod erreichte.

Aber diese Zeiten sind glücklicherweise lange vorbei. Viele meiner Bekannten sind HIV-positiv und werden damit bis ins hohe Alter leben. Es ist mir unbegreiflich, wie dumme Prediger AIDS für eine Strafe Gottes halten können, wo doch klar ist, dass die Menschen, die die Kombinationstherapie ersonnen haben, vom Heiligen Geist beseelt waren wie vor ihnen nur die Jungfrau Maria.

»Deshalb haben Sie Berlin den Rücken gekehrt?«

»Ja. Weil ich irgendwann gemerkt habe, dass meine Zeit dort abgelaufen war. Für diese Erkenntnis bedurfte es etwa sieben Gin Tonic und eines Hotelzimmers.«

»Wie das?«, fragte Ilka erstaunt.

»Ach, es war etwa zwei Jahre nachdem sich mein letzter Partner von mir getrennt hat, für ’nen Neuen, Jüngeren. Ich versuchte, mit meinem Leben weiterzumachen, so wie es vor ihm gewesen war. Viel weggehen, viel trinken, viel Sex …«

»Wie lange waren Sie zusammen?«

»Knapp acht Jahre.«

Genau sieben Jahre und achteinhalb Monate. Aber wenn ich das gesagt hätte, hätte Ilka mich sicher für einen Zahlennerd gehalten mit dem Herzen eines liebeskranken Teenagers.

»Fünf Jahre weniger, als ich mit Dennis zusammen bin …«, rechnete Ilka nach. »… war.«

»Ach, ich glaube nicht an lebenslanges Glück. Wir waren ein paar Jahre sehr glücklich miteinander, und ein paar weitere einfach so zusammen. Es war okay.«

Und trotzdem, nach sieben Gin Tonic und einem leidenschaftslosen Fick im schummrigen Keller der Bar mit einem Typen, der mindestens ebenso viel intus hatte wie ich, fühlte ich mich beschissener denn je.

Ich fühlte nichts. Kein bisschen Erfüllung, kein bisschen hormonelle Beglückung. Nichts. Ein Typ setzte sich zu mir an die Bar, grinste mich an, und ich fragte: »Was willst du? Kennen wir uns?« Und er erwiderte, klar, er habe eben noch meinen Schwanz im Arsch gehabt. Es war der Typ aus dem Keller. Ich hatte ihn nicht erkannt, und er schien mir das nicht mal übelzunehmen. Er grinste belustigt, und in seinen Augen blitzte etwas auf, das mich an Hennes erinnerte. Ich hab sofort bezahlt und ein Taxi gerufen.

»Ich fand keine Erfüllung mehr«, fasste ich dieses Erlebnis für Ilka zusammen. »Eines Abends saß ich im Taxi, wir fuhren an einem dieser frisch hochgezogenen Hotelklötze vorbei, und in diesem Moment war mir schlagartig klar: Berlin ist nichts für dich, nicht mehr.«

Überhaupt glaube ich, dass Berlin für viele Menschen nichts ist: für rund dreieinhalb Millionen. Das hält nur die meisten nicht davon ab, sich dennoch dort bevorzugt aufzuhalten. Weiß der Teufel, wieso. Aber ich hab auch gut zwanzig Jahre gebraucht, um das zu begreifen.

»Wie jetzt?«, fragte Ilka.

»Das Hotel hatte in diesem Moment eine größere Anziehung auf mich als meine eigene Wohnung.«

»Na ja, aber wenn man wieder zu Hause ist, merkt man doch, wohin man gehört, da hat man alles, was man ist. Ging Ihnen sicherlich auch so.«

»Nein. Ich hab das Taxi angehalten und in dem neuen Hotel eingecheckt. Schlichtes Hotelzimmer, grundsolide, Komfort von der Stange. Ich hab wunderbar geschlafen. Drei Tage habe ich in meiner eigenen Stadt lieber im Hotel gewohnt als in meiner eigenen Wohnung. Dann war mir klar, dass mich dort nichts mehr hielt.«

Nichts, aber gar nichts hatte mich in meine Wohnung gezogen. »Am vierten Tag buchte ich einen spontanen Urlaub.«

»Lassen Sie mich raten …« Ilka verzog den Mund zu einem spöttischen Grinsen: »Gran Canaria?«

Ihr Weinglas war leer. Ich fragte, ob ich ihr ein neues holen solle, aber sie lehnte ab. »Monica und ich …«, sie deutete auf das Glas, »… hatten schon gestern das

Vergnügen. Heute wollen wir es langsamer angehen lassen.« Ilka drehte das leere Glas auf dem Tisch.

»So startete die Geschichte hier auf Sardinien«, sagte ich abschließend.

»Und Ihr Berliner Leben?«

»War bald darauf vorbei.« Wohnung geräumt und untervermietet, inzwischen gekündigt und längst umgebaut zur Maisonette-Eigentumswohnung. Als ich das letzte Mal in Berlin war, stand »J. Schwaedens« auf dem Klingelschild. Ich stellte mir einen dieser rückgratlosen CDU-BWL-Schnösel vor, wie sie mir im Studium ein paar Jahre lang auf den Sack gegangen waren.

»Mein Berliner Leben lagert in einer Garage in Pankow. Seit zwölf Jahren zahle ich fünfunddreißig Euro im Monat dafür.«

»Und die Liebe?« Ilka schien erschrocken über die Offenheit ihrer Frage und fuhr hastig fort: »Entschuldigung, falls das zu direkt war … ich meine, Sie betreiben das Hotel allein?«

Kurve gerade noch mal gekriegt, würde ich sagen, mit arg ramponierter Leitplanke.

»Ja, ich mach das hier allein. Wissen Sie, Ilka, ich bin schwul und über fünfzig. Mit dem Thema Liebe bin ich durch. Es gibt weder Herbergsmutter- noch Herbergsvatergatten, und daran wird sich in diesem Leben wohl auch nichts mehr ändern.«

Ich ärgerte mich über den letzten Satz. Er klang so verbittert, als hätte ich ihn mir von unserem Seniorgast Werner geborgt. Und warum war mir das »wohl« rausgerutscht? Das hörte sich an, als hegte ich insgeheim Hoffnung. Dabei mach ich mir da keine Illusionen. Hoffentlich hatte Ilka das Wörtchen überhört.

Ilka dachte einen Moment nach. »Was ich aber nicht verstehe, Helmer. Wenn Sie von dieser Homosexuellenszene – sagt man das so?« Ich nickte, ein furchtbares Wort. »… so enttäuscht waren, wieso machten Sie dann ausgerechnet ein Hotel für Homosexuelle auf?«

»Tja, so ein Sprung in die Selbstständigkeit ist nicht ohne Risiko. Das war im Grunde eine pragmatische Entscheidung«, räumte ich ein. »Ich hatte doch nichts anderes gelernt, das sind nun mal meine Kernkompetenzen: Hotels und Homos. Mit dem Rainbow Inn hab ich beide Kompetenzen vereint.«

Mit anderen Worten: Ich war auf die warme Nummer sicher gegangen.

PETR

Plötzlich saß die Mutter allein in der Lounge und sah ganz nachdenklich aus. Vorher hatte der Klotz lange mit ihr gesprochen, der Chef hier vom Rainbow Inn, der ist ja manchmal etwas rüpelhaft. Danach holte sich die Frau noch einen Wein, blieb an der Bar sitzen und guckte abwechselnd in ihr Glas und Löcher in die Luft.

Das fand ich traurig. Menschen in Bars sollten nicht allein sitzen. Solch ein Anblick ist zu trist. Deshalb bin ich, als die anderen vom Chor weg waren, zu ihr hingegangen. »Hallo«, sagte ich. »Darf ich mich dazusetzen?«

Die Frau guckte etwas überrascht, doch ich fuhr fort: »Ich bin Petr. Ich singe im Chor.«

»Oh«, erwiderte die Mutter und sah aus, als käme noch was, aber dann sagte sie nur: »Hallo.«

»Der Hotelchef ist nicht immer nett«, sagte ich. »Sie müssen nicht so traurig gucken. Er hat es sicher nicht so gemeint.«

»Was?«

Die Mutter schien mich nicht zu verstehen. Klar, ich spreche mit leichtem Akzent, den krieg ich nicht los, aber sonst bin ich sehr hochdeutsch.

»Ich sagte, was auch immer Herr Klotz Ihnen erzählt hat, ist kein Grund für Trübsal blasen.«

Nun verstand sie, und ihre Lippen lächelten.

»Ach, du denkst, er hätte mich ins Gebet genommen? Nein, nein. Wir haben uns sehr gut unterhalten. Helmer und ich verstehen uns sehr gut.«

»Helmer?«

»Das ist sein Vorname, wusstest du das nicht?«

»Nein.«

»Ich bin übrigens Ilka.«

»Dein Sohn hat schon bei uns mitgesungen. Ich singe dieselbe Stimme wie er.«

»Du singst …?«

»Ich singe sehr hoch. Aber Felix hat die schönere Stimme«, sagte ich.

»Aha«, meinte sie und blickte ins Weinglas.

ILKA

Wenn wir nicht in einem Gay-Resort gewesen wären, hätte ich gedacht, der Typ will mich anbaggern. Sieht 'ne Frau allein in der Hotelbar sitzen und schmeißt sich ran an den Singlespeck! Keine Ahnung, ob Anbaggern heute noch so funktioniert, aus dem Geschäft bin ich schon 'ne Weile raus, und so richtig drin war ich, glaube ich, nie. Dennis habe ich ja im Verein kennengelernt, aber ich denke, so läuft es doch. Aber hier? In dieser homosexuellen Trutzburg? Was wollte er? Mir nur zusichern, dass Felix eine schöne Stimme hat? Ich musste mir ja arg was verkneifen, als er vom Chor anfing, mir hatte das »Setz dich, aber wehe du singst«, schon auf der Zunge gelegen, die durch die zwei Gläser Wein wieder etwas gelockert war.

Oder sah er mich hier allein sitzen und wollte nur ein wenig einfühlsam sein, weil man als Schwuler ja so total einfühlsam ist. Eine Frau allein an der Hotelbar, und da fällt ihm ein: »Huch, Einfühlsamkeit habe ich auf meiner schwulen Karmaliste heut noch gar nicht abgearbeitet, dann geh ich mal zu der einsamen Lady mit dem Rotweinglas und fühl mich ein bisschen ein.« Fähnlein Seelenvoll vollbringt seine gute Tat des Tages.

Von außen betrachtet sieht es bestimmt nach Anmache aus. Zumal dieser Petr das durch sein Aussehen nur bestätigte. Muskulös gebaut, breites Kreuz und starke Oberarme, offenbar ein Fitnessstudiotyp, obwohl … noch in Maßen. In Dennis' Freundeskreis gab es einige krasse Fälle, bei denen die Muskelpakete so natürlich aussehen, als hätte sie jemand aus Knetgummi geformt, auf die Oberarme gepappt und hautfarben eingesprüht. Das war bei Petr anders. Wenn er nicht schwul wäre, würde ich sagen, der Typ ist Bauarbeiter, so einer wie damals in dieser Cola-Reklame … Aber Schwule auf'm Bau? Muss es ja eigentlich auch geben, aber kann ich mir trotzdem nicht vorstellen. Über seinen Muskeln trug Petr eins dieser kurzärmeligen, kleinkarierten Holzfällerhemden, die mir hier im Hotel schon häufiger aufgefallen sind. Sie sind bei Homosexuellen wohl gerade sehr angesagt. Auf jeden Fall war Petr ein ganz schmuckes Kerlchen, dazu dunkelblond und mit etwas weicheren Gesichtszügen. Und ich ertappte mich bei dem Gedanken, dass ich es fast ein bisschen schade fand, dass das hier keine Anmache sein konnte. – Oha, und dieser Gedanke zwei Tage nach der Trennung von Dennis. Olga wäre stolz auf mich.

PETR

»Okay, du darfst dich zu mir setzen«, sagte die Mutter namens Ilka, und ich setzte mich. »Aber nur wenn du mir eine Frage beantwortest.«

Sie guckte auffordernd. Ich erwiderte ihren Blick und sagte: »Ich kann's versuchen. Kommt auf die Frage an.«

»Wieso gelten Schwule eigentlich immer als besonders einfühlsam?«

Oje, damit erwischte mich Ilka auf den total falschen Füßen. Was sollte das denn plötzlich?

»Wie bitte?«

»Ich bin einfach neugierig!«, sagte sie und riss ihre Augen auf. »Wo wir gerade so nett zusammensitzen.«

»Nun«, sagte ich. Wahrscheinlich hörte es sich an wie »Nuuuuuuun«, langgezogen, weil ich nachdenken musste. »Viele Schwule lernen wohl schon früh, unbekannte Gefühle zu entdecken und zu befragen und zu Gefühlen zu stehen, die anders sind als erwartet – von außen und vielleicht auch von innen. Verstehst du?«

Ilka nickte.

»Und wahrscheinlich entwickeln deswegen viele Schwule ein besonderes Gespür für Emotionalität – bei sich und bei anderen. So stelle ich mir das vor.«

»Du redest so, als gehörtest du nicht dazu«, bemerkte Ilka.

Was sollte ich antworten? Irgendwie fühlte ich mich ertappt, denn sie hatte recht: Ich bin nicht schwul. »Ich bin auch eher bi«, sagte ich.

Ilka zog die Augenbrauen hoch, und etwas Rot kam auf

ihre Wangen. Sie schien es zu ahnen und wischte sich mit der Hand über die Backe, wie um das Rot wegzureiben.

»Bi?«, fragte sie.

»Ja, das ist, wenn man mal mit Männern und mal mit Frauen …«

»Ja ja, ich weiß, was ›bi‹ ist«, sagte Ilka etwas unwirsch.

»Ja, Entschuldigung«, murmelte ich. »Ich dachte, weil … Du wirktest so überrascht.«

»War ich auch, ich dachte, hier wären alle schwul, über Bisexuelle hatte ich noch gar nicht nachgedacht.«

»Das tun viele nicht«, sagte ich und grinste. »Es gibt auch keinen Test hier.«

Ilka lachte. »Das wär lustig, Andreas und Gregor machen beim Check-in erst mal den Homo-TÜV bei allen Gästen.«

Ich stimmte in ihr Lachen ein. Dann fragte sie: »Und? Wissen die anderen im Chor davon?«

»Natürlich!«, antwortete ich. »Homosexuell, bisexuell, transsexuell, was auch immer. Die Nachtigayllen sind offen für alle, die queer singen wollen.«

Ich hatte gleich zu Anfang gesagt: »Ich bin Petr, ich würde gern mitsingen, aber ist es ein Problem, wenn ich bisexuell bin?« Darauf hatten alle eifrig mit dem Kopf geschüttelt. Heute spricht niemand mehr davon. Ich glaube, sie haben das längst vergessen, jedenfalls behandeln sie mich, als wäre ich schwul. Machen Witze über Schwänze und Löcher und tun so, als fänden wir allesamt Busen und Mösen eklig.

»Ich glaub, die meisten haben es schon wieder vergessen«, sagte ich. »Viele Schwule glauben eh, dass die meisten Bisexuelle nur verkappte Schwule sind.«

»Ist das so?« Ilka schaute mich fragend an.

»Ja, teilweise. Viele sagen am Anfang, dass sie bi sind, weil sie vorm Coming-out mal 'ne Freundin hatten. Da fällt die Umstellung leichter, wenn man erst mal sagt, man ist bi. Ist wohl biquemer so.« Das war eigentlich ein Versprecher, aber Ilka lächelte, als hätte ich einen Witz versucht.

»Die Schwulen wollen Männer nicht gern mit Frauen teilen, richtig?«, fragte sie spitz.

Ich nickte. »Aber ich bin wirklich bi. Ich hatte schon mit vielen Frauen was!«

»Angeber!« Ilka grinste breit, und ich wurde etwas verlegen, denn so hatte ich das gar nicht gemeint. Hoffentlich wollte sie jetzt nicht wissen, mit wie vielen Männern ich was gehabt hatte.

»Und auch mit vielen Männern?«, fragte sie.

Ich hab kurz gezögert und überlegt. Aber das hat Ilka natürlich gemerkt.

»Verstehe«, sagte sie nickend und verstand doch nichts. »Und wie bist du an den schwulen Chor gekommen?«

»Durch Oleg.«

Und auf einmal dachte ich, was soll's? Erzähl der Ilka doch die Geschichte. Ist ja nichts Schlimmes. Oleg war ein junger Kollege von mir in der Landschaftsbaufirma, Pole wie ich, da kommt man sich schnell näher. Er war sehr redselig und freimütig, und irgendwann hat er mir eröffnet, dass er schwul ist. Fand ich okay, ich war nie konservativ und bin katholisch nur auf dem Papier, ich hab schon viel mitgekriegt. Oleg und ich haben uns angefreundet, und er hat sich in mich verliebt. So total. Und ich mochte ihn auch sehr, wirklich! Oleg war ein zauberhafter Junge, und ich war solo zu der Zeit. Da habe ich mir einen Ruck gegeben und gesagt: »Gut, probieren wir es.« Wenn Schwulsein mal ausprobieren, dann mit so jemandem wie Oleg!

»Und? Hat's funktioniert?«, fragte Ilka sehr interessiert. Sie war ja auch neu im Rainbow Inn und lernte sicherlich viel. Ich musste sie unbedingt noch fragen, wieso sie mit ihren Kindern hier war.

»Ja, hat funktioniert.«

Rumknutschen, bisschen Fummeln. Ging super! Hat viel Spaß gemacht mit Oleg. Küssen ist Küssen, und Lippen sind Lippen, und Zungen sind bei Männern und Frauen gleich nass. Nur bei Männern kratzen die Bärte mehr. Sonst gibt es keine Unterschiede. Und auch Sex, ja: Mach die Augen zu, wenn du geblasen wirst, und du weißt nicht, ob es Frau oder Mann ist. Lippen sind Lippen um dein bestes Stück, und Zähne sind Zähne, die an der Eichel kitzeln. Und Haut ist Haut, und Oleg hatte wirklich eine wunderschöne, weiche Haut, die ich gern anfasste. Und, ja, das mit dem Analverkehr ging auch, wenn ich auch nie passiv war, immer nur aktiv bei Oleg.

»Ja, hab ich alles gemocht, aber konnte mir das auch nur mit Oleg vorstellen«, fasste ich für Ilka zusammen.

»Klingt eher so, als seist du ein Hetero, der es einmal mit einem außergewöhnlich tollen Mann probiert hat«, schloss Ilka.

Ui, hoffentlich hatte das niemand gehört!

»War mehr als nur Probieren! Wir waren zusammen, ein paar Monate. Und ich habe Oleg echt gemocht! Ich habe eine schwule Seite, bin ich mir sicher. Würde sagen, vielleicht zwanzig Prozent oder so. Der Rest ist eher hetero. Aber, was zählt das, wen interessiert's?«

»Mich gerade«, sagte Ilka. »Und das Singen? Gehört das auch zu deiner schwulen Seite?«

»Quatsch! Singen gehört zu keiner Seite, das Singen gehört zu mir!«

»Weshalb singst du dann in einem schwulen Chor?«

»Praktische Gründe«, erklärte ich. »Auf den schwulen Chor bin ich gekommen, weil ich mit Oleg in die schwule Szene gegangen bin. Ist nett da. Und auch wenn wir beide gemerkt haben, dass in der Beziehung irgendwas fehlt, und auseinander sind. Wir sind noch gute Freunde und oft unterwegs zusammen. Auch mit seinem neuen Freund, der viel besser zu ihm passt als ich. Egal … Ich singe gerne, aber nur hoch. Am besten mit Kopfstimme, das hab ich als Teenager schon gemacht und viel rumgealbert. Aber find mal einen gemischten Chor, der dich so singen lässt. Mit so 'ner Stimme wirst du in jedem Chor abgestempelt als Schwuchtel. Das wollte ich nicht. Oleg kam dann mit dieser Anzeige vom neuen Schwulenchor an. Super, hab ich mir gedacht, im Schwulenchor wird dich niemand als Schwuchtel abstempeln.«

»Weiß dein Chorleiter, dass du eher hetero als bi bist?«, fragte Ilka.

Ich ärgerte mich, dass ich mich kurz umschaute, ob Johannes in der Nähe war. Dabei würde er mir eh nicht glauben.

»Johannes, unser Chorleiter, meint, dass nur Schwule gut singen können. Und er sagt das so oft, dass ich befürchte, er glaubt das wirklich«, sagte ich spöttisch. »Er würde mir niemals abnehmen, dass ich was anderes sein könnte als schwul. Bin also auf der sicheren Seite.«

Petr grinste frech, als er über die Gesangsvorurteile seines Chorleiters sprach. Oha, dachte ich da, was denkt der wohl über meinen Felix?

Petr schien meine Gedanken erraten zu haben. »Felix kann gut singen. Ich wette, Johannes denkt, aus Felix wird mal ein großer Sänger. Und ein großer Homosexueller.«

»Oh mein Gott«, seufzte ich.

»So schlimm?«, fragte Petr mit gespielter Entrüstung.

»Nein«, sagte ich. »Nein, nicht schlimm … ich finde es nur zu früh, darüber nachzudenken.«

Es ist doch schon schlimm genug, dass man bereits beim ersten Ultraschallbild an Kita-Plätze denken muss, Kinder anmelden sollte, wenn sie noch Vierzeller sind, und Oma und Opa Sparbücher für Neugeborene anlegen – »für den Führerschein«. Englisch in der Grundschule, damit der Nachwuchs es später in den Firmenmeetings nicht so schwer hat. Muss das denn alles sein? Warum soll ich mir Gedanken machen, ob ein Sechsjähriger womöglich mal schwul wird?! Oder es bereits ist, vielleicht schlummert das ja von Geburt an in einem.

Aber so unsinnig die Frage auch ist, natürlich habe ich sie mir schon gestellt. Mehr als einmal. Dennis und ich haben uns darüber sogar in die Wolle gekriegt. Und auch das mehr als einmal. Wieso ich immer nachgäbe und Felix doch wieder pinke oder rosa Sachen kaufen würde! Ob wir unseren Sohn in seiner Schwuchteligkeit denn noch unterstützen müssten, bla bla.

Aber verdammt, Felix ist ein Kind! Das seine »Ich-will-ich-will-ich-will«-Phasen hat. Wie Dennis sich da wohl verhalten würde? Natürlich finde ich ein rosa T-Shirt mit Einhorn vorne drauf scheußlich. Aber wenn sich mein Sohn in genau dieses scheußliche T-Shirt verliebt hat statt in das nicht minder scheußliche grüne T-Shirt mit einem gelben Drachen, dann kriegt er halt das eine scheußliche Shirt statt des anderen scheußlichen Shirts. Und wenn er dann strahlt wie ein rosa Einhorn auf Ecstasy, läuft mein Mutterherz eben über. Ich will, dass meine Kinder glücklich sind! Na gut, und dass sie beim Einkaufen aufhören zu nölen und zu plärren. Kinder-T-Shirts sind fast alle geschmacklos. Zumindest die, die Kindern gefallen. Die Kinder-T-Shirts, die uns Erwachsenen gefallen, mögen sie in den seltensten Fällen. Als ich Thea einmal ein Longsleeve geschenkt habe, das ich nach einer Lesung einer total engagierten Kinderbuchillustratorin an unserer Schule gekauft hatte, wunderschön und aus Biobaumwolle, fairtrade und von erleuchteten Erwachsenen mundgenäht, sagte Thea: »Das Pferd hat zu dünne Beine, und das Kind sieht aus wie aus Holz. Das zieh ich nicht an!«

Felix hat nun mal eine unerklärliche Vorliebe für Rosa und Pink. Is' so. Ich finde die Farben furchtbar und versuche, so wenig davon zu kaufen wie möglich. Zu viel Ton in Ton ist nicht gut, und ich hätt nie gedacht, wie viele Abstufungen es gibt, die untereinander so überhaupt nicht harmonieren. Ein Blick in Felix' Kinderzimmer reicht. So weit her ist es mit seinem angeblich ach so schwulen ästhetischen Empfinden dann doch nicht, dass er sähe, wann Farben sich beißen.

Ich weiß nicht, woher er diesen Farbfimmel hat. Thea hatte solch eine Phase auch kurz, aber da war sie schon älter, vielleicht hat Felix es sich bei ihr abgeschaut. Bald darauf musste bei Thea alles hellblau sein. Aber da hat niemand was gesagt, auch nicht mein einfältiger Dennis, dass das eine Jungsfarbe sei und ob Thea nu' lesbisch wäre.

Es sind Kinder, Herrgott! Und Kinder sind unberechenbar und überraschen uns immer wieder. Warum soll man eine Farbe als Kennzeichen späterer Homosexualität deuten?

»Wir haben hier alle den Eindruck, dass Felix ein recht femininer Junge ist«, warf Petr verständnisvoll ein.

»Ich mag nicht, wenn jemand das sagt«, erwiderte ich, so höflich ich konnte. Normalerweise geh ich sofort auf die Palme. Was ist denn das für eine bescheuerte Zuschreibung! Felix ist schlank und etwas dünn für sein Alter, ist das schon zierlich? Er hat blonde Wuschelhaare, richtig, und – ja! – er trägt derzeit gern Rosa. Aber das war's dann auch. Diese paar Äußerlichkeiten machen ihn gleich *feminin*?! Herrgott, da könnt ich fast zur Emanze werden!

»Was ist denn das für'n Klischee von Weiblichkeit?«, hab ich Petr gefragt. »In Felix' Klasse geht ein armer Junge, der ist stark übergewichtig, hat schwabbelige Brüste und 'nen Po wie 'ne Zuchtstute. Kein Schwein käme auf die Idee, ihn feminin zu nennen, obwohl er Titten hat und ein Becken wie 'ne sechsfache Mutter! Nein! Feminin nennt ihr Männer nur Jungs, die aussehen wie'n magersüchtiges Next-Klum-Model!«

Petr nickte verlegen. Ich glaub, er fühlte sich ertappt. Das fand ich sympathisch.

Felix hat 'nen Schniepel, so'n kleinen Kinderschniepel. Ich finde, das reicht, um ihn als Jungen zu identifizieren. Und ich staune manchmal, wie oft er ihn festhält, als hätt er heimlich Sorge, der Zipfel könnte abfallen. Nach dem

Legobasteln steht er auf und hat dauernd die Hand im Schritt wie 'n Ghettoprolet mit dicken Eiern.

Bis auf den Rosafimmel ist Felix ganz normal. Ja ja, ich weiß, »normal« ist ein doofes Wort in diesem Zusammenhang. Ich will sagen: Er ist ein normales Kind. Das Einzige, was ihn von anderen Jungs in seinem Alter abhebt, ist seine Lieblingsfarbe. Und ich glaube, manchmal gefällt er sich darin sogar. Ob er schwul wird? Vielleicht, aber wäre das nicht zu klischeehaft? Sowieso weiß nur der Himmel, weshalb »feminin« als Vorbote eines Coming-outs gelten soll. Das hab ich nie kapiert. Und wenn, dann ist es halt so. Kinder werden schwul oder lesbisch oder vielleicht auch bi wie Petr (beziehungsweise zwanzig Prozent bi); Hauptsache, sie werden glücklich. Ich glaub nicht, dass wir Eltern da viel drehen können. Wenn Felix' Rosafimmel Ausdruck einer homosexuellen Veranlagung sein sollte, brauche ich da nicht mehr gegenzusteuern: Veranlagung ist Veranlagung.

Es war schon kurios, Dennis hatte in Sachen Rosa exakt dieselben Vorurteile wie die Schwulen hier. Er hat Felix manchmal andere Sachen gekauft. Ihm einen blauen Strandeimer besorgt, sogar – als Zeichen seiner großen erzieherischen Gnade – einen orangen und Felix zu überzeugen versucht, dass rosa Eimer Mädcheneimer seien und Jungs mit blauen Eimern spielten. Aber da traf Trotz auf Trotz. Felix zeigte sich unbeeindruckt, und je ungeduldiger und drängender Dennis wurde, desto halsstarriger wurde Felix. Bei solchen Vater-Sohn-Konflikten habe ich Felix immer die Daumen gedrückt und letztlich Partei ergriffen.

»Ihr Frauen haltet eh immer zu den Schwuchteln!«, hat Dennis mich einmal nach so einer Diskussion angefaucht, und plötzlich war es ihm egal, welchen Eimer Felix mit zum Spielen nahm, Hauptsache, er machte sich schnell vom Acker, damit sich seine Eltern in aller Ruhe an die Gurgel gehen konnten.

All das breitete ich vor Petr aus, und wie das in letzter Konsequenz dazu geführt hatte, dass wir hier im Rainbow Inn gestrandet waren. Und Petr hörte sich das alles geduldig an, fragte nach, war aufmerksam und zugewandt, ein toller Kerl.

PETR

Und dann küsst die mich plötzlich!

ILKA

Große Güte, nein, so hätte dieser Tag nicht zu Ende gehen sollen! Ich habe Petr geküsst. Einfach so, aus heiterem Himmel. Na ja, nicht ganz. Wir haben uns super verstanden. Petr ist unglaublich einfühlsam, obwohl er nicht schwul ist, er ist männlich und gutaussehend, hat zudem diesen leichten polnischen Akzent und rollt das R so niedlich.

Als er sich verabschieden wollte, stand er auf, und ich rutschte von meinem Barhocker. Auch für mich war's Zeit zu gehen. Das Weinglas war lange leer, einen Absacker-Baileys hatten wir auch schon miteinander getrunken. Wir umarmten uns etwas ungelenk, und als wir voreinander standen, hab ich ihn geküsst. Ich weiß nicht, was über mich gekommen ist, aber in dem Moment wollte ich es einfach. Ätsch, Dennis, dachte ich, andere Mütter haben auch schöne Söhne, vögle du deine englische Nutte, ich küss jetzt einen Mann, der all die Charaktereigenschaften hat, die dir fehlen. Und schon lagen meine Lippen auf denen von Petr, und sie fühlten sich weich an und warm, und Petr küsste mich zwei Sekunden, bevor sein Verstand die Information verarbeitet zu haben schien, dass er gerade in einem Gay-Resort mit einer Frau rumknutschte.

Ein wenig bleich schaute er aus, als er seinen Kopf zurückzog und sich aus der Umarmung wand. Er blickte sich um. Die Lounge war leer, der Barkeeper tat, als hätte er nichts gesehen.

Gab es hier etwa Alarmanlagen, die bei heterosexuellen Kontakten anschlugen? Sprinkleranlagen gegen körperliche Mann-Frau-Kontakte? Hatte Gregor vorne an seinem Rezeptionstresen einen homophilen Unzuchtsseismographen stehen, der gerade hektisch ausschlug?

Petr guckte mich entrüstet an, vielleicht auch verwundert: »Ilka, das geht nicht.«

»Du wolltest mich nicht anmachen?«, gab ich mich erstaunt.

»Nein, ich wollte nur ein bisschen nett sein. Nur weil du hetero bist und ich auch, teilweise jedenfalls, wir hier also die Einzigen sind, die andersrum sind, heißt das nicht, dass wir automatisch rumknutschen müssen!«

»Aber es war doch schön«, sagte ich kleinlaut. »Ist doch nichts dabei ...« Plötzlich spürte auch ich den Impuls, mich umzuschauen. Ich wollte mich vergewissern, dass Olga nicht in der Nähe war, die sich wahrscheinlich prächtig über mich amüsieren würde. Klein-Ilka macht auf metrosexuelle Femme fatale! Ja, verdammt, ich hatte Bock, einen Mann zu küssen, der mir zuhört, statt mich anzuschreien. Und der Kuss war sogar lang genug, um einen vorwitzigen Gedanken daran zu verschwenden, wie es wäre, mit Petr im Playroom zu verschwinden und auszutesten, ob man dort auch Sex haben konnte, ohne die versammelten Hilfsmittel zu benutzen. Und der Gedanke hat mir sogar gefallen!

»Ilka, du bist sehr nett, aber ich wollte wirklich nur freundlich sein, du wirktest so allein und in Gedanken«, einfühlsamte Petr weiter. Dann senkte er seine Stimme, ergriff meine Arme und schaute mich durchdringend an. Herrje, seine Augen waren wunderschön grünbraun, und er beherrschte den Blick junger Hunde! »Ilka, ich verrate dir etwas, weil ich dir vertraue; das darf vom Chor niemand wissen, aber ich hab in Kassel eine feste Freundin.«

»Scheißesorryscheißetutmirleidtutmirleidtutmirleid-ichmussgehen«, sprudelte es aus mir raus, begleitet von ein paar Tränen über meine unglaubliche Dummheit. In meinem Kopf lachte Olga schadenfroh auf. Gott, was war ich blöd!

Petr blieb verwundert stehen, auch als ich ihm vor den Latz knallte: »Und treu bist du auch noch!«, und heulend rauslief an die frische Luft. Ich dumme Kuh!

TAG 4

ILKA

Diesmal machte ich mir keine Sorgen, als ich aufwachte und bemerkte, dass Felix nicht im Zimmer war. Ich lehnte mich aus dem Fenster und sah ihn wie erwartet mit Helmer am Gatter des Eselsgeheges stehen. Da hatten sich zwei gefunden. Na, eigentlich drei, wenn man das Vieh dazuzählte. Vielleicht sollte ich froh sein, überlegte ich kurz darauf unter der Dusche, schließlich hatte Felix seine Liebe zu etwas entdeckt, das nicht pink war.

»Hennes seine Zunge ist lang und total rosa!«, berichtete Felix freudestrahlend, als Thea und ich beim Frühstück erschienen. Felix saß vor einer großen Schale mit Fruit Loops. Helmer nickte ihm aufmunternd zu.

»Und ich hab mir sogar die Hände gewaschen!«, rief er stolz und zeigte mir seine Hände, auf denen die Cerealienringe deutliche Farbspuren hinterlassen hatten.

Helmer übergab den Frühaufsteher in meine Obhut und entschuldigte sich, der Weinhändler komme gleich. Au Backe, dachte ich. Hatte ich Monica di Sardegna so arg beansprucht in den letzten Tagen, dass sie heute schon Verstärkung benötigte?

Felix zog mit den Zähnen zwei Knusperloops vom Löffel und schlürfte genussvoll die Milch hinterher. Schlüüüüüüüüüüürf. In der Öffentlichkeit darf man Felix nicht an Löffelgerichte ranlassen. Dagegen sind die

Geräusche eines Milchaufschäumers im Café reinste Musik. Aus seinem quietschbunten Cerealienmix hatte Felix alle pinkfarbenen Getreideringe sorgfältig rausgepickt und auf einem kleinen Häufchen neben der Müslischale drapiert.

»Was wird das denn?«, fragte ich ihn.

»Die esse ich hinterher«, erklärte mir Felix. »Als Nachtisch. Die schmecken am besten.«

»Felix, das ist nur Lebensmittelfarbe. Die schmecken alle gleich.«

»Gar nicht!« Schlüüüüüüüüüüürf.

Ein mütterliches Seufzen kann zehn Kilometer weiter eine Fehlgeburt auslösen.

»Du kannst sie dir auch auf eine Kette ziehen!«, warf Thea ein.

»Au ja!«

»Untersteh dich! Mit Essen spielt man nicht.«

Schlüüüüüüüüüüüüüürf.

Einundzwanzig, zweiundzwanzig, dreiundzwanzig, zählte ich innerlich. Mir war nicht danach, heute die strenge Mutter zu geben. Außerdem kam Petr gerade in den Frühstücksraum und winkte schon wieder so freundlich rüber. Ich nickte ihm zu, verzog mein Gesicht zu so etwas wie einem Lächeln und tat so, als wäre ich mit den Kindern beschäftigt, die sich aber gerade gut selbst beschäftigten.

»Hat dir der gerade zugewunken, Mom?«

Thea war mir entschieden zu wach an diesem Morgen.

»Ja, hat er, wir haben uns gestern Abend in der Lounge etwas unterhalten.«

Entsetzt blickte Thea mich an. Ihr Blick war so vorwurfsvoll, als hätte sie mich überführt. Hatte sie etwa noch nicht geschlafen und sich am späten Abend noch mal runtergeschlichen und etwas mitbekommen?

»Aber …«, sagte Thea mit deutlicher Entrüstung in der Stimme, »das ist doch einer vom Chor!«

Sie musterte mich, als hätte ich gerade vor ihren Augen einen Frosch geküsst.

»Ach wirklich?«, redete ich mich raus. »Er war trotzdem sehr nett.«

»Nett ist die kleine Schwester von Scheiße«, zitierte Thea.

»Noch so'n Spruch, Kieferbruch«, flapste ich zurück. Auf olle Sprüche folgten olle Konter. Thea verdrehte die Augen. Damit war Petr immerhin vom Tisch.

Schlüüüüüüüüüüüüüürf.

Was soll's? Ich hatte heute Morgen schon nervigere Geräusche ertragen. Mein Handy sonderte Signalton um Signalton ab, nachdem ich es wieder eingeschaltet hatte. Gute vierundzwanzig Stunden hatte ich es aus gelassen und heute auch nur widerwillig in Betrieb genommen. Aber ich musste langsam beginnen, meine To-do-Liste abzuarbeiten, Mutti informieren und ein paar Freundinnen anrufen. Gemeinsam mussten wir uns wappnen für Hannover. Es musste alles schnell gehen, und das würde kein Zuckerschlecken werden. Wenn Dennis sein Auto fit und die Fähre kriegte, wäre er vermutlich am Samstagabend zu Hause. Vielleicht auch erst Sonntag, wenn er die Strecke Genua – Hannover nicht wie ein Berserker in einem Rutsch durchfuhr. Aber vermutlich würde er genau das tun. Mit etwas Glück verreckte ihm die Karre auf dem Weg erneut. Wieso sollte das nur mir passieren?

Auf jeden Fall sollte ich die wichtigsten Dinge regeln, bevor er wutschnaubend und übernächtigt vor unserem

Reihenhäuschen auftauchte. Sprich: Am besten war ich nicht zu Hause, die Botschaften sollte er trotzdem verstehen. Das Problem dabei: Für all das hatten wir eigentlich nur den Freitag und den halben Samstag. Ach ja, was für Botschaften wusste ich auch noch nicht.

Schlüüüüüüüüüüüüürrf.

Auf Muttis Reaktion war ich gespannt. Sie wusste natürlich von den Spannungen in unserer Ehe. Es mag seltsam klingen: Ich wusste bis zu diesem Tag nicht, ob sie Dennis wirklich mochte. Sie hat ihn immer freundlich behandelt, nie ein böses Wort über ihn verloren, immer als Familienmitglied behandelt, aber so richtig herzlich war sie nicht zu ihm, verhielt sich eher so, als ob man einen Hund in Pflege nimmt von Freunden, die verreist sind. Lieb sein, doch bloß keine emotionale Bindung aufbauen. Für Mutti stand mein Glück im Vordergrund. Na gut, und ihr war klar, dass jede Kritik an der Partnerwahl ihrer Tochter meinerseits eine blutige Familientragödie provoziert hätte.

Schlüüüüüüüü… ein Fruchtkringel widersetzte sich, schlüüü… schlüü… schlüüüüüüüüüüüürf. Thea machte ihr Felix-ist-eklig-Gesicht.

Vierzehn Anrufe und SMS seit gestern Vormittag. Keine davon habe ich gelesen, die Mailbox nicht abgehört. Zum Glück hatte niemand sonst draufgesprochen, so kam ich gar nicht erst in Versuchung reinzuhören. Ich wusste ja auch so, was ich auf die Ohren kriegen würde: den üblichen Mix aus jämmerlichen Entschuldigungen, selbstmitleidigem Gewinsel, das in ungeduldige Appelle überging, wütende Verwünschungen und großherzige Versöhnungsangebote. *Same procedure as last year, Miss Tänzer! Same procedure as every year* … Nee, Miss Tänzer, dieses Jahr nicht.

Auf das SMS- und Voicebox-Bombardement war ich vorbereitet. Thea hatte es natürlich nicht lassen können und ihr Handy schon gestern Mittag wieder angeschaltet, weil Seychellen-Lena ja aufgetaucht sein könnte. Stimmte auch, neben einer flehentlichen SMS von Dennis endlich die erhoffte Antwort von Lena. Seitdem flogen die Nachrichten hin und her.

»Thea, denk bitte dran, jede SMS im Ausland kostet 59 Cent!«, hatte ich sie zwischenzeitlich ermahnt.

»Ja, Mom, weiß ich. Deshalb mach ich die SMS extra lang.«

»Das ändert nichts, du verschickst dann nur drei SMS auf einmal, wenn du sie extra lang machst.«

»Echt?«

»Echt!«

»Ach, Mom. Sei nicht so. Du hast selbst gesagt, Lenas Eltern haben Geld.«

»Ja, aber wir nicht! Wenn's hart auf hart kommt, musst du demnächst deine SMS wieder per Papierbriefchen durch die Schulklasse reichen.«

»Mom! Ich *muss* mit Lena simsen. Ich muss wissen, wie das ist. Ist ja das erste Mal, dass sich meine Eltern scheiden lassen.«

Dem Argument konnte ich nicht viel entgegensetzen außer: »Für mich auch, Thea, für mich auch.« Und mir kam in den Sinn, dass so eine Scheidung ein teurer Spaß ist.

Andererseits, falsch war es sicher nicht, wenn sie sich mit ihrer besten Freundin besprach. Vielleicht könnte ich Thea mal ein paar Tage dort parken, wenn in unserem Reihenhäuschen die Trennungsfetzen flogen. Falls sie flogen. Irgendwie hegte ich die Hoffnung, dass Dennis an der Rolle des geschiedenen Familienvaters schon noch Gefallen finden würde. Als Single ohne Kinder flirtete es sich deutlich einfacher, und über die schwere Scheidung, die böse Exfrau und die Liebe zu den zauberhaften Kindern zu sprechen, die man viel zu selten zu sehen kriegte, ließ bestimmt manch angebaggerte Tussi nicht unbeeindruckt: »Hallo, ich bin fürsorglicher Scheidungsvater, wollen wir ficken?« Ja, ich glaub, das wäre ganz nach Dennis' Geschmack.

Felix unterbrach seine morgendlichen Schlürfarbeiten und suchte die Milch in der Müslischüssel nach letzten bunten Ringen ab. Als er sich überzeugt hatte, dass er alle aufgegessen hatte, schob er mit den Fingern die pinkfarbenen Fruit Loops auf den Löffel, hob sie über den Schüsselrand und setzte sie in der Milch ab. Das machte er mit einem Ernst, als wolle er ihnen noch hinterherhauchen: »Schwimmt, pinke Loops, ich schenke euch ein Leben in Freiheit!«

Ich war von diesem Schauspiel dermaßen fasziniert, dass in mir jeglicher mütterlicher Ermahnungsimpuls erlahmte. Jedes Kind hat besondere Fertigkeiten, und nicht alle erkennt man auf den ersten Blick. Aber wenn mich jemand in genau diesem Moment nach der herausragenden Begabung meines Sohnes gefragt hätte, hätte ich geantwortet: »Mein Sohn besitzt die besondere Gabe, ungeheuer würdevoll mit Lebensmitteln zu panschen.«

Als er auch den letzten Loop in die Milch verfrachtet hatte, betrachtete Felix sein Werk mit biblischer Andacht, denn siehe, es war sehr gut. Dann griff er beherzt nach dem Löffel und schaufelte sie sich in den Mund.

»Und die pinken sind doch leckerer!«, verkündete er schmatzend.

In diesem Augenblick betrat Olga den Frühstücksraum. Es war das erste Mal, dass ich sie hier sah, es schien nicht ihre Zeit zu sein. Ihre Haare waren noch etwas verfilzt, sie selbst ungeschminkt, und sie trug einen verknitterten, hellblauen Kimono.

»Olga!!!«, schrie Felix mit vollem Mund. Zum Glück drehte er sich um, sonst wär ich jetzt rosa besprenkelt.

Olga winkte ab, schlurfte aber auf uns zu.

»Guten Morgen. Große Göttin, hatte ich 'ne furchtbare Nacht, diese Hitze heut' Morgen, es ist viel zu heiß im Süden, warum bin ich schon wach?«, maulte sie heiser. Dann jedoch nahm sie all ihre Kraft zusammen, zwang sich zu ihrem typischen Lächeln und sagte zu den Kindern: »Ach, ich bin ein furchtbarer Morgenmuffel. Ich bleib lieber für mich. Lasst es euch schmecken! Wir sehen uns später, wenn Tante Olga ein paar Stündchen unterm Kaffee- und Nikotinzelt war, okay?«

Die drei Sätze waren offensichtlich extrem anstrengend, denn sie drehte stöhnend ab. Sie grabschte sich ein Croissant vom Buffet, füllte eine Tasse randvoll mit Kaffee und schleppte sich hinaus zu den drei Außentischen vorm Speisesaal. Dort ließ sie sich in einen Korbsessel plumpsen und steckte fahrig eine Zigarette an. Kein Zweifel, Olga hatte einen mächtigen Kater.

»Was ist ein Nikotinzelt?«, fragte Felix.

»Ein Witz. Sie meinte, sie müsste erst eine rauchen.«

»Ihhh … und was ist ein Morgenmuffel?«

»Das Gegenteil von dir«, sagte ich. »Jemand, der morgens nicht aus'm Bett kommt und danach noch stundenlang schlechte Laune hat.« Genauso, wie du in zehn Jahren sein wirst, ergänzte ich in Gedanken.

»Ach so, ein Zombie«, schlussfolgerte Felix.

»Boah, hast du Olga gesehen?«, tuschelte es am Nebentisch. »Die sieht ja gruselig aus heute Morgen!«

Während Felix weiterhin Olga draußen auf der Terrasse beobachtete, löffelte er gedankenverloren seine pinken Fruit Loops, hatte allerdings beim Bewegungsablauf vergessen, dass er den Kopf zwischenzeitlich weggedreht hatte. Warum sind Kinder so?

»Felix! Hast du mich gehört? Plörr nicht mit der Milch rum. Dreh dich zurück zum Teller.«

Felix tat wie geheißen und sagte: »Also ich finde, Olga braucht einen Mann.«

»Wie bitte?« Thea schaute auf. »Wie kommst du denn da drauf?«

»Na, dann könnte sie morgens auch mit jemandem zusammen frühstücken und müsste da draußen nicht allein sitzen«, erklärte Felix.

Ich weiß nicht, ob das Olgas Bild eines perfekten Starts in einen gelungenen Tag entsprach, aber im Grunde hatte Felix natürlich recht: Olga war einsam. Das sah sogar ein Sechsjähriger ohne Tischmanieren.

»Und wen?«, griff Thea den Faden auf und grinste spöttisch. »Boris? Passt doch super zu Olga, zumindest von der Statur!«, feixte sie. »Oder Gregor, der Idiot vom Dienst?«

»Helmer«, meinte Felix. »Weil … Der ist doch auch allein.«

»Ach was, der hat seinen Esel!«, sagte Thea und gluckste. »Was soll denn der Esel machen, wenn Helmer ihn verlässt? Oder Quatsch, nee, der Esel kann dann ja Shirley nehmen, den Hätschelhund …«

Meine Kinder alberten weiter, ich fand sie gerade nicht sehr originell und blendete sie aus.

Ich glaub, im Gehirn gibt es ein mütterliches Aufmerksamkeitszentrum, das unabhängig vom Restbewusstsein arbeiten kann. Irgendwann beherrscht man, Zuwendung und Aufmerksamkeit zu heucheln, obwohl man im Grunde so etwas wie einen fürsorglichen Winterschlaf hält. Nur bei bestimmten Schlüsselreizen (Weinen, »Aua«, dreimal »Mami« hintereinander, Lebensmittel im Luftraum oder drei Minuten verdächtiger Stille) schaltet dieser »Mutterlappen« das Bewusstsein wieder ein.

Meine mütterliche Aufmerksamkeit war also schon irgendwie bei Thea und Felix, bloß gedanklich lief ich in andere Richtungen.

Was für eine bizarre Situation! Ich war gerade mal drei Tage frisch von meinem Gatten getrennt, und die Kinder saßen so traut und fröhlich beisammen wie lange nicht. Oder war mir diese geschwisterliche Einheit nur nicht mehr aufgefallen? Das Frühstück in unserer Ferienwohnung war anstrengender gewesen.

Eigentlich müssten die Kinder geschockt sein von der Trennung, aber im Moment verhielten sie sich nicht so. Okay, Thea lernte gerade von ihrer besten Freundin, dass eine Trennung der Eltern in letzter Konsequenz zu Tauchurlauben auf den Seychellen führte. Aber wieso schien Felix so ungerührt und fröhlich? Oder verdrängten sie beide gerade lustig vor sich hin, und das dicke Ende kam noch? Doch womöglich ging es ihnen ja ein bisschen wie mir: War vorvorgestern auch von ihnen eine Last abgefallen?

»War es sehr schlimm mit Papa und mir?«, fragte ich plötzlich und musste die Frage wiederholen, um mir Theas und Felix' Aufmerksamkeit zu sichern.

»Was meinst du?«, fragte Thea. Felix legte seinen Kopf schief.

»Unsere Streite und Auseinandersetzungen?«

»Ach das«, sagte Thea. »Ja, das war manchmal ganz schön ätzend.« Sie machte eine Handbewegung, die wohl das »ätzend« unterstreichen sollte, mir aber etwas ganz anderes offenbarte: Ihre Gestik hatte sich in den letzten Tagen verändert! Eine Geste fehlte.

»Thea«, fragte ich, »wie habt ihr immer gemacht, wenn Papa und ich uns gestritten haben?«

Thea nahm die Hand hoch und vollführte eine wegwerfende Bewegung. »Meinst du das hier?«

»Und was hieß das?«

»Das habt ihr immer gemacht, wenn ihr euch gestritten habt und wolltet, dass wir weggehen«, erklärte mir Felix.

Sie hatten eine eigene Geste entwickelt.

Herrje. Eine Geste für Dennis und mich. Nein, eine Geste für unsere zerrüttete Ehe. Eine Geste für: »Verschwindet, lasst uns bitte ungestört weiterstreiten.« Und dass das Fehlen dieser Handbewegung selbst mir auffiel, konnte nur eins bedeuten: Thea und Felix hatten sie sehr häufig benutzt.

Ich schwieg und atmete einmal tief durch.

»Was ist, Mom?«, fragte Thea, deren Empathie dummerweise immer genau dann aufblüht, wenn man sich selbst gerade am liebsten unter dem Tisch verstecken würde.

»Ach nichts«, sagte ich. »Mir ist nur aufgefallen, dass ich die Handbewegung seit Tagen nicht mehr gesehen habe.«

Thea verzog ihr Gesicht zu einem Lächeln. »Ist aber okay, oder?«

Ich nickte, und Thea hob ihren Unterarm und knickte die Hand nach hinten. »Stattdessen gibt's nur noch das hier!« Sie versuchte, affektiert zu sprechen, was ihr zum Glück nicht gelang. »Na Felix, passt Raffael vielleicht zu unserer Olga …?«

Da hatten sie ein Thema gefunden! Drei Tage waren ihre Eltern getrennt, und die beiden hatten nichts Besseres zu tun, als eine alternde Dragqueen unter die Haube zu bringen. Was hatte ich für kuriose Kinder?

»Helmer könnte passen«, murmelte ich vor mich hin, doch nicht leise genug.

»Siehste!«, meinte Felix glücklich. »Hab ich doch gesagt!«

»Warum, Mom?«

Ich überlegte. Olga hatte angedeutet, dass es jemanden gebe, dem ihr Herz gehöre, und er sei kein Sarde, lebe aber »hier«. Das passte durchaus auf Helmer. Oder auf ein paar andere Hotelbedienstete. Falls sie mit »hier« das Rainbow Inn gemeint hatte. »Hier« konnte natürlich auch der Ort oder die ganze Insel sein. Allerdings machte Olga nicht den Eindruck, als bewege sie sich oft vom Hotelgelände weg. Aber klare Hinweise gab es nicht.

»Weiß nicht, ich hab da so ein Gefühl.«

»So ein Gefühl wie bei Papa damals?«

Diese freche, unverschämte Göre!

»Hör mir mal gut zu, Fräulein! Hätte ich dieses Gefühl damals nicht gehabt, säße hier nicht jemand am Tisch, der mir grad sehr vorlaut kommt!«

»Warum?«, fragte Felix.

»Weil man sich Kinder ja nicht einfach so bäckt.« Mein Gott, verplappert. Bloß schnell weiterreden, bevor Felix fragte, woher die Kinder denn sonst kämen! »Nee, ist so eine Ahnung. Wenn hier jemand zu Olga passen würde, dann am ehesten Helmer.«

»Aber Olga ist ein Morgenmuffel und Helmer nicht!«, warf Thea ein.

Felix überlegte und legte den Kopf schief, »Herr Helmer redet immer mit dem Esel morgens, der antwortet doch auch nicht.«

Thea kicherte. »Lass Olga das nicht hören, dass du sie gerade mit einem Maulesel verglichen hast.«

»Hab ich gar nicht.«

»Natürlich hast du«, beharrte Thea.

»Schluss mit der Debatte«, beschied ich. »Hier wird nicht gekuppelt. Helmer und Olga sind erwachsene Menschen, die sehr gut für sich selber sorgen können. Klar?«

»Hallo, ihr Hübschen …«, tönte Olgas Stimme durch den Frühstücksraum. Sie lehnte in der Tür zur Terrasse. »Bringt mir jemand bitte noch einen Kaffee, *je suis malade*.«

THEA

Ich kam zu spät! Felix war schon vorgegangen an den Pool, und nun hatten ihn sich die beiden Doofen geschnappt, der blöde Typ mit der »15«-Badehose von neulich und sein genauso blöder Möchtegern-Klassenclown-Freund.

Ich ärgerte mich, dass ich nicht gleich mitgegangen war, aber Lena hatte getextet, das musste ich natürlich erst lesen.

»Lasst meinen Bruder in Ruhe!«, habe ich gerufen. Aber auf einmal plapperte Felix dazwischen: »Wir unterhalten uns!«

Da konnte ich ja schlecht sagen: »Nee, hört mal auf damit! Mein Bruder unterhält sich nicht mit Doofen!« Stattdessen hab ich gefragt: »Aha, und worüber?«

»Sie haben gesagt, dass sie meine Badehose schön finden!«, antwortete Felix total stolz. Das wunderte mich nicht, dass Felix da stolz war wie Oskar aus der Mülltonne, denn die fand bisher noch niemand schön. Nicht mal Mom, obwohl sie ihm die gekauft hat.

Sie ist wohl eigentlich eine Mädchenbadehose. Aber Felix findet sie irrsinnig toll. Dabei sieht er darin aus wie Schweinchen Babe. Doch aufziehen kann man Felix damit nicht, denn Schweinchen Babe mag er natürlich auch. Ist ja auch rosa.

»Ja«, sagte der 15-Mann. »Es ist mutig, so eine Badehose zu tragen!«

»Mutig?«, fragte ich. Bislang fand ich das nur blöd. Und hässlich.

»Warum?«, fragte Felix wie ein kleines Kind.

»Na, das ist doch ein Bekenntnis!«

»Hä?«

»Du zeigst was und stehst dazu!«

Felix nickte eifrig. »Genau! Rosa ist meine Lieblingsfarbe. Und Pink meine Zweitlieblingsfarbe.«

Jetzt gackerten die beiden Doofen voll schwul rum.

»Und, weißt du schon, ob du schwul bist?«, fragte der andere ganz direkt, und Felix wusste nicht, was er antworten sollte, guckte zu Boden und sagte dann: »Nö.«

»›Nö‹, weil biste nicht, oder ›nö‹, weil weißte nicht?«, hakte der andere dreist nach. Da hat Felix das einzig Richtige geantwortet: »Weiß nicht.«

»Weißt du denn überhaupt, was schwul ist?«

»Natürlich!«, sagte Felix. »Das ist, wenn zwei Männer so sind wie Mann und Frau.«

Doofes Grinsen bei den Doofen. Dann wollte der mit der 15 wissen: »Magst du denn lieber Jungs oder lieber Mädchen?«

Solche Fragen stellt man einem Sechsjährigen nicht, finde ich. Schon schlimm genug, dass Dad Felix deswegen immer Löcher in den Bauch gefragt hat.

»Weiß nicht«, wiederholte Felix. Dann setzte er sich an den Pool vor die beiden Doofen und schaufelte mit seinem rosa Eimer Wasser aus dem Pool in die Rinne, wo das Schwappwasser drin verschwindet. Das war jetzt interessanter, ihm war wohl nicht mehr nach Unterhalten. Ehrlich gesagt fand sogar ich das Wasser interessanter als die beiden Doofen, aber irgendwer musste sich ja jetzt um die kümmern, bevor sie Felix noch weiter löcherten.

»Das sind blöde Fragen«, schaltete ich mich ein. »Felix ist noch voll das Kind. Ich glaub, da ist das nicht wichtig.«

Ich meine: Felix ist zwar ein Junge, aber vor allem ein Kind. So als kleine Brüder und Kindergartenkinder sind Jungs niedlich, größere Jungs finde ich dagegen blöd. Das kommt von selbst oder von der Pubertät. Ich bin elf, und Mädchen gefallen mir natürlich besser. Aber irgendwie ist mir klar, dass sich das wieder ändern wird, spätestens wenn ich meine Tage kriege. Lena meint, das besorgen die Hormone. Sie liest die *Mädchen*-Hefte von ihrer großen Schwester, in denen es nur um Jungs geht. Aber die sehen alle viel erwachsener aus als die Spackos in meiner Klasse, und irgendwie auch hübscher. Blöd sind sie sicherlich trotzdem. Aber Felix … Felix ist noch ein niedliches Kind. Und »Kind« ist für mich irgendwie 'n drittes Geschlecht.

»Wir fragen uns nur …«, druckste der 15er rum. »Ich wusste schon mit sechs oder sieben, dass ich schwul bin.«

Da hab ich einen Moment überlegt. Wenn der mit sechs bereits wusste, dass er schwul ist, war er vielleicht doch nicht ganz doof.

»Nee, ne?«, hab ich zurückgefragt.

»Ja. Aber ich wusste natürlich nicht, was das genau ist.«

Okay, doch doof.

»Aber ich hab schon als Kind gespürt, dass ich anders war als die anderen Jungs.«

»Ja«, hätte ich am liebsten gesagt, »du hast gemerkt, dass du doofer bist als die anderen.«

Aber er redete weiter: »Als ich in deinem Alter war, Felix, hab ich immer lieber mit Puppen gespielt.«

»Mit Puppen?«, Felix schaute ihn ungläubig an. »Aber das machen doch nur Mädchen!«

Da hat der Freund vom 15-Mann albern losgelacht. »Hihi, doch nicht schwul. Du schuldest mir einen Caipi!«

»Oder hältst du in der Schule Händchen mit anderen Jungs?«

Felix hat kurz gegrübelt und dann genickt. »Ja klar.« Woraufhin die beiden voll erstaunt geguckt haben. Ich allerdings auch!

Aber dann hat Felix erklärt: »Wenn wir uns in Zweierreihen aufstellen müssen, sagt Frau Bender immer, wir sollen uns an die Hände fassen. Meistens muss ich die Hand von Leon nehmen. Aber die ist immer ganz klebrig, weil er so viel popelt.«

Das war wirklich witzig. Felix bringt manchmal richtige Schoten, sagt Mom, und das war so eine. Ich musste laut lachen, auch weil die beiden Doofen das bestimmt nicht hören wollten. Doch die lachten auch.

Der 15-Mann stocherte allerdings weiter. »Trägst du Mädchenkleider?«, fragte er.

Was Felix darauf wohl antworten würde? Ich weiß ja, dass seine Badehose eigentlich eine Mädchenbadehose ist, aber ich glaube, er nicht. Zählte das dann überhaupt?

Felix sah ratlos aus.

»Na ja, ziehst du manchmal heimlich Sachen von deiner großen Schwester an?«

»Jaha!!!«, hab ich dazwischengerufen. »Gestern Morgen hat er meine Chucks angezogen!«

Ich wusste, dass die Doofen sich dadurch bestätigt fühlten, egal, das war's mir wert. Boah, war ich sauer gestern! Das sind meine absoluten Lieblingsschuhe, und Felix zieht die einfach an, weil er zu blöd ist, seine eigenen Schuhe zu finden. Und dann geht er damit auch noch raus zu diesem blöden Esel. Ein Glück, dass er nicht in Eselkacke getreten ist. Da wär ich richtig explodiert und hätt Felix' rosa Badehose eigenhändig in die Eselskacke gedrückt, ganz tief rein!

»Manno! Aber nur weil Mami meine Schuhe versteckt hat«, protestierte Felix.

»Du sie nicht gefunden hast!«

Auf einmal krähte Felix megalaut: »Hallo, Olga!!!«

Am Pool kam nämlich Olga vorbei. Sie sah schon etwas besser aus als beim Frühstück und trug wieder so'n Sackkleid, diesmal aber in Himmelblau, ohne Blumen, dafür mit goldenen Linien. Sie sah aus wie ein Engel, na ja, wie ein ziemlich dicker Engel. 'ne Harfe hätte ihr gut gestanden. Und Flügel. Wobei das verdammt große Flügel sein müssten. Olga winkte kurz zurück, bevor sie weiterrauschte.

Der Freund vom 15-Mann deutete auf Olga und fragte Felix: »Findest du es nicht komisch, dass Olga eigentlich ein Mann ist, aber wie eine Frau rumläuft und Olga genannt werden will?«

Felix schüttete einen Eimer Wasser in die Rille und schüttelte den Kopf. »Wenn ihr der Name gefällt …«

Jetzt kam der andere Doofe wieder zum Zug: »Verkleidest du dich denn auch gerne?«

»Klar!« rief Felix.

»Und als was? Als Prinzessin?«

»Oder beim Cowboy-und-Indianer-Spielen als Squaw mit hübschen, langen Zöpfen und rosa Schleife?«

Oh Mann, hab ich gedacht, das ist ja voll das Verhör hier. Wie in Fernsehserien. »Einspruch, Euer Ehren, die Frage ist so gestiv«, sagen die immer. Aber ich fand mich als Felix' Anwältin bislang gar nicht so schlecht.

»Nö«, sagte Felix. »Ich bin lieber Cowboy. Ich bin doch kein Mädchen!«

Ich musste laut lachen, weil Felix die Doofen ziemlich auflaufen ließ. »Aber Mom musste ihm extra ein rosa Lasso basteln«, konnte ich mir nicht verkneifen.

Ob Felix denn Fußball mag, wollten die Doofen noch wissen, und Felix hat genickt. Dad ging mit ihm manchmal ins Stadion. »Für welche Truppe bist du denn?«, bohrte der 15er nach.

»Natürlich Hannover«, antwortete Felix. »Aber das heißt ›Mannschaft‹.«

Dann ist er ins Wasser gesprungen und planschte lieber. Auf einmal schoss mir eine Frage durch den Kopf: »War das gerade so 'ne Art Psychotest?«

Lena hatte mal einen aus *Mädchen*. »Bist du eine gute Freundin?« hieß der. Die Fragen waren alle völlig bescheuert, aber am Ende kam raus, dass wir beide gute Freundinnen sind. Doch das wussten wir ja schon vorher.

»Das waren nur ein paar harmlose Fragen«, sagte der 15er.

»Aha.« Dann habe ich die beiden direkt ins Gesicht gefragt: »Wieso *wollt* ihr eigentlich, dass Felix schwul ist?«

Da haben die Doofen das gemacht, was Doofe am besten können: doof gucken.

»Aber nein!«, sagte der eine. »Wir sind nur neugierig! Weißt du, ich seh Felix, und mir fallen so viele Dinge aus meiner eigenen Kindheit ein, und mich interessiert, wie es ihm damit ergeht.«

»Man ist halt anders,« meinte der andere.

»Na und?«, fragte ich. »Was ist daran schlimm?«

»Manchmal hänseln einen die anderen.«

»Oder man macht sich ständig Gedanken und fühlt sich blöd, weil man merkt, dass man nicht dazugehört.«

Ich war voll überrascht, weil die beiden Doofen plötzlich gar nicht mehr so albern rüberkamen. Sonderbare Vögel, die beiden.

»Hast du so was auch schon erlebt?«

»Ich glaube, ja«, antwortete ich. »In meiner Clique mögen fast alle Pferde, nur ich nicht. Und wenn die anderen ihre Pferdegespräche führen, steh ich immer blöd rum und dreh Däumchen.«

Ich fragte mich, ob das ein gutes Beispiel war, aber das fiel mir eben als Erstes ein. Ich ging meine Klasse durch: Da war Fatima, die immer Kopftuch tragen muss, die ist natürlich auch anders. Oder Christina, deren Eltern Zeugen Jehovas sind, weshalb sie nie beim Religionsunterricht mitmachen darf, obwohl der bei uns immer echt lustig ist, weil wir oft Filme sehen. Oder Emil, weil er Spätaussiedler ist und so'n seltsames Deutsch spricht, und dann heißt er auch noch Emil! Eigentlich ist jeder bei uns in der Klasse irgendwie anders als die anderen. Außer vielleicht Marie und Greta, aber die sind eineiige Zwillinge. Doch vielleicht fühlt man sich da ja auch anders, weil's einen doppelt gibt.

»Ja, so ähnlich«, meinte der Freund vom 15er. »Jedenfalls fühlt man sich nicht wohl in seiner Haut. Vor allem, wenn man in der Pubertät merkt, dass man nicht auf Mädchen steht wie all die anderen Jungs.«

»Aber warum ist das denn ein Problem?«, fragte ich. »Dann sagt man's halt, und alle wissen Bescheid.«

»Weil Jungs doof sind mit vierzehn«, sagte der 15er. Ha, und wie!

»Und ruppig«, ergänzte sein Freund. »Verstehst du?«

Verstand ich natürlich, ich bin ja nicht blöd. Und geh auf eine Schule. Dort gibt's auch ältere Jungen.

Dann stellte mir der Freund vom 15er 'ne ganz seltsame Frage: »Wie haben denn deine Freundinnen reagiert, als du ihnen gesagt hast, dass du Pferde blöd findest?«

»Aber ich hab denen doch nicht gesagt, dass ich Pferde blöd finde!«, hab ich erwidert. Die hätten mich so was von links liegengelassen! »Ich hab nur gesagt, dass ich Pferde nicht ganz so toll finde wie sie.«

Auch das hat mich ziemlich Überwindung gekostet, weil die manchmal kein anderes Thema kennen. Ich hab zeitweise versucht mitzureden, aber ich find Pferde nun mal uninteressant. Große Tiere mit vier Beinen dran und Hufeisen drunter, kann man reiten und stundenlang bürsten – ja und?

»Aber Pferde sind doch superschöne, edle Tiere!«, meinte Lena, und ich hab gesagt: »Ich mag lieber Kühe und Delfine. Ich hab echt nix nichts gegen Pferde … nur 'ne Allergie.«

Das war natürlich gelogen, aber dann war das Thema durch, obwohl, gegen Hafer bin ich wirklich allergisch, und Hafer ist ja schon nah dran an Pferden. Egal. Jedenfalls war das voll der Eiertanz.

So langsam wusste ich, worauf der Freund vom 15er hinauswollte. Er konnte seinen Kumpels ja schlecht sagen: »Ich bin gegen Mädchen allergisch.«

Schwul ist bei Jungen, glaube ich, ziemlich uncool. Die sagen immer, wenn etwas uncool ist, das ist »voll schwul«. Scheiße, ich mach das auch manchmal. Was eigentlich ziemlich affig ist, denn die Schwulen hier im Hotel sind teilweise megacool, dieser Konrad vor allem. Außer vielleicht dieser schreckliche Typ mit seinem verhätschelten Hund. Oder Olga, aber die ist auf ihre Weise noch viel cooler als die anderen, aber eben anders cool. Ach, ich glaub, wenn Felix tatsächlich schwul wird, ist er total cool dabei.

»Habt ihr selbst, als ihr so klein wart wie Felix, Mädchenkleider getragen?«, fragte ich und versuchte, mir die beiden Doofen in geblümten Kinderkleidern vorzustellen. Plötzlich musste ich heftig grinsen.

Der 15er nickte eifrig, der andere schüttelte den Kopf.

»Es machen auch nicht alle schwulen Jungs«, erklärte er.

»Manchmal, heimlich. Wenn meine Mama nicht da war, hab ich ihren Kleiderschrank geplündert«, sagte der 15er.

»Und hab mit Puppen gespielt und mit zehn einen ganzen Winter einen Seidenschal getragen, den ich meiner Oma abgeluchst hatte«, sagte sein Kumpel.

Mit einem Mal verstand ich gar nichts mehr. »Das ergibt doch alles keinen Sinn. Wieso sollen Jungen, die Jungen mögen, sich wie Mädchen aufführen?«, meinte ich, und sie stutzten.

»Gute Frage«, sagte der 15er. Was nur hieß, dass er nicht weiterwusste, denn »gute Frage« sagen meine Lehrer immer, wenn sie keine Ahnung haben.

»Das ist in der Tat eigentümlich.«

Die Doofen schauten jetzt nicht mehr doof, sondern eher ratlos. Der Freund vom 15er überlegte laut: »Ich glaube, wenn du insgeheim ahnst, dass du anders bist als all die anderen Jungs um dich rum, hast du weniger Lust, diesen ganzen Jungskram mitzumachen. Und du denkst dir: Scheiß auf die anderen, ich spiel nun mal gerne mit Puppen, dann mach ich das halt. Andere Jungs würden sich den Wunsch eher verkneifen …«

»Oder man merkt, dass die Jungs was gegen einen haben, und macht lieber was mit Mädchen«, grübelte der 15er.

Ich hab genickt, obwohl ich noch voll am Nachdenken war. Schwulwerden war ganz schön kompliziert. Wenn die beiden Doofen das hingekriegt hatten, konnten sie eigentlich nicht ganz doof sein.

Aber dann stellte der eine wieder 'ne doofe Frage: »Hast du eigentlich 'nen Freund?«

Sofort bin ich rot geworden. Was total bescheuert ist, denn ich bin elf, da hat man noch keinen Freund. Das hab ich auch gesagt. Dennoch fühlte ich mich sehr komisch.

»Aber 'ne beste Freundin hast du.«

»Natürlich!«

»Wer weiß, vielleicht merkst du irgendwann, dass du deine beste Freundin mehr magst als einfach nur so.«

»Hä?«

»Na ja, Mädchen passiert ja auch, dass sie sich in Mädchen verlieben.«

Eine ziemlich irre Vorstellung. Klar, Lena war meine allerbeste Freundin, aber verlieben … mit Küssen und so? Außerdem hatte Lena schon mal einen Jungen geküsst.

Auf die Wange. Okay, auf einer Hochzeit, und sie waren Blumenkinder gewesen, und der Junge war ihr Cousin. Ein Erwachsener fand das toll für ein Foto, trotzdem gab sie manchmal damit an. Ein Kuss ist ja auch irgendwie ein Kuss, glaub ich. Aber ich und Lena …?

»Hab ich noch nicht drüber nachgedacht«, sagte ich.

»Musst du auch nicht, merkst du im Zweifelsfall von selbst«, meinte der Freund von der 15 und lächelte wieder ein bisschen wie ’n Klassenclown.

Ob ich Lena von diesem seltsamen Gespräch hier erzählen sollte? Nachher denkt sie noch, ich wäre lesbisch. Oh Mann, langsam begann das hier anstrengend zu werden. Fast wie ’ne Schulstunde, und ähnlich lang. Felix planschte immer noch.

Ganz so nervig fand ich die Doofen inzwischen nicht mehr. Sie waren schon irgendwie okay. Aber ich nenn sie weiter »die Doofen«, kriegen sie ja nicht mit.

»Seid ihr zusammen?«, hab ich sie noch gefragt.

Da haben die zwei seltsam geguckt. Das kapierte ich nicht, so schwer war die Frage ja nicht. Aber sie schauten sich bloß ratlos an und kicherten blöde.

»Haben wir noch gar nicht drüber nachgedacht, ehrlich gesagt«, druckste der 15er rum.

»Wir kennen uns erst seit ein paar Tagen«, meinte der andere.

»Ihr habt euch hier erst kennengelernt?«, fragte ich neugierig.

»Ja, Patrick kommt aus Frankfurt und ich aus Trier.«

»Ja, wir waren zusammen auf einem Ausflug und verstehen uns seitdem ziemlich gut«, sagte der, der Patrick heißt, und schaute den 15er-Mann an.

»Ich finde, du guckst ihn gerade ziemlich verliebt an.«

Patrick bekam da eine total rote Birne, und der 15er lächelte breit.

»Hör mal, Mädchen«, sagte er. »Das ist aber jetzt ganz schön privat!«

»Aber einen Sechsjährigen fragen, ob er schwul is, is nicht privat?«

»Ja, hast recht«, antwortete er. »Und du … du bist ja voll die Kupplerin.«

Da musste ich auch grinsen und hab »Danke schön« gesagt. Keine Ahnung, ob das passte, aber ich hatte gerade eine Idee.

»Ich muss los!«, hab ich noch schnell gesagt und Felix gerufen.

ILKA

Weiß der Himmel, wie die Kinder plötzlich auf die Idee mit dem Ausflug kamen. Wir sollten heute unbedingt einen Ausflug machen, das Wetter sei so schön, und es sei doch unser letzter Tag, argumentierte Thea und lag damit nicht ganz falsch. Dass Felix sofort loskrähte: »Au ja! Ausflug! Ausflug!«, erschien mir allerdings verdächtig. »Aber dafür ist es zu spät. Einen Ausflug muss man vorbereiten«, versuchte ich die beiden abzuwimmeln, selbst noch völlig im Planungsmodus. Ich hatte gerade begonnen, das Ende meiner Ehe zu organisieren, da organisierte ich doch jetzt nicht noch 'nen Ausflug!

»Aber es ist erst halb elf«, wendete Thea ein und lag damit schon wieder nicht falsch.

Ich saß auf der Veranda im Schatten, nachdem ich gerade ein paar Telefonate geführt hatte. Lea kommt Freitag rüber zu mir; Jenny war kurz angebunden, weil auf Arbeit, aber sie holt uns morgen vom Flughafen ab und hat angeboten, mir am Abend Gesellschaft zu leisten, falls mir in der Wohnung die Decke auf den Kopf fällt. »Oder anderes.«

»Anderes?«

Ja, bei ihr sei es die Bohrmaschine ihres Ex im Flur gewesen, wo sie drei Wochen lang gelegen habe, weil ihr blöder Benjamin es einfach nicht geschafft habe, den Flurspiegel wieder fest anzuschrauben, der seit Monaten auf halb acht hing. Diese unbedeutende Angelegenheit, Jennys Angelegenheit!, war ihm nicht wichtig. Und das habe sie nach seinem Rauswurf so wütend gemacht, dass die Bohrmaschine plötzlich irgendwie gegen den Spiegel gefallen sei. Doch die Aktion hätte sie sich schenken können, weil die Scheißmaschine danach noch funktioniert habe, der Spiegel aber nicht.

Britta fand »das alles« furchtbar traurig, kommt jedoch auch am Freitag. Wie es die Kinder verkraften würden? Ich verkniff mir zu erwähnen, dass die beiden gerade gut damit beschäftigt seien, Transen zu verkuppeln. »Überraschend gut«, sagte ich.

Mutti rief ich als Letzte an. Sie nahm es sehr gefasst auf. »Ts, ts, ts«, machte sie fortwährend, als ich von den letzten Tagen berichtete. Besonders laut ts-ts-ts-ste sie, als ich von der kleinen Engländerschlampe erzählte. Meine Stimme wurde schon wieder heiser, ich kriegte das Bild von ihr auf Theas Schlafsofa einfach nicht aus dem Kopf. Meine Güte, wo war eigentlich Theas kleiner Elch? Thea entwächst dem Plüschtieralter langsam, aber dieses Plüschvieh geht immer noch mit auf Reisen. Hatte diese bescheuerte Peggy da etwa draufgesessen, als Dennis ihr die Möse ausschleckte?! Gott, das durfte Thea niemals erfahren!

»Ts, ts, ts«, machte Mutti, »'ne Engländerin, so was.«

»Ach, und wenn sie Schwyzerdütsch sprechen würde, wär's besser, oder was?« Den Einwand verkniff ich mir lieber.

»Auf jeden Fall ist es definitiv vorbei, Mutti. Ich setz Dennis vor die Tür und reich die Scheidung ein.« Mannomann, klang ich taff.

»Ach, Mädchen. Das tut mir so leid«, sagte Mutti und schnäuzte sich. Weinte sie etwa?

»Ich sprech mit Vati. Du kannst auf uns zählen.« Natürlich komme sie am Freitag, und die Kinder nehme sie auch sehr gerne.

»Wo sagtest du, seid ihr gerade?«

Ich erklärte es ihr ein zweites Mal. Ob es denn kein anderes Hotel gegeben habe, wollte Mutti wissen.

»Nein«, sagte ich. »Es war das nächstgelegene.« Außerdem sei es tatsächlich ein *sehr anderes* Hotel, witzelte ich fad hinterher.

Meine Mutter verstand den Witz nicht. Ihre Stimme klang besorgt, als sie fragte, ob man uns denn gut behandle.

»Mutti, wir sind in einem Gay-Resort, nicht in Guantanamo!«

»Ja, eben!«, meinte sie. Man lese da so viel drüber. Ob da nicht alle nackt seien? Und diese Partnertausche, das sei doch nichts für die Kinder.

Da machte ich wohl das Dümmste, was ich in diesem Augenblick tun konnte, aber es war so 'ne kleine Albernheit, die meine Kollegin und ich uns im Sekretariat angewöhnt hatten. Wir sagen »Moment« und schütteln den Hörer, um zu gucken, ob da noch mehr Unsinn rausrieselt. Unter Kolleginnen sicher ein hübscher Spaß, wenn nervige Eltern am Telefon sind oder unser Chef bizarre Arbeitsaufträge erteilt, aber jetzt hoffte ich, dass nicht allzu viele Homosexuelle Zeuge wurden, wie ich gewohnheitsmäßig mein Handy schüttelte, als hätte es Schuppen.

»Mutti«, sagte ich, »›Resort‹ ist ein neumodisches Wort für ›Hotel‹. Auch Neckermann-Reisen betreiben Resorts. Was du meinst, ist ein Swinger-Club.«

»Ach so«, sagte Mutti. »Gut, dass du's sagst. Da bin ich ja beruhigt. Aber die ganzen Homosexuellen ...«

»... sind alle sehr nett zu uns«, beendete ich den Satz.

Na gut, bei »alle« hatte ich großzügig aufgerundet. Wenn Gregor und dieser aufgeblasene Raffael das wüssten! Die würden mich mit Verdacht auf Stockholm-Syndrom in die nächste Klapse einweisen lassen.

Die Kinder mussten mich aus der Ferne beobachtet haben und standen auf der Matte, sobald ich aufgelegt hatte.

»Hast du die Ausflugsidee von Lena?«, fragte ich Thea.

»Nein!«

»Wie geht's der mit ihrer neuen Familie auf den Seychellen?«

»Sie sagt, es ist sehr schön dort. Aber ihr Vater ist voll der geizige Arsch.«

»Ach, wie kommt's?«

»Er hat ihr für heute das Texten mit dem Handy verboten. Er meint, das sei zu teuer.«

»Ach«, sagte ich und grinste mir eins. »Und deshalb hast du jetzt Langeweile und Zeit für einen Ausflug!«

»Au ja, Ausflug, Ausflug! Machen wir einen Ausflug?«, jubelte Felix. Irgendwie klang es einstudiert.

»Wohin denn?«, fragte ich.

»Mit Herrn Helmer!«, rief Felix aufgeregt.

»Ja genau«, ging Thea dazwischen, als könne sie damit überspielen, wie unsinnig Felix' Antwort gerade war. »Den können wir fragen, was man hier in der Nähe so machen kann!«

»Sag mal, Thea. Sei ehrlich, woher der plötzliche Aktionismus? Steckt da etwa Dennis hinter?«

Boah, was für eine ekelhafte Vorstellung! Die Kinder entführen mich auf einen kleinen Ausflug, und am menschenleeren Bilderbuchstrand der Costa di Kitsch wirft sich Dennis vor mir mit einem Strauß roter Rosen in den Sand und peitscht seine unartigen Lenden aus.

»Quatsch!«, beeilte sich Thea zu sagen. Okay, kein rührseliger Versöhnungsversuch. Glück gehabt. Was dann?

Thea überlegte. Man sieht ihr an, wenn sie nachdenkt und nach weiteren Argumenten sucht. Sie bekommt dann so eine kleine Falte zwischen den Augenbrauen, die sie zwei Jahre älter macht. In zehn bis fünfzehn Jahren wird sie diese Falte bestimmt verfluchen. Oder sich botoxen lassen.

»Wäre doch mal schön, ohne die anderen hier«, sagte Thea und schielte zum Pool, als hätte sie ein schlechtes Gewissen. »Eben haben uns zwei Doofe ausgefragt.«

»Worüber?«

»Nix Schlimmes. Wieso Felix so gern Rosa mag und ob ich 'nen Freund habe.«

»Das nennst du ›nix Schlimmes‹? Wenn du 'nen Freund hättest, fänd ich das katastrophal schlimm!«

»Aber Mom, ich bin bald in der Pubertät! Ich kann jederzeit meine Ta...«

»Sprich's nicht aus, oder ich werde ab sofort dafür beten, dass du jedes Mal ganz doll darunter leidest.«

Glücklicherweise mussten wir das leidige Thema nicht weiter vertiefen, weil Helmer auf uns zukam. »Hallo Ilka, woran hatten Sie denn so gedacht?«

»Wie bitte?«

»Ihre Kinder haben mir von der Idee mit dem Ausflug erzählt.«

Theas Falte war weg, und auf ihrem Gesicht spiegelte sich plötzlich die reinste Unschuld. Sie zeigte auf Felix, der kurz irritiert aufsah. Dann rief er: »Au ja, Ausflug!«

FELIX

Thea hat gesagt, ich soll quengeln wegen des Ausflugs. Ich kann das sehr gut, meinte sie. Dabei quengle ich nie. Aber manchmal will ich was, und dann sagen die Erwachsenen immer »Quengle nicht so«, dabei quengle ich gar nicht, sondern will nur was. Thea hat gesagt, dass man sich auf Ausflügen näherkommen kann, weil man was miteinander erlebt. Ich hab das nicht verstanden und hatte auch keine Lust auf einen Ausflug, aber als Thea meinte, dann würde sich Herr Helmer in Olga verlieben, wollte ich den Ausflug doch, und Thea hat gesagt: »Siehste, ich wusste, du kannst gut quengeln.«

HELMER

Ich weiß nicht, was mich geritten hat, die Idee mit dem Ausflug aufzugreifen. Vermutlich war der Knirps schuld. Sonst bin ich nicht so leicht zu beeinflussen.

Bislang betrachtete ich jede Ansammlung von mehr als drei Homosexuellen als Kindergarten.

Das ist Quark, denn inzwischen weiß ich, dass ich niemals in der Lage wäre, einen Kindergarten zu führen, weil ich keinem Balg eine Bitte abschlagen könnte. Es muss nur einmal mit seinen ehrlichen Augen klimpern, »Bitte bitte« machen und schon sagt Helmer Klotz ja. Ich wollte Felix seinen Herzenswunsch erfüllen.

Weswegen bloß werden aus diesen freundlichen, unbedarften Lichtgestalten irgendwann erwachsene, grobschlächtige Männer? Und da macht es keinen Unterschied, ob sie schwul sind oder nicht. Selbst jemand wie Raffael ist im Grunde seines Herzens Grobschlächter. Nun gut, er hat ein Hackmesser aus gebürstetem Edelstahl mit Perlmuttgriff, aber wenn er will, wirbelt er damit genauso herum wie ein Türsteher der Hell's Angels mit blutiger Schlachthofvergangenheit.

Warum wird man so? War Raffael als Sechsjähriger auch schon so ein eitles Gekröse wie heute? Trug er bereits im Kindergarten Lipgloss und handelte mit Strasssteinchen? Brauchte er für seine Schokoladenzigaretten eine Spitze? Wann wurde Raffael zu dem, der er heute ist? In welchem Kristallpalast ist er aufgewachsen, oder wann hat er begonnen, seinen eigenen zu bauen? Und warum?

Ich verstehe das nicht. Oder unser Gregor. Ich weiß, dass er aus bodenständigen Verhältnissen kommt. Bestimmt war er früher ein süßer, kleiner Fratz. Schlecht sieht er ja nun wahrlich nicht aus. Aber was hat dieses Scheißleben mit ihm gemacht, dass aus ihm so ein durchtriebener Emporkömm-, ach was, Empor*möcht*ling wurde?

Große Güte! Ich wünsche Felix von Herzen, dass er nicht so wird. Lieber ein Heteroprolet mit ballonseidenem Jogginganzug als noch mehr Raffaels und Gregors in der schwulen Welt.

Es gibt ein Kinderfoto von mir, elf oder zwölf muss ich gewesen sein. Ich lehne am Zaun unseres Hotels, ich trage eine kurze Lederhose und ein Polohemd mit weitem Kragen. Ein Knie angewinkelt, und was mich beim Blick auf dieses Bild jedes Mal verblüfft: Ich hatte damals blonde Locken, die in der Sonne sogar noch leuchteten, ein holder Knabe, unschuldig wie aus einem feuchten Traum Thomas Manns entsprungen. Manchmal schaue ich auf das Bild und suche in meinem Gesicht nach frühen Anzeichen meines heutigen Selbst. Ich finde sie nicht. Müssten da nicht schon Sporen meines späteren Griesgrams auf meinen Wimpern liegen?

Ich weiß doch, als was man mich wahrnimmt. Heute behaupte ich, dass ich nie ein angenehmer Zeitgenosse sein wollte. Aber wann habe ich damit begonnen? Nicht mit elf oder zwölf. Fing es mit der Erkenntnis an, schwul zu sein oder erwachsen werden zu müssen oder schwul erwachsen werden zu müssen?

Ich bin vierundfünfzig und zu alt, um meinen Charakter noch zu schulen, weshalb sollte ich? Wir haben uns aneinander gewöhnt, sind ein eingespieltes Team. Er hält mir die Menschheit vom Leib, und ich komm allein ganz gut über die Runden. Ich bin kein Misanthrop. Ich kann mit Menschen, sie sollten mir nur nicht zu nah auf die Pelle rücken, und wenn doch, dann will ich es sein, der auf sie zugeht.

Felix weiß davon nichts, aber er ist ein Kind. Er braucht diese Sensibilität nicht. Die kommt noch früh genug. Doch wenn mein Charakter auf Kinder in Felix' Alter trifft, hockt er plötzlich versunken vor dem alten Foto von mir am Zaun, und ich darf sehen, wie ich mit der Situation klarkomme. Und so hörte ich mich plötzlich sagen: »Das ist aber eine schöne Idee, Felix. Ja, ich begleite euch gern auf eurem Ausflug.«

Thea ist bereits einen Schritt weiter, sie wächst heran. Felix scheint in seinen Wünschen noch etwas planlos, seine Schwester kalkuliert mehr. Sie wird mal eine gute Erwachsene. Sie weiß nicht nur, was sie will, sondern auch, wie sie es bekommt.

»Ähm … Herr Klotz«, fragte sie. »Haben Sie vielleicht auch 'ne Idee, wohin man so einen Ausflug machen kann?«

Nur ziellos waren beide Kinder.

ILKA

Okay, das muss ich meinen Kindern lassen: Sie sind zielstrebig und einfallsreich, um nicht zu sagen durchtrieben und listig. Helmer hatten sie also schon überzeugt.

»Ausflug?«, hab ich gesagt. Felix hüpfte erwartungsvoll. Noch ahnte ich nicht, was meine Kinder *wirklich* vorhatten.

Helmer schlug vor, wir könnten zu den römischen Ruinen von Nora fahren oder zu den sieben Brüdern im Sarrabus-Gebirge, da kenne er einen schön gelegenen Picknickplatz, wo man auch spazieren gehen könne.

Thea und Felix schauten sich an. Felix verstand nichts, Thea sah sich vor die Wahl gestellt: Ruinen oder Spazierengehen? Beides dürfte für ein Kind in ihrem Alter so spannend klingen wie … na, eben Ruinen oder Spazierengehen.

»Sieben Brüder?«

»Das ist eine Gebirgsformation«, erklärte Helmer. »Monte Sette Fratelli.«

Thea machte zwar ein Gesicht, als hätte Lena sich gerade für zwei Wochen nach Funklochistan verabschiedet, verkündete jedoch tapfer: »Klingt beides sehr gut!«

Was führten meine Kinder im Schilde? Das würde ich schon noch herausfinden! Aber dazu musste ich wohl oder übel mitspielen.

»Sieben Brüder«, beschied ich. Wenn schon, denn schon. Mal ins Landesinnere. Die letzten zwei Wochen hatten wir uns fast nur an der Küste rumgetrieben. Wenn wir Abwechslung vom Strandleben suchten, waren wir ins Auto gestiegen und zu einem anderen Strand gefahren. Es gab viele schöne Strände auf Sardinien, ohne Zweifel. Und fast jeder ließ sich mit dem Pkw ansteuern. Dennis liebte das, auch wenn sich auf den schmalen Schotter- und Sandpisten stets hunderte Autos stauten und wir jedes Mal eine Stunde mit Parkplatzsuche und Pkw-Tetris zubrachten.

Die irren Italiener fahren ja am liebsten mit dem Auto direkt an den Spülsaum des Strandes. Dann steigen sie aus, laufen ein paar Meter ins Wasser und stehen den restlichen Tag bis zu den Knien im Mittelmeer und telefonieren. Manchmal machen sie ein Selfie, posten es, und kurz darauf sieht man ihre Familienmitglieder die Handys runternehmen und »Gefällt mir« klicken. Einmal ist einer Frau dabei das Smartphone ins Wasser gefallen. Was hab ich losgeprustet!

Aber ins Landesinnere? Wandern oder ein malerisches Bergdorf anschauen? Nicht mit Dennis. Inzwischen weiß ich, wieso. Da gibt's keine Brüste in knappen Bikinis. Und wenn ich's recht überlege: Außer am gesitteten Familienstrand von Monte Nai trafen wir an allen anderen Stränden auf zahlreiche barbusige Besucherinnen. Hatte Dennis die Ziele etwa deshalb ausgesucht? Besaß er eine App namens »Sardegnas best Boop Beaches«?

Die Ausflugsplanung war schnell abgeschlossen. Helmer empfahl uns, uns umzuziehen und an festeres Schuhwerk zu denken. Dann bat er Andreas, uns einen Proviantkorb zu organisieren, und fragte ihn, ob der Hotelvan heute Nachmittag verfügbar sei.

»Ich kann euch doch fahren!«, schlug Andreas vor. »Ich frag kurz Gregor, ob er …«

»… nach seiner Nachtschicht gleich die Tagschicht übernimmt«, vollendete Helmer. »Na, der wird begeistert sein!«

»Ich hab noch einen Tausch gut«, erwiderte Andreas. »Er schwärmt heute noch von dem Kerl in Olbia. Außerdem«, fügte er hinzu, »… würde ich einfach gern mit.«

Eine Stunde später trafen wir uns auf dem Vorplatz des Rainbow Inn. Gregor stand hinter dem Tresen. Hoffentlich checkte in den nächsten Stunden niemand ein, gegen ihn wirkte Igor von Schloss Dracula wie eine Lottofee.

Meine Kinder trippelten vor dem schwarzen Van mit Hotellogo ungeduldig hin und her. »Müsst ihr aufs Klo?«, fragte ich sie.

Felix schüttelte den Kopf, und Thea sagte »Nö«. Trotzdem kündete ihre ganze Körpersprache von dringendem Harndrang.

»Dann mal husch, husch in den Van!«, forderte Andreas und wuchtete sich und seine Pluderhose hinters Lenkrad. Thea und Felix machten immer noch keine Anstalten einzusteigen.

»Rein da«, befahl ich. Widerwillig stiegen sie in den Bus, als hätten sie keinen Ausflug angezettelt, sondern eine Besuchsfahrt zu Dennis' Opa im Pflegeheim. Felix hibbelte weiter auf seinem Platz rum. Jede Wette, nach eineinhalb Kilometern würde er verkünden: »Ich muss mal!«

Jeglicher Harndrang fiel jedoch von ihm ab, als Olga aus dem Haupteingang stürmte. »Wartet auf mich, ich komm ja schon, ich komm ja schon!«

Dies war der Moment, in dem mir alles klar wurde. Ich drehte mich zu Thea um und schaute sie mit einem Blick an, bei dem in meiner Schule jedes Kind sofort zu Staub zerfallen wäre. Aber Thea wird langsam immun gegen diesen Blick, vielleicht ein Vorbote der Pubertät. Ihr Gesichtsausdruck war eine Mischung aus triumphalem Trotz und diebischer Freude. Aber für eine Strafpredigt, dass es sich nicht ziemt, heimlich Hoteliers und Transvestiten verkuppeln zu wollen, noch dazu hinter meinem Rücken, war es wohl zu spät.

Helmer schaute mich an. »Haben Sie sie gefragt, Ilka?«, besagte sein Blick. Ich zuckte mit den Schultern und deutete auf meine Kinder, die selig grinsend auf der Rückbank saßen.

»Wo geht's denn hin?«, fragte Olga, keine Spur mehr vom morgendlichen Kater in ihrem Gesicht.

»Zu den sieben Brüdern!«, krähte Felix.

»Ach, wie wunderbar! Da wollte ich immer schon mal hin.«

Andreas ließ den Wagen an.

»Los Schwestern, auf zu den Brüdern!«, rief Olga beschwingt.

Als wir auf der Hauptstraße waren, fiel mir etwas auf. Fast hätte ich es nicht bemerkt. Aber doch, das war die Stelle: Unser klobiger Renault war weg.

Hatten sich die Carabinieri seiner erbarmt und ihn abgeschleppt? Oder hatte sich Dennis aufgemacht, um die Familienkutsche zu retten? Bei diesem Gedanken bekam ich ein flaues Gefühl im Magen, obwohl ich ihm ja selbst beschrieben hatte, wo er nach der Kiste suchen musste. Dennoch behagte es mir überhaupt nicht, dass Dennis in der Gegend gewesen sein könnte. Hoffentlich war der Wagen einfach nur gestohlen worden.

Felix war es, der mich aus meinen Grübeleien riss.

»Olga«, sagte er, »darf ich dich was fragen?«

»Aber klar doch, Schatz.«

»Wieso hast du eben ›Schwestern‹ gesagt. Hier ist doch nur eine Schwester, und das ist nicht mal deine, sondern meine.«

»Ach, das war nur so dahingesagt. Wir Homosexuellen machen das manchmal. Wir geben uns Frauennamen und verwechseln manchmal die Geschlechter. Es gibt böse Menschen, die nennen uns ›warme Brüder‹, dafür nennen wir uns ›Schwestern‹.«

»Ach so«, sagte Felix.

»Olga, das verwirrt doch nur«, mischte sich Helmer ein. »Wie sollen denn Kinder in dem Alter das verstehen?«

»Ja ja, ich weiß«, nölte Olga.

Helmer drehte sich zu mir um: »Es ist eine Art schwuler Slang, eine Verballhornung der Geschlechterzuordnungen.«

»Das müssen wir Heteros nicht verstehen«, sagte ich.

»Falsch, Ilka«, meinte Olga. »Hetero sagen wir nicht. Korrekt heißt es ›Hete‹, ›*die* Hete‹, Femininum, wird benutzt für heterosexuelle Menschen beiderlei Geschlechts.«

Helmer und Andreas seufzten vorne deutlich vernehmbar.

»Was ist?«, echauffierte sich Olga. »Wir wollen doch Verständnis, wollen verstanden werden! Dann müssen wir auch unsere Sprache erklären.«

»Oder uns gleich verständlich ausdrücken«, grummelte Helmer.

Olga wandte sich an Felix und Thea. »Und nächstes Mal, liebe Kinder, erkläre ich euch den Unterschied zwischen Twinks, Hunks, Bears und Chasern.«

»Schluss jetzt!«, befahl Helmer energisch.

»Jetzt will ich's aber wissen«, forderte ich. Obwohl mir regelmäßig die Ohren schlackerten, wenn Olga loslegte, hatte ich Spaß an diesen Debatten. »Vorausgesetzt, die Antwort ist jugendfrei.«

»Ist sie nicht«, warf Helmer ein. Olga hörte nicht auf ihn.

»Ach was! Das kann man ganz einfach erklären«, meinte sie. »Twinks sind attraktive Milchbubis zwischen achtzehn und fünfundzwanzig, Hunks sind attraktive Männer mit Muskeln und Werkzeugkoffer und Bears attraktive Männer mit Fell und Plauze, das war's auch schon. Und Chaser sind attraktive Männer jedweder Art, die genau das Gegenteil von dem attraktiv finden, was sie selbst sind.«

»Aha«, sagte Thea vom Rücksitz. »Und unattraktive Männer? Wie nennt ihr die?«

»Die strafen wir durch Nichtachtung«, sagte Olga und erntete nur ein Zischen von Andreas am Steuer. Helmer murmelte daraufhin etwas, das für mich klang wie »Ganz falsch liegt sie nicht«, aber ich kann mich auch verhört haben.

»Guckt mal lieber raus«, sagte Andreas und stoppte den Van in einer kleinen Haltebucht am Rande der Straße. Im ersten Moment dachte ich, er wollte uns auf die Sauerei neben der kleinen Schotterfläche hinweisen. Es war wieder einmal grässlich, mehrere zerfledderte Müllsäcke türmten sich dort zu einem unansehnlichen Gebirge. Ich verstehe es nicht. Sardinien ist eine so herrliche Insel, doch viele Leute hier scheinen kein anderes Hobby zu haben, als prall gemästete Hausmüllbeutel in der Pampa auszusetzen. Aber Andreas meinte gar nicht den Müll, wir sollten nach hinten schauen. Wir taten wie geheißen.

»Wow«, sagte Thea. Wir blickten erstaunlich weit hinab in die Ebene von Cagliari. Ich schätze, wir waren noch keine zwanzig Kilometer gefahren, aber offenbar war es die ganze Zeit unmerklich bergauf gegangen. Die Inselhauptstadt lag nun unten in einem weiten Talkessel an der Spitze einer so gelb wie öden Ebene und ragte ins türkisblaue Mittelmeer hinein. Es war ein unglaublich schöner Blick, der einen sogar die vermüllte Haltebucht vergessen ließ.

Die Straße ging weiter bergauf und schlängelte sich bald an einem Fluss entlang.

Hier und da erhaschten wir Ausblicke auf einzelne Höhen des Sarrabus. Inmitten mattgrüner Wälder immer wieder karge Steinformationen. Echt eine bizarre Landschaft!

»Schaut mal!«, sagte ich zu Thea und Felix. »Sind das nicht verrückte Felsen?«

Thea nickte.

»Mami, die sehen so aus, als wenn sie vom Himmel in den Wald geplumpst sind«, sagte Felix und traf es damit ziemlich genau.

»Ja«, spann Thea den Gedanken fort. »Außerirdische haben die von oben runtergeworfen!«

»Aber warum sollten sie?«, fragte ich.

»Weil sie die Natur mögen«, erklärte Thea mit frechem Grinsen. »Überall, wo jetzt ein Felsen ist, hat vorher jemand gestanden, der Müll irgendwo hingeschmissen hat.« Ihr hatte die Dreckstelle neben der Straße also auch gestunken.

»Nur schade, dass die Außerirdischen irgendwann damit aufgehört haben«, seufzte Andreas vom Fahrersitz.

»Sei froh. Wenn sie damit weitermachten, wäre Sardinien bald eine einzige Geröllwüste«, warf Helmer ein. »Die Abfallbeseitigung ist mancherorts echt ein Problem.«

Nach ein paar Serpentinen bog Andreas ab von der Hauptstraße. Auf einer schmalen Asphaltpiste kurvten wir uns nun immer höher in die Berge hinauf. Der Wald rückte immer näher an die Straße.

»Was ist mit den Bäumen da?«, fragte Felix plötzlich und deutete nach draußen.

»Das sind Korkeichen«, antwortete Helmer. »Man hat die Rinde abgeschält und macht daraus Korken für Wein.«

»Aber tut das den Bäumen nicht weh?«, wollte Felix wissen.

»Nein, das wächst nach. Es ist nur die Haut von dem Baum.«

»Also mir täte das weh, wenn man mir die Haut abschneidet.«

»Du bist ja auch keine Korkeiche.«

»Mhm«, machte Felix und lehnte sich zurück und schien ernsthaft drüber nachzudenken, ob er wirklich keine Korkeiche ist. »Ich finde, das sieht aus, als würden die Bäume bluten.«

»Keine Sorge, den Bäumen schadet das nicht, das Holz unter der Rinde ist von Natur aus rot«, erklärte Helmer und erläuterte, wie lang die Bäume wachsen müssten, bis man das erste Mal Kork ernten dürfe, dass man bis zum nächsten Schälen acht bis zehn Jahre warten müsse und spätestens beim neunten Mal Schluss sei. Felix hörte mit offenem Mund zu, das macht er oft, wenn er Dinge faszinierend findet, aber als Helmer zur wirtschaftlichen Bedeutung der Korkproduktion für Sardinien überging, gähnte er und schaute aus dem Fenster. Mich interessierte die Landschaft auch mehr.

»Hier links«, sagte Helmer, nachdem wir das erste Gebäude seit Kilometern passiert hatten, und Andreas bog ab auf einen Forstweg. Von nun an ging's den Berg wieder runter, und wir fuhren ein paar Minuten lang durch dichten Wald, bevor neben uns ein Bachlauf auftauchte. Bald schon weitete sich der Weg, und wir fuhren den Picknickplatz an. Andreas stoppte den Motor.

Die Bäume waren hier mächtig groß und hatten ausladende Kronen. Sie spendeten angenehmen Schatten vor der hoch am Himmel stehenden Sonne. Der Bach plätscherte über einige Steine hinweg, aber das Geräusch verlor sich im Sirren der Zikaden. Es gab einige Tischgruppen mit Bänken. Zwei weitere Pkws standen da, doch ihre Besitzer waren offensichtlich wandern. Erfreulicherweise lag fast kein Müll herum. Dafür roch es deftig nach mediterranem Wald. Helmer hatte untertrieben: Das hier war mehr als ein schöner Picknickplatz, es war ein ergreifend lauschiges Plätzchen! Vermutlich waren in jeden Baumstamm zig Herzchen eingeritzt … Und wenn es nach meinen Kindern ginge, käme heute noch eins hinzu: »Olga & Helmer«.

»Heilige Mutter Natur, ist das viel frische Luft!«, japste Olga, nachdem sie ausgestiegen war. »Meine Lungen kollabieren.« Sie ließ sich auf eine Picknickbank fallen und zündete sich eilends eine Zigarette an. Nach einem tiefen Zug blies sie den Rauch in die klare Waldluft. »So, jetzt geht's besser.«

Thea und Felix betrachteten das Schauspiel mit offenem Mund. Helmer und Andreas kramten derweil im Wagen herum. Dann standen wir etwas unschlüssig auf dem Picknickplatz rum und ließen unseren Blick schweifen.

»Und jetzt?«, fragte Andreas. »Picknick?«

»Ja, Picknick!«, schrien Felix und Thea.

Während Andreas einen großen Picknickkorb aus dem Wagen wuchtete und auspackte, lief ich ein paar Meter unter den Bäumen entlang, sog den Geruch dieser herrlichen Natur ein und spürte, wie sich die letzten Reste meines Grolls auf Thea und Felix in Waldluft auflösten. Sie wichen einer gespannten Erwartungshaltung, was die beiden wohl noch vorhatten. Ich weiß, vielleicht hätte ich mir Sorgen machen sollen, aber insgeheim hatte ich eh die Vermutung, dass meine Kinder nicht viel weiter gedacht hatten als bis hierher. Was heißt Vermutung? Erfahrungswert.

Thea war zu dem kleinen Bach gelaufen und betrachtete neugierig das plätschernde, klare Wasser. »Und was habt ihr jetzt vor?«, fragte ich sie.

Sie schaute mich aus unschuldigen Augen an. »Was meinst du, Mom?«

»Hört mal, ihr braucht mich nicht zu verscheißern. Ihr habt diesen Ausflug angezettelt, und es ist ja wohl kein Zufall, dass Helmer und Olga dabei sind, just die beiden Personen, über die wir heute Morgen beim Frühstück gesprochen haben.«

»Na ja, die beiden Doofen haben gesagt, sie haben sich bei einem Ausflug kennengelernt, und da dachte ich …«

»Wer sind die beiden Doofen, und wie haben die sich kennengelernt?«

Thea klärte mich auf und schloss: »Aber wie sie sich genau kennengelernt haben, hab ich vergessen zu fragen.«

»Dann sollten wir den Dingen ihren Lauf lassen«, sagte ich. »Man kann so was nicht erzwingen, Thea. Aber manchmal reicht schon ein kleiner Schubs in die richtige Richtung, und es funkt.«

Wie damals der von einer anderen Leichtathletin, wie hieß sie noch … egal, jedenfalls hat sie einfach so nebenbei bemerkt: »Schau mal, der guckt dich die ganze Zeit an«, woraufhin ich zu besagtem »der« hinübergesehen habe, und Dennis schaute auch gerade in meine Richtung, und damit ging die ganze Chose los.

Thea nickte nachdenklich. »Bereust du es eigentlich, Dad kennengelernt zu haben?«

Ich holte schon Luft, um ein entschiedenes »Ja« in die sardische Pampa zu trompeten, aber im letzten Moment blieb es mir im Rachen stecken.

»Das ist schwierig«, erläuterte ich stattdessen. »Fast hätte ich ja gesagt, Thea, aber das stimmt nicht. Wir haben uns mal sehr gemocht, wir hatten auch sehr schöne Zeiten und viel Spaß miteinander. Und euch beide gäb's nicht, hätte ich deinen Vater nicht getroffen. Wär doch schade, oder?«

Thea nickte erneut und lächelte. »Ich find's auch gut, dass es mich gibt.«

Nach einem wunderbaren Picknick (wo hatte Andreas das so schnell hergezaubert? »Unsere Küchenfeen«, raunte er mir zu), bei dem wir fröhlich reinhauten und schäkerten, beschlossen wir, ein wenig zu wandern.

Wir fuhren ein paar Kilometer zurück und stellten den Wagen an der alten Forstkaserne ab. Dort begann ein kleiner Rundwanderweg zu den Sette Fratelli. Felix wollte wissen, was eine Forstkaserne ist.

»Die ist für die männlichen Bäume«, erklärte Andreas verschmitzt. »Wenn sie aus der Baumschule raus sind, werden sie eingezogen in die Forstkaserne.«

»Hä?«, machte Felix und legte den Kopf so schief, dass die Gefahr bestand, dass er gleich abknickte. Thea lachte.

»Glaub nicht, was Andreas sagt«, sagte Helmer, »der will dich nur veräppeln. Genau weiß ich es auch nicht, aber ich schätze, es war ein Haus, wo man Waldarbeiter und Förster untergebracht und vielleicht auch ausgebildet hat. Wahrscheinlich haben sie hier zusammen gewohnt, wenn sie mehrere Tage im Wald gearbeitet haben.«

»Oh, là, là.« Olga schnalzte mit der Zunge. »Der Traum eines jeden Homosexuellen. Ein ganzes Haus voll mit Holzfällern!«

»Warum?«, fragte Felix.

»Wir sind *vernarrt* in Holzfäller!«

»Warum?«

»Dafür gibt's keine Erklärung. Das ist wie mit Mädchen und Pferden. Das ist einfach so.«

»Ich mag keine Pferde«, warf Thea ein.

»Olga übertreibt!«, meinte Andreas. »Ich hab den Ausflug hierher schon so vielen Gästen empfohlen. Alles falsch, Homosexuelle haben's nicht mit Wald. Bloß dieser Lehrer und sein Tierpflegerfreund klangen als Einzige interessiert.«

»Das ist nicht sein Freund«, warf Helmer ein. »Jede Wette.«

»Der ist voll cool«, sagte Thea.

»Er ist Holzfäller, und ihm geht's gut! Am Tag packt ihn die Arbeitswut!«, sang Olga plötzlich. »Kennt ihr?«

»Klar«, rief ich, *»Monty Python!«*

Olga sang weiter:

Ich fäll den Baum und spring herum,
an Blümchen hab ich Spaß!
Ich trage Frauenfummel
und häng herum in Bars!

Andreas stimmte den Chorus an, und ich setzte auch mit ein. Dennis und ich hatten eine Zeitlang gern die alten *Monty-Python*-Folgen geschaut. Mir fiel ein, dass er an dieser Stelle dreckig gelacht hatte.

»Ihr kennt aber komische Lieder«, meinte Thea.

»Das ist nicht komisch, sondern Kult«, erwiderte ich. »Komisch ist es natürlich schon … ach, du weißt, was ich meine.«

Wir kannten die Filme schon in der Schule. *Life of Brian, Ritter der Kokusnuss* und *Flying Circus* – das geht wohl in jeder Jugend irgendwann über den Schulhof. Hoffe ich zumindest. Vielleicht sollte ich mal an meiner Schule drauf achten. Oder Feldversuche starten und im Sekretariat leise *Always look on the bright side of life* vor mich hinpfeifen, wenn das nächste Mal ein minderjähriger Delinquent bei mir auf der Donnerbank sitzt, um sich beim Chef einen Schulverweis abzuholen. Wir waren alle vierzehn, fünfzehn, als wir die Pythons entdeckten. Hoppla, war der Song eigentlich jugendfrei?

»Olga«, fragte ich, »bevor du weitermachst, meinst du, Felix versteht, worum es in dem Lied geht?«

»Klar doch. Um einen armen Holzfäller, der gerne Frauenkleider trägt. Wenn er die dicke Tante Olga versteht, dann versteht er auch dieses dumme, kleine Liedchen.«

Wir waren ein paar hundert Meter gegangen, Helmer und Andreas vorneweg. Allmählich fand ich, dass die beiden sich ein bisschen zu gut verstanden. Gab es etwa einen weiteren heimlichen Verehrer des Herrn Klotz? Die Kinder hatten zu ihnen aufgeschlossen. Glücklicherweise war der Weg einfach zu begehen, denn Olga schlappte tatsächlich in Flipflops neben mir her.

Zwei Stunden sollte der Rundwanderweg dauern. Insgesamt rechnete ich aber eine Stunde Transen- und Quengelnde-Kinder-Aufschlag dazu. Oder Kinder- und Quengelnde-Transen-Aufschlag, je nachdem.

THEA

Ich mag Spazierengehen nicht so gerne. Zu Hause ist das immer unglaublich langweilig. Man geht in den Wald. Dann geht man durch den Wald. Und dann ist immer noch Wald. Und irgendwann geht man wieder raus aus dem Wald. Das ist doch doof. Okay war ein Spaziergang mit Mom, Oma und Opa, nicht okay waren Spaziergänge mit Mom und Dad. Meistens wollten sie unterwegs irgendwas »in Ruhe bereden«. Haha, sag ich da nur. Bald waren sie wild am Diskutieren und meinten, wir hätten das nicht gemerkt, weil wir immer wie die Hunde vorneweg rannten, aber eigentlich haben wir das nur getan, um uns das nicht anhören zu müssen. »Du hast aber gesagt …«, »Aber ich hab doch schon immer …«, »Nein, du hast …« – echt wie die Kinder. Also stürmten wir vorneweg und guckten Löcher in den Wald. Und am nächsten Sonntag hat Dad dann gesagt: »Die Kinder, die rennen so gern durch den Wald, lass uns doch wieder spazieren gehen.« Na super.

Aber jetzt war das total anders!

Hier ging man um 'ne Ecke, also nicht Ecke, sondern um 'nen Felsklumpen rum, der neben dem Weg lag, und plötzlich war'n die Bäume alle weg, und man guckte auf 'n Geröllfeld mit ein paar Büschen zwischen. Wir sind ein paar Meter weitergelaufen, und auf einmal war da nicht mehr nur Geröll, sondern überall seltsame hohe Felsen, die aussahen, wie wenn Felix am Strand rummatscht und aus nassem Sand seine Tropfburgen baut. Es gab keinen Schatten mehr, und die Sonne brezelte auf unsere Köpfe, und ich war froh, dass wir unsere Käppis dabeihatten. Das mit dem »Brezeln« sollte ich vielleicht nicht mehr sagen, wegen Dad. »Boah, die Sonne brezelt heute aber wieder«, hat er immer gesagt. Auch vorvorgestern: »Die Sonne brezelt mir zu heftig, bin schon ganz matschig in der Birne.« Er wollte sich in der Ferienwohnung etwas hinlegen, aber das war 'ne Lüge, denn er hat sich mit 'ner anderen Frau hingelegt und mit der Sex gehabt, der Arsch. Ich werd nie wieder »Brezeln« sagen.

Mom versuchte, mit Andreas wieder über ihre Horrorfilme zu reden. Ich glaub, ich hab die einzige Mutter, die so was toll findet. Manchmal weiß ich nicht, ob ich Mom deshalb cool finden soll oder peinlich.

Aber Andreas hatte wohl keine Lust auf Horrorfilme. Er fand Herrn Klotz spannender, der alle naselang etwas erklärte, als wär er unser Erdkundelehrer und heute Schulwandertag.

Na ja, einen Unterschied gab's schon: Ich glaub, Herr Klotz weiß mehr als unser Erdkundelehrer. Der würde nur sagen: »Das ist ein Baum. Und das ist ein Fels.« Herr Klotz zeigte drüben auf die Hügel, wo es wieder hochging und rief: »Seht ihr? Da drüben sind schon die Felsnadeln der Sieben Brüder.«

»Felsnadeln?«, hab ich gefragt.

»Ja, genau so nennt man diese Zacken aus Granitgestein. Weil sie so spitz sind.«

»Gott, ist das heiß«, stöhnte Olga und schwitzte voll im Gesicht. »Aber wenigstens wissen wir jetzt: Es sind sieben warme Brüder.«

Andreas und Mom lachten. Selbst Herr Klotz lachte mit. Das freute mich. Felix hat den Witz nicht verstanden, aber ich glaub, er hat auch nicht hingehört.

Olga zog was aus einer Tasche von ihrem Sackkleiddings. Als sie draufschlug, machte es »Drrrrrrrb!«, und plötzlich hatte sie einen schwarzen Fächer in der Hand. Damit hat sie sich Luft in ihr rotes Gesicht gewedelt.

Felix war ganz neugierig, wollte auch mal. Olga hat ihn angewedelt und ihm den Fächer sogar gegeben. Natürlich war der viel zu groß für ihn, und er sah voll bescheuert damit aus. Aber es gefiel ihm super, und Andreas hat sogar ein Foto gemacht.

Ich hab ein wenig Mitleid mit Mom, denn jede Wette will Felix zu Weihnachten jetzt auch einen Fächer. Ich glaub, Dad würde grün werden im Gesicht, wenn er das erfährt.

Als wir weiterliefen, hab ich Felix zu mir gezogen und gesagt, er soll bei mir bleiben.

»Warum?«, hat er gefragt.

»Weil Olga nicht zu Helmer geht, wenn du dich die ganze Zeit mit ihr unterhältst.«

Das leuchtete sogar Felix ein. »Ach so.«

Der Weg, auf dem wir waren, ging jetzt immer mehr bergauf und wurde schmaler. Tatsächlich ist Olga vorne hin zu Helmer und Andreas. Mit dem hat sich Mom wohl doch noch über Horrorfilme unterhalten. Felix und ich liefen hinter ihnen und haben geguckt und nicht viel gesagt. Dafür fing Felix plötzlich an, Olgas Lied von den Holzfällern zu singen:

Ich fäll den Baum und spring herum,
an Blümchen hab ich Spaß!
Ich trage Frauenfummel
und häng herum in Bars!

Ich glaub, hier würde Dad tot umfallen. Ich hab mich bloß gewundert, wie Felix sich das so schnell merkt. Manchmal ist er echt ein Wunderkind. Aber doof klingt's schon, wenn ein Junge mit sechs so was singt.

Später fragte Felix dann alle fünf Minuten: »Und? Haben sie sich schon geküsst? Und? Haben sie sich schon geküsst? Und …?«

Das ging mir ziemlich auf die Nerven, deshalb hab ich Felix erzählt, was Mom mir vorhin erklärt hat. Also das mit der Geduld und dem kleinen Schubs und dass man abwarten muss, aber da war Felix schon losgerannt.

FELIX

Thea hat gemeint, Olga braucht einen kleinen Schubs. Da hab ich gesagt »Okay!« und bin zu Olga gerannt. Thea hat noch gerufen »Nein!«, aber da hatte ich Olga schon geschubst. Ganz erstaunt hat sie sich umgedreht und »Hups!« gesagt. Dann fiel sie mit ihrem Fächer um. Danach hat sie nur noch »Aua!« geschrien und »Felix, was sollte das denn?!« So ähnlich hat Mami das dann auch gerufen, aber ich hab den Mund gehalten, weil Thea mich noch viel, viel böser anguckte als Mami. Plötzlich musste ich weinen und hab nur gesagt: »Tut mir leid, Olga. Das wollte ich nicht.«

THEA

Felix ist so ein Idiot! Ein Idiot! Ein Idiot! Quatsch, Felix ist sogar ein Riesenidiot! Ein riesengroßer Riesenidiot! Ich glaub, der hat sich bei den Doofen angesteckt. Jetzt weiß ich, wieso die Doofen am Ende gar nicht mehr doof waren heute Morgen, weil Felix die Doofheit von den beiden übernommen hat. Felix ist ein doppelter Riesenidiot!

»Auaauaaua«, hat Olga gejammert und klang gar nicht mehr wie 'ne Frau.

Sie ist wohl umgeknickt nach dem Schubs, aus ihren Flipflops gerutscht und, patsch!, lag sie da und ist wohl auch noch gegen einen Fels gestoßen.

Andreas hat sich sofort hingekniet und auf ihrem Knöchel rumgedrückt. Immer wenn er fragte: »Tut das weh?«, hat Olga gewimmert. Aber er meinte, es wäre wohl nichts gebrochen, höchstens was verstaucht. Wenn es ein Bänderriss wäre, würde sie anders schreien. Und Mom hat gesagt, das am Knie wär nur 'ne Schürfwunde, die wär nicht schlimm.

Felix hat bedröppelt danebengestanden und geweint und sich tausendmal entschuldigt. Dabei hat ihm Herr Klotz den Kopf getätschelt.

Olga sagte: »Kannst du ja nichts für, Felix, dass die dicke Transe nach so'm kleinen Schubserchen gleich aus den Badelatschen kippt.«

Das hat sie aber nur gesagt, weil Felix ein Kind ist und niemand weinende Kinder mag. Dabei hatte Olga Tränen in den Augen. Ich bin auch mal umgeknickt, in der Schule beim Völkerball. Das tut voll weh, ich weiß das. Natürlich konnte Felix was dafür! Er hat sie geschubst! Mit Absicht! Und nur, weil er mir nicht zugehört hat, der Idiot! Auch Kinder können Idioten sein.

Felix hat dann aufgehört zu weinen und gefragt, ob er pusten soll. Da hat Olga gelächelt, und Felix hat wirklich gepustet, was alle natürlich süß fanden. Doch als er den Fächer neben Olga liegen sah, hat er aufgehört zu pusten und gefragt: »Ist der Fächer jetzt kaputt?«

Da hat Mom geguckt, als würde sie Felix mit dem Fächer gerne eins überbraten. »Viel schlimmer ist, dass Olga kaputt ist, mein Lieber!«, zischte sie böse.

»Ach, das wird schon wieder«, meinte Olga.

Herr Klotz schlug vor umzudrehen, aber Olga sagte: »Nein, nein, geht nur zu den sieben Brüdern und richtet ihnen meine ergebensten Grüße aus! Lasst mich zurück, ich setz mich hier ein Stündchen in den Schatten. Ohne mich könnt ihr es schaffen.«

»Olga, bist du auch auf den Kopf gefallen? Wir sind hier nicht in einem Kinofilm!«, rief Andreas und meinte, das kommt nicht in Frage. »Der Knöchel muss gekühlt werden, in der Kühlbox im Auto ist noch Eis.«

Dann sind wir zurückgegangen.

»Ich kann nicht auftreten!«, sagte Olga, als sie aufstand, und Felix hat gemeint, er könnte sie stützen, aber Herr Klotz war der Meinung, dazu wäre er viel zu klein, das würde besser er machen. Da hat Felix hochgeguckt und voll glücklich ausgesehen, und Olga wirkte auch nicht unglücklich.

Wir waren noch Eis essen am Stadtstrand von Cagliari (alle zwei Kugeln, nur Felix drei: Erdbeer, Kirsche und Himbeer, die ihm schneller das Handgelenk runterliefen, als er schlecken konnte, Olga Zabaione und Limoncello und einen Beutel Crushed Ice für ihren Knöchel und Thea »Stratschatella« und Smarties). Gegen halb sieben kehrten wir zum Rainbow Inn zurück.

Ich hasse diesen Moment. Es ist mein Zuhause, aber nichts erwartet mich außer einer Horde Homosexueller. Jedes Mal wünschte ich mir, die Hälfte hätte zwischenzeitlich ausgecheckt. Manchmal stimmte das auch, in der Regel blieb aber die falsche Hälfte.

Andreas hat mich mal im Scherz gefragt, weshalb ich nicht einfach Bestatter geworden bin, dann würde mir meine Klientel nicht auf die Nerven gehen, außerdem wären die Unterkünfte viel platzsparender. Andreas hat keine Ahnung. Ich kenne einen Bestatter. Der sagt, es wäre ein wunderbarer Beruf, wenn bloß die Angehörigen nicht wären! Dann doch lieber Angehörige einer lärmenden Szene, die für mich auch irgendwie gestorben ist.

Andreas parkte vor dem Haus, und als Ilka aus dem Van stieg, sagte sie plötzlich »Scheiße«. Die Art, wie dieser Fluch durch ihre Zähne zischte, ließ bei mir alle Alarmglocken schrillen. Das, und der silberne Kombi mit deutschem Kennzeichen, der hinter uns die Einfahrt heruntergekommen war. Gerade öffnete sich dessen Fahrertür.

»Alle zurück ins Auto und dann Vollgas, Andreas!«, lag mir auf der Zunge, und ich sah eine Actionfilmsequenz vor meinem inneren Auge ablaufen, wie wir mit quietschenden Reifen vom Hof jagten, verfolgt von einer silbernen Familienkutsche, die wir in den engen Gassen Cagliaris abzuschütteln versuchten. Danach würden Ilka die Kinder in irgendeiner Kaschemme im Hafen als »Familie Mrs Smith« einchecken, bevor wir sie morgen in einer Limousine mit getönten Scheiben …

»Guck mal, Mami! Papa ist da!«

Felix sprang aus dem Auto und spurtete in die Arme seines Vaters.

DENNIS

Das Auto zu finden war nicht schwer. Ein Linienbus fährt die Küstenstraße entlang nach Cagliari. Ich war noch nie auf Sardinien Bus gefahren und erwartete so'n rollenden Schrotthaufen, wie sie einem hier alle naselang entgegenkommen. Aber der Bus sah sogar nach einem echten Bus aus. Das trauen sich die Sarden dann doch nicht, die Touris in alte Fiat-Busse von 1970 zu stopfen. Er war sogar fast pünktlich. Das hatte ich nun gar nicht erwartet, fast hätt ich ihn verpasst.

Dann brauchte ich nur noch aus dem Fenster zu gucken, bis unser Kombi am Straßenrand auftauchte, und aussteigen, also dem Busfahrer verständlich machen, dass ich aussteigen wollte. Das hat fast zwei Kilometer gedauert, weil er mich nicht verstanden hat.

»I must get out here«, hab ich gerufen und auf die Bustür gezeigt. »My car stands out there on the street, my wife had a panne and left the car there … capito?«

Nix capito. Aber »Stopp!« hat er dann doch verstanden. 'ne Viertelstunde musste ich dann zurücklaufen.

In der Fahrertür war eine neue Delle. Hatte Ilka nachts etwa noch irgendeinen Poller mitgenommen? Wütende

Weiber gehörten nicht ans Steuer! Kann natürlich auch hier an der Straße passiert sein. In Italien lässt man sein Auto nicht einfach so mal drei Tage an einer Straße stehen. Ein Wunder, dass der Wagen überhaupt noch dort stand.

Ich war nur froh, dass Ilka und ich jeweils einen Autoschlüssel hatten. Vorsichtsmaßnahme – seit wir einmal in der spanischen Pampa standen, weil Thea auf einem Rastplatz aus Versehen den Wagen von innen verriegelt hatte. Sie war drei damals, heulte Rotz und Wasser. Kapierte weder, was sie falsch gemacht hatte, noch, wieso wir nicht einfach zu ihr in den Wagen stiegen und sie trösteten. Riesiges Drama! 'ne gefühlte Stunde hat's gebraucht, bis Ilka sie beruhigt hatte und ich ihr erklären konnte, welchen Knopf sie ziehen musste.

Das Kondom am Lenkrad war widerlich! Was war das für eine Scheißaktion von Ilka? Hatte sie das aus dem Straßengraben gefischt? Aus dem Wagen konnte es nicht sein, einmal – ein einziges Mal! – hab ich beim Aussaugen einen Präser unter der Beifahrerfußmatte gefunden. Seitdem pass ich auf, aber sowas von! Und *so* oft mach ich das ja wirklich nicht. Nur wenn's gar nicht anders geht. Ich bin ein Mann! Mal Druck ablassen, kurzes Date per App, zweckdienlich für beide, wie 'ne Nutte ohne Geld. Sicher nix, was gleich 'ne Ehe gefährdet.

Ich schmiss den Präser zu den anderen in den Straßengraben. Die sind in Sardinien voll davon. Die Italiener vögeln ja am liebsten in ihren Kleinwagen.

Der Motor zündete nicht richtig. Die Batterie hatte ich erst im Winter getauscht, die konnte es nicht sein. Vielleicht die Zündkabel oder der Verteilerfinger. Thea hatte in dem seltsamen Telefonat vorgestern was von Gewitter gesagt. Sonntagnacht hatte es auch in Monte Nai gekübelt wie Sau. Das kann einem Zündkabel schon den Rest geben.

Ich hab dann den ADAC angerufen. Wozu bin ich sonst Plus-Mitglied? Ohne bist du echt gearscht im Ausland. Die haben mir dann einen lokalen Pannendienst geschickt.

Wenn das Auto wieder flott war, würde ich schauen, wo sich meine Familie verkrochen hatte. In Ilkas SMS stand »Hotel in Cagliari«, das war sicherlich gelogen. Thea hatte gesagt, dass das Hotel in der Nähe vom Auto ist, und was von einem Transvestiten erzählt. Aus dem Bus hatte ich 'ne Regenbogenfahne gesehen, maximal 'nen Kilometer weg. Das ist doch das Erkennungszeichen von Schwulen. (Oder die sardische Greenpeace-Zentrale. Als würde irgendein Sarde was auf Umweltschutz geben.) Wo sonst sollte hier 'ne Transe rumlaufen? Die würd doch sofort mit Betonschuhen im Meer versenkt. Oder mit Betonpömps, ha!

Der Pannendienst ließ auf sich warten. Klar, war ja Italien! Doch als er endlich da war, ging's überraschend fix. Der Typ sprach passabel Englisch und sogar 'n paar Brocken Deutsch, hatte mal 'ne Zeitlang irgendwo in Deutschland bei seinem Schwager, Bruder, Schlagmichtot, was weiß ich, in der Werkstatt gearbeitet. Ich hör nicht mehr hin, wenn mir Ausländer im Urlaub ihre Deutschlanderlebnisse aufsagen. Hat da aber ordentlich was gelernt! Kein Schaum im Öl, Zylinderkopfdichtungen also okay. Er prüfte den Verteilerfinger, maß die Widerstände der Zündkabel, und schon hatten wir die Ursache. Nachdem er die Kontakte gereinigt hatte, startete die Kiste wieder. Zwar tuckerte die Maschine bloß auf drei Zylindern wie 'n Trecker, aber es reichte, um mit fuffzig hinter'm Abschleppwagen zur Werkstatt in Cagliari herzuzotteln. Dort dann komplett neuer Kabelsatz, danach schnurrte der Motor wieder wie'n williges Kätzchen.

Ich bin zum nächsten McD und dann gleich weiter zum Homofähnchen an der Küstenstraße. Ich war mir fast sicher, dass Ilka dort sein würde. Was hatte sie bloß geritten, da unterzutauchen? Ja, ich weiß, sie kannte mal einen schwulen Punker aus Peine oder irgend so'm Kaff, den sie ganz tofte fand. Hab den zwei- oder dreimal gesehen. Der hat das nicht so raushängen lassen, das hätt ich okay gefunden, wär er nicht Punker gewesen.

Meinetwegen soll Ilka 'nen schwulen Bekannten haben, da muss man sich immerhin keine Sorgen machen, dass er meine Frau angraben will, aber deshalb muss man doch nicht gleich in so'm Homoschuppen absteigen!

HELMER

Im Rainbow Inn musste sich am Nachmittag etwa Folgendes abgespielt haben: Gregor rauchte gerade auf der Terrasse, als Ilkas Gatte an der Rezeption auftauchte. Ich weiß nicht, welcher der Gäste es war, vielleicht dieser Typ aus Trier, jedenfalls einer von Gregors Spezis hat das beobachtet, rannte sofort raus zu ihm und krakeelte quer durchs Foyer: »Gregor! Frischfleisch! Check mal die geile Sportlerschnitte ein.«

Gregor sagte hinterher, zumindest das Letzte sei nur auf der Terrasse zu hören gewesen, das könne der Gast unmöglich mitbekommen haben. Hatte er aber doch. Die »geile Sportlerschnitte« besaß auch trainierte Ohren.

»Das ist nicht das Vokabular meines Personals«, habe ich Herrn Tänzer später zu erklären versucht. »Für das vorlaute Mundwerk meiner Gäste kann ich nichts.«

Allerdings kann ich mir lebhaft vorstellen, wie Gregor ihn am Tresen mit dem ein oder anderen Augenaufschlag bedacht hat. Das gehört dazu. Ein charmanter Flirt an der Rezeption ist der beste Start in den Urlaub. Leider lässt Gregor diesen Service nur Gästen angedeihen, die ihm sympathisch sind. Dummerweise steht Gregor auf sportliche Typen.

»Hallo«, will Gregor nur gesagt haben, aber es dürfte mehr wie »oh, là, là« geklungen haben, »was kann ich für dich tun? Hast du reserviert?«

Natürlich duzen wir unsere Gäste. Das erwarten sie. Unsere Gäste sind schwul und überwiegend unter fünfzig. Das heißt, sie betrachten sich als Jugendliche, fünfzig Prozent von ihnen haben Internetprofile, deren Nicknames auf »-boy« enden. Nur ich bleibe beim Sie, aber ich bin ja auch über fünfzig und leite den Laden hier. Von mir erwartet man keinen Flirt. Von mir erwartet man, dass alles läuft. Dass ich dafür sorge, dass alle anderen flirten und sich anständig zugewandt verhalten.

Gregor hat die Familie nicht verleugnet.

»Was sollte ich denn tun? Er hat nach einer Frau mit zwei Kindern gefragt, sollte ich etwa sagen, die hätte ich hier nie gesehen?«

»Verdammt, Gregor. Du kanntest ihre Situation! Du hättest sagen können, dass sie nie oder nur eine Nacht hier waren und dann weitergefahren sind. Irgendwas!«

Ich war Gregor gegenüber ziemlich unwirsch, aber diesmal zeigte er sich unbeeindruckt.

»Aber es ist doch eine Familie!«, scheinheiligte er. »Soll ich mich einer Versöhnung in den Weg stellen? Das ist nun wirklich nicht meine Aufgabe.«

Gregor hatte sich für Dienst nach Vorschrift entschieden und formal völlig korrekt gehandelt. Dabei wäre es ein Leichtes gewesen, Ilkas Gatten galant abzuwimmeln. Eine Aufgabe, die Gregor spielend bewältigt hätte, wenn es sich um den unwillkommenen Exlover eines sportiven Hotelgasts gehandelt hätte.

»Warum hast du mich nicht angerufen?«

»Wieso denn?«, log Gregor. »Ich hatte alles im Griff. Außerdem ist er doch wieder gegangen.«

DENNIS

Die hat mich echt angemacht, diese Tunte am Tresen! Angemacht, *mich*! Kommt angewackelt und flötflöt: »Hallo, hast du reserviert?« Hielt die mich doch tatsächlich für einen ihrer Schwuchtelgäste! Ist die blind? Seh ich aus wie'n Homo?

»Frischfleisch. Geile Sportlerschnitte!« *So* wurden hier also neue Gäste begrüßt. Ich will mir nicht ausmalen, was sie gerufen haben, als Ilka mit Thea und Felix aufgelaufen ist. Mit kleinen Jungs haben die's doch alle!

Auf dem Tresen lag der Hotelprospekt, auf dessen Rückseite »Fitnessraum, finnische Sauna und Playroom« angepriesen wurden. Als ich das las, wurde mir ganz anders. Grässlich, mir vorzustellen, dass meine Kinder hier schon drei Tage verbracht hatten. Was gab's hier noch alles? »Orgienzimmer«, »Kinderfickkeller«?

»Ich will nur wissen, ob meine Frau und meine Kinder hier sind«, hab ich gefordert.

»Pardon, das darf ich Ihnen leider nicht sagen«, erwiderte der Typ.

Er hat wirklich »Pardon« gesagt! Was ist denn das für'n Schwuchteldeutsch? Wenigstens siezte er mich jetzt.

»Hören Sie, Sie haben mich wohl nicht verstanden: Es

geht um *meine* Frau und *meine* Kinder! Ich bin ihr Vater! Ich hab das Recht zu erfahren, ob sie hier sind!«

»Tut mir leid, unsere Hotelgäste erwarten Diskretion. Eine deutsche Frau mit zwei Kindern, einem kleinen, blonden Jungen und einer etwas älteren Tochter, sind zwar eingecheckt, aber zu deren Identität darf ich natürlich keine Aussage machen, Sie verstehen?«

Er zwinkerte mir auffällig zu. Ekelhaft. Da sag ich gerade, dass ich Frau und Kinder hab, und der flirtet einfach weiter. Sind diese Schwulen alle ständig notgeil?

Ich hab dann einfach gefragt, ob ich kurz ihr WC benutzen kann, worauf der Typ genervt geguckt, aber zähneknirschend »ja« gesagt hat. Das Klo war rechts den Gang runter. Ich hab lieber in 'ner Kabine gepisst. Ich riskier doch nicht, dass mir am Pinkelbecken irgendwelche Schwule auf den Schwanz glotzen. Ich bin natürlich nicht zurück ins Foyer. Es gab noch eine Tür am Ende des Gangs, Notausgang, nur von innen zu öffnen. Von da aus kam ich auf 'ne Rasenfläche. Linker Hand waren ebenerdige Zimmer mit Terrassen. Von da ging es etwas abschüssig zum Pool. Um die Terrassen herum stand etwas Gestrüpp, aber ich hab hindurchgespäht, schließlich war ich auf der Suche nach meiner Familie!

Auf der letzten lag jemand im Liegestuhl und sonnte sich. War aber nur 'n Kerl. Aber so was hatte ich noch nicht gesehen! Piercings in den Brustwarzen und – ich musste echt zweimal hingucken – sogar eins im Penis! Ein fetter Ring, mitten durch die Eichel. Ich dachte, ich muss kotzen! Vor allem, weil der Typ mich bemerkt hatte und mich ekelhaft breit angrinste.

Ich bin ganz schnell weiter. Rechts kam dann nur noch 'ne Art Stall, daneben 'ne Koppel, wo ein klappriges Eselsvieh stand. Keine Ahnung, ob das noch zum Hotel gehörte. Ich hoffte für das Vieh, dass das nicht der Fall war, weil es sich unübersehbar um ’n männliches Geschöpf handelte. Mir kamen nur noch widerliche Gedanken.

Ich bin dann schnell runter zum Pool. In einem anderen Nebengebäude wurde gesungen. *Mein kleiner grüner Kaktus*, geträllert wie von ’nem beknackten Eunuchenchor.

Der Pool sah aus wie ein stinknormaler Hotelpool. Nierenform. Terrasse drumrum. Liegestühle drauf, Sonnenschirme und ein paar Schwuchteln. Jemand schwamm, ein Typ massierte dem anderen den Nacken. Ich wollte das nicht sehen. Zwei Typen standen da, einer hatte ’ne Badehose an, auf der fett »15« stand, dabei war der mindestens doppelt so alt. Deutlich zu eng war sie auch. Offenbar ’ne Kinderbadehose, abstoßend! Sein Freund stand neben ihm und tatschte gerade seine Hand drauf.

»Habt ihr ’ne Frau und zwei Kinder gesehen?«, rief ich.

Die beiden Typen drehten sich zu mir um.

»Hach! Bist du nicht die Sportlerin von vorhin?«, meinte der eine. Scheiße, das war der aus dem Foyer vorhin. »Ist schon ein paar Stunden her, dass ich die gesehen hab.«

»Ich glaub, die machen ’nen Ausflug heute«, sagte der andere.

Vom Eingang kam plötzlich die Tunte von der Rezeption angewackelt. »Hallo, Sie dürfen hier nicht aufs Gelände! Das ist nur für unsere Gäste …«

»Das ist mir scheißegal. Ich suche meine Frau und meine Kinder! Ausflug wohin?«

Der Typ in der Kinderbadehose zuckte mit den Schultern. Die Schwuchtel von der Rezeption quiekte nur: »Ich bitte Sie, verlassen Sie sofort das Hotelgelände!«

»Gregor!«, jammerte der Typ am Pool völlig übertrieben. »Gregor, sag nicht, unsere Sportlerin ist Hete! Was für'n Jammer!«

»Das ist für's ›Frischfleisch‹, du Wichser!«

Ich bin nicht gewalttätig. Aber die Chance, diese Arschgeige durch einen gezielten Stoß rückwärts in den Pool zu befördern, war einfach zu verlockend. Dass sein Kumpel ihn noch festzuhalten versuchte und mit baden ging – geschenkt.

Ich hatte die Schnauze gestrichen voll, und ich hatte genug gesehen.

»Keine Sorge, ich wollt eh gerade gehen«, zischte ich, ließ die Tresentunte stehen und lief schnurstracks zum Wagen. Ich wollte im Auto warten, oben an der Straße, etwas abseits.

In diesen Schuppen jedenfalls würde ich keinen Fuß mehr setzen. Und meine Familie auch nicht.

ILKA

Dennis nahm Felix sofort auf den Arm. Das versetzte mir einen Stich dorthin, wo mal mein Herz gewesen war. Aber das, was Dennis davon übrig gelassen hat, war mir gerade in die Hose gerutscht. Was tauchte der hier plötzlich auf!

Thea blieb zurückhaltender. Ich spürte, dass auch sie den Impuls hatte, ihren Vater freudig zu begrüßen, aber sie zögerte. Braves Mädchen. Verwirrtes Mädchen. Tippelte unruhig, als müsse sie aufs Klo. Sorry, Tochter, das war nicht geplant.

»Habt ihr euch vertragen?«, fragte sie ungläubig.

»Nein«, sagte ich. »Ich bin genauso überrascht wie du. Keine Ahnung, wie er uns gefunden hat.«

»Ich hab nichts gesagt«, meinte Thea, »glaub ich …«

»Ist egal, Thea«, sagte ich schnell. Eigentlich war es wurscht, welche Gedankengänge Dennis unternommen hatte, um uns aufzuspüren. Er ist ein Idiot, aber er ist kein dummer Idiot. Er kann zwei und zwei zusammenzählen, und wenn keine Brust dazwischenkommt, kommt dabei auch vier raus. »Begrüß Papa ruhig …«

Thea lief zu ihm hin, beließ es aber bei einem »Hallo, Dad.« Keine Umarmung. Nix. Wiedersehensfreude sieht anders aus. Der Gedanke stimmte mich froh und schmerzte zugleich. Das macht wohl eine Trennung aus: Auch die Gedanken splitten sich auf. Dennis hatte die Zuneigung meiner Kinder einfach nicht verdient, und trotzdem konnte ich sie ihnen ja schlecht absprechen. Es war ja *ihre* Zuneigung, und Dennis und ich würden nun mal gemeinschaftlich Eltern bleiben … müssen.

Tatsächlich vaterte Dennis gerade heftig rum. »Hey, schön, euch wiederzusehen! Geht's euch zwei gut?«, fragte er, setzte Felix ab und ging vor den beiden in die Hocke. Ein trautes Bild, fehlte nur noch ein fröhlich schwanzwedelnder Golden Retriever. Mütter stehen auf solchen Bildern immer im Hintergrund.

Beide Kinder nickten zum Glück. Dabei hätte Dennis ihnen durchaus ansehen können, dass es ihnen gut ging.

»Was habt ihr Schönes gemacht heute?«

Helmer und Andreas wussten nicht recht, wie sie mit der Situation umgehen sollten. Ich nickte ihnen kurz zu – als Zeichen, dass alles in Ordnung ist, obwohl gerade nichts in Ordnung war. In Ordnung waren die letzten drei Tage. Wir drei hier. Dennis weit weg. Das war 'ne Superordnung, alles an seinem Platz!

Andreas begann daraufhin, den Wagen auszuräumen, während Helmer Olga aus dem Van half. Felix zählte alle

Sorten Eis auf, die er und Thea vorhin verputzt hatten, und berichtete von unserem Besuch bei den sieben Brüdern, und die seien alle voll spitz gewesen.

Dennis fiel sofort sämtliche Contenance aus dem Gesicht. Ich erriet, was er in diesem Moment dachte: »Was zum Teufel?!« Und dieses Was-zum-Teufel hatte sieben Penisse und fiel über unsere Kinder her.

»Das sind Berge«, warf ich ein. »Monte Sette Fratelli. Sieben Felsnadeln im Sarrabus. Wir waren wandern, mein Gott!«

Ich machte ein paar Schritte auf meinen Mann zu.

»Genau, und Olga hat sich den Fuß gebrochen!«, erzählte Felix.

»Nur weil Felix sie geschubst hat«, meinte Thea, und Dennis' Miene hellte sich ein wenig auf.

»Na, Felix wird sicher seine Gründe gehabt haben.«

Oh ja, das war ganz nach Dennis' Geschmack: Transenschubsen!

»Hallo, Dennis«, sagte ich.

»Hallo, Ilka.«

»Wie hast du uns gefunden?«, fragte ich, obwohl ich viel lieber gefragt hätte: »Na, wo hast du die kleine, englische Schlampe gelassen? Wollte sie etwa nicht mitkommen, deine Familie suchen? War sie etwa erschrocken, dass du Frau und zwei Kinder hast? Aber nein, das muss sie mitbekommen haben, sie saß ja mit ihrem nackten Arsch auf dem Plüschelch deiner Tochter, als du ihr die Möse ausgeschleckt hast!«

Durchatmen, Ilka, befahl ich mir, während Dennis davon faselte, wie einfach es gewesen sei. »Der Wagen stand an der Straße, und dieses Hotel war ziemlich nah. Zweihundert Meter weiter ist zwar noch ein richtiges Hotel …« – ja, er sagte *richtiges* Hotel, als wäre es kursiv geschrieben – »… aber ihr seid ja lieber zurückgelaufen.«

Ich nehme alles zurück, was ich über Dennis und zwei und zwei und Zusammenzählen gesagt habe. Es ist stockfinster, pisst und gewittert wie Sau, und du bist eben an einem Hotelschild vorbeigefahren. Was tust du? A) Ich laufe zu diesem Hotel, B) Ich laufe zu diesem Hotel. C) Ich laufe zu diesem Hotel oder D) Ich schlendere mal die Straße ein wenig entlang und schau, ob hinter der nächsten Kurve nicht vielleicht auch noch ein Hotel liegen könnte. Oder nach der übernächsten Kurve.

»Und was willst du?«, fragte ich.

DENNIS

Was war das denn für eine bescheuerte Frage! Wieso komme ich wohl her? Um meinen Kindern einmal über den Kopf zu streicheln und sie in den Händen dieser perversen Homohorde zu lassen?! Denk doch mal nach, Ilka, nur ein Mal!

»Euch abholen!«, sagte ich. »Was sonst? In diesem Loch bleibt ihr keinen Tag länger! Wir fahren nach Hause. Das Auto läuft wieder, und wir haben morgen noch einen ganzen Tag Zeit und können in Ruhe über alles reden.«

Ich rang mir noch 'ne Entschuldigung ab. »Das war 'ne Scheißaktion mit der jungen Engländerin, geb ich ja zu, tut mir leid. Aber manchmal gehen meine Triebe mit mir durch. Dagegen kann ich mich einfach nicht wehren. Ich nehm dir nicht übel, dass du abgehauen bist, Ilka, kann ich verstehen, aber jetzt reicht's. Das hier ist kein Ort für euch. Übermorgen fahren wir alle gemeinsam heim nach Hannover! Na, was hältst du davon, Felix?«

»Toll!«, rief Felix.

Na, also!

ILKA

Felix griente, als hätte Dennis ihm gerade das pinke Playmobil-Piratinnenschiff geschenkt.

Nach Hause? Hallo, Hirn an Dennis, Hirn an Dennis, geht's noch? Denk doch mal nach, nur ein Mal! Wo soll dieses Zuhause bitte schön sein? In der Ferienwohnung, wo du auf Theas Schlafcouch mit einer nymphomanen Engländerin gevögelt hast? Niemals werde ich diese Ferienwohnung wieder betreten! Niemals lasse ich zu, dass Thea auf dieser Couch noch einmal schläft! Träum weiter, Dennis!

All das behielt ich lieber für mich. Ich hatte mich erstaunlich gut im Griff. Dazu trug sicherlich bei, dass Dennis meine beiden Kinder im Arm hatte und ich keine gesteigerte Lust verspürte, Felix später den Begriff »nymphoman« zu erklären. Außerdem standen immer noch Helmer, Andreas und Olga am Van rum wie Bodyguards, die man mit den Hunden verwechselt und versehentlich angeleint hatte. Und vom Foyer näherten sich Tresengregor und ausgerechnet dieser furchtbare Boris als erste Schaulustige.

Mit Bedacht und so ruhig, wie ich konnte, sagte ich: »Nein, wir kommen nicht mit, Dennis. Ich nehm dir deine Scheißentschuldigungen nicht mehr ab. Wir fliegen nach Hause. Die Tickets sind schon gebucht.«

»Ja, wir fliegen!«, rief Felix begeistert, als hätte doch ich ihm das pinke Playmobil-Piratinnenschiff geschenkt.

HELMER

Ich mag keinen Streit. Streit ist eine der überflüssigsten Erfindungen der Evolution. Ich weiß dann nicht, wie ich mich verhalten soll. Vor allem, wenn ich nur Zuschauer bin.

Herr Tänzer richtete sich auf. »Das kommt gar nicht in Frage, Ilka. Meinetwegen flieg morgen. Mach, was du willst, aber die Kinder nehme ich mit zurück.«

»Nur über meine Leiche, Dennis«, fauchte Ilka wütend.

»Und meine«, sekundierte Thea, die in diesem Moment einen Schritt von Dennis zurücktrat.

»Quatsch!«, rief Ilka erschrocken. »Hier geht niemand über Leichen!« Sie ruderte, sie schwamm, suchte nach einer Lösung. »Thea, Felix … Euer Vater und ich, wir klären das. Olga, kannst du einen Moment auf Felix aufpassen?«, fragte sie und machte dazu eine wedelnde Geste mit ihrer Hand.

DENNIS

Unfassbar, Ilka sprach mit diesem Typ in Frauenkleidern, als wär er Felix' Großmutter!

Dabei wird Felix schon seine Gründe gehabt haben, ihm einen Tritt verpasst zu haben. Das hab ich ihm beigebracht: dass er sich zu wehren hat, wenn ihm jemand falsch kommt.

Die Transe humpelte auf uns zu. »Entschuldigung, ich hab mich noch gar nicht vorgestellt. Ich bin Olga, und Sie müssen Dennis sein.«

Er streckte mir die Hand hin. Erwartete dieser Fettsack in Frauenkleidern tatsächlich, dass ich sie schüttelte?! Wer bin ich denn?

»Ich hab schon viel von Ihnen gehört, junger Mann«, sagte Olga.

Dennis Tänzer ergriff ihre ausgestreckte Hand nicht. »Freut mich auch, Sie kennenzulernen!«, tönte Olga und hielt stattdessen Felix die Hand hin. »Komm Felix, lassen wir deine Eltern mal ein paar Dinge unter vier Augen besprechen. Wollen wir einen Moment reingehen?«

»Fass meinen Sohn nicht an!« Ilkas Mann rief diese Worte nicht, er eruptierte sie.

Felix zuckte zusammen und griff umso erschrockener nach Olgas ausgestreckter Hand.

»Ich hab genug mitgekriegt von diesem Laden hier! Das ist kein Ort für Kinder. Es ist mir unbegreiflich, Ilka, was dich geritten hat, hier abzusteigen!«

»Herr Tänzer, Sie haben recht«, an dieser Stelle mischte ich mich ein. »Auf Familien mit Kindern ist unser Haus in der Tat nicht vorbereitet, aber …«

»Wer sind Sie denn?«

»Mir gehört dieses Hotel. Und ich kann Ihnen versichern, dass wir alles getan haben, um Ihrer Frau und Ihren Kindern den Aufenthalt so angenehm wie möglich zu gestalten.«

»Oh ja, das kann ich mir lebhaft vorstellen!«, rief Ilkas Mann. »Das ist doch kein Hotel! Ich hab gesehen, was hier abgeht! Der ganze Laden ist voll von Perversen! Man weiß doch, was ihr am liebsten mit kleinen Jungs macht!«

Kollektive Schnappatmung klingt ein bisschen so, als würden Waffen entsichert. Felix' »Was denn?« ging darin unter.

»Schätzelein!« Luzifer persönlich könnte nicht liebevoller zum Schäferstündchen bitten. »Jetzt mal Butter bei die Fische. Nix weißt du! Du bringst da was durcheinander, und zwar ganz gewaltig!« Olgas Stimme dröhnte. Dennis Tänzer richtete sich zu seiner vollen, sportlichen Größe auf.

Andreas nutzte den Moment seiner Unaufmerksamkeit und zog geistesgegenwärtig Felix und Thea aus der verbalen Schusslinie Richtung Rezeption. Inzwischen hatten sich neben Gregor und Boris weitere Zuschauer eingefunden. Ilka nickte den Kinder zu. Ihre Lippen formten: »Bleibt da.«

»Homosexuelle machen's mit Männern!«, pfefferte Olga derweil Ilkas Mann entgegen. »Also mit allem, was ordentlich Haare am Sack hat – zumindest vor der Intimrasur. Was du meinst, Darling, sind Pädophile, und die gibt's unter Schwulen leider Gottes genauso oft oder selten wie unter Heteros. Aber niemand käme auf die beknackte Idee, jemals zu behaupten, Heteros täten's dauernd mit kleinen Mädchen. Verstehst du, worauf ich hinauswill?«

Olga stand vor Herrn Tänzer, sie war tatsächlich einen halben Kopf größer als er.

»Ich hab selbst eine Tochter großgezogen und hatte ständig Angst, dass sich irgendein Schwein an ihr vergreift, aber deshalb muss man nicht …«

Weiter kam sie nicht. Dennis Tänzer fiel ihr ins Wort: »Ach was?!«, giftete er. »Eine Tochter hast du? Und bist du auch sicher, dass sie eine Tochter ist, oder war sie früher mal dein *Sohn*?«

Olga verdrehte die Augen und holte Luft.

THEA

Lena sagt, dass sie ihre Eltern voll peinlich findet. Sie meint, das ist so, wenn man in die Pubertät kommt. Ich fand das nicht. Ja, meine Eltern stritten sich oft, aber peinlich fand ich das nicht. Es war irgendwie ... normal. Ich dachte, das muss so sein, dass sich Eltern streiten. In diesem Moment hab ich mich allerdings für Dad geschämt. Er sagte so viel dummes Zeug, dabei war er doch erwachsen. Voll bescheuert. So wütend hatten wir Olga auch noch nie erlebt. Selbst als Felix sie geschubst hat, hat sie noch so getan, als hätt sie gute Laune.

Wir standen beide bei Andreas. Felix war nur noch am Heulen und sagte nichts. Der verstand nichts. Ich verstand ja auch nur die Hälfte. Andreas hat gemurmelt: »Keine Sorge, wird schon wieder.« Dabei hat er Felix durch das Haar gewuschelt, aber der hat seine Hand weggestoßen. »Lass das«, hat er geheult. Dabei war das doch nur nett gemeint. Andreas guckte ganz schön ratlos.

Ich hab dann Felix' Hand genommen. Das mach ich eigentlich nie, aber irgendwie dachte ich, wir müssen zusammenhalten. Wir waren ja eine Familie, wenigstens wir zwei.

ILKA

Ich betrachtete den Mann drei Schritte vor mir und begriff nicht, wie ich ihn jemals geliebt haben konnte. Er gebärdete sich wie ein Riesenarschloch.

»Dennis!«, schrie ich ihn an. »Du führst dich auf wie der letzte Idiot! Alles war gut, bis du hier aufgetaucht bist! Alles! War! Gut! Denk bitte mal einen Augenblick darüber nach, was deine Kinder von dir denken?!«

DENNIS

Das schlug dem Fass den Boden aus! Jetzt war ich also plötzlich der Böse? Was dachte sich Ilka nur!

»Das sagst ausgerechnet du! Wer zum Henker ist denn mit unseren Kindern in ein Schwuchtelhotel gefahren? Schon mal drüber nachgedacht, was unsere Kinder *darüber* denken?!«

»Es ist voll schön hier!«, schrie Thea. »Alle sind nett zu uns! Viel netter als du!«

Das hat gesessen. So was will man als Vater nicht hören, aber Thea kann manchmal ein ziemliches Biest sein. Sie kommt eben sehr nach ihrer Mutter.

»Genau!«, rief Felix.

ILKA

Jetzt fiel ihm Felix auch noch in den Rücken.

»Natürlich sind alle nett zu dir, Felix«, ätzte Dennis. »Du bist ja auch ein niedlicher, kleiner Junge.« Felix schaute völlig verwirrt, wie soll denn ein Sechsjähriger so was kapieren?!

»Gott ach Gott, hast du aber eine schmutzige Fantasie«, schimpfte Olga.

»Jetzt hör auf mit diesem Scheiß!«, schrie ich außer mir. Alle schauten zu: meine Kinder, immer mehr Hotelgäste – die beiden Holländer, der Rothaarige, welche vom Chor, Theas Doofe – und Helmer, Olga und Andreas. Wir kannten uns zu kurz, um es schon Freundschaft zu nennen, aber ich mochte diese Leute, und ich wär am liebsten vor Scham im Erdboden versunken.

Boris wirkte, als wollte er Dennis gleich unangespitzt in den Vorplatz rammen. Ich hatte keinen Zweifel, dass er das konnte. Na super, dann hätten Dennis und ich unseren Disput im Erdreich weiterführen können: Wutversenkt trifft schamversunken – was für ein Rendezvous!

Ich nahm all meine Kraft zusammen und brüllte: »Schluss jetzt!« Dabei versuchte ich, einen bestimmten Tonfall zu treffen, den ich mir bei einigen Lehrern an unserer Schule abgehört hatte: einen Jetzt-aber-wirklich-Schluss-Tonfall, eine Ansage, die signalisiert: »Beim nächsten Wort kommt das SEK!«

Es funktioniert! (Nur einmal kam wirklich das SEK … na gut, ein Streifenwagen mit zwei Wachtmeistern.) Olga zuckte zusammen, und auch Dennis riss die Augen auf und starrte mich entgeistert an.

»So kommen wir nicht weiter«, fuhr ich fort. »Ich fliege mit den Kindern zurück. Alles, was geklärt werden muss, klären wir in Hannover – entweder wie erwachsene Menschen oder notfalls per Anwalt. Ich geh jetzt rein. Und du, Dennis, fährst zurück nach Monte Nai und machst dir morgen einen schönen Tag mit deiner kleinen Engländerin. Viel Spaß!«

Dennis setzte an zu einer Erwiderung, aber ich ließ ihn nicht zu Wort kommen: »Wie alt ist die eigentlich? Hast du sie schon mal nach ihrem Perso gefragt? So junge Dinger machen sich doch gern mal älter, als sie in Wahrheit sind …«

Dann hab ich mich umgedreht und bin reingegangen. Andreas scheuchte die Kinder hinter mir her. Ein paar Schaulustige standen Spalier. Hätten sie sich getraut, hätten sie Beifall geklatscht. Ich finde, sie hätten sich ruhig trauen dürfen.

HELMER

Ilkas zukünftiger Exmann stand da und kochte vor Wut. Sein Impuls war: hinterher! Aber Boris schob sich ihm in den Weg wie ein eiserner Vorhang.

»Ilka«, schrie Dennis Tänzer, »komm sofort zurück! Es sind auch *meine* Kinder. Das lasse ich nicht zu. Meine Kinder bleiben keinen Tag länger in diesem dreckigen Bumsschuppen!«

Wut kann überspringen. Dennis' Wut reizte nun auch meine. Ich habe nichts dagegen, dass man mein Hotel »Bumsschuppen« nennt, das ist mir gleich, so weit entfernt von der Wahrheit ist es ja nicht, aber dreckig – dreckig! – ist hier nichts.

DENNIS

Und dann hat er mir eins auf die Nase gegeben. Der Onkel vom Scheißhotel. Ohne Vorwarnung! Holt nicht groß aus, krakeelt was von »seriösem Haus«, dann einfach Faust nach vorn, zack, mir auf die Nase! Hätte dieser Riese nicht hinter mir gestanden, ich wär zu Boden gegangen.

Sonderlich platziert war der Schlag nicht, kam ja nur von 'ner alten Schwuchtel, überrascht war ich trotzdem. Und für Nasenbluten hat's gereicht.

HELMER

Ich hab ihm die Nase blutig geschlagen. Das war für mich genauso ein Schock wie für ihn.

Meine letzte Rauferei liegt gut vierzig Jahre zurück, und da hatte ich die blutende Nase. Ich wollte ihm bloß eine schallende Ohrfeige verpassen, und während ich zuschlug, dachte irgendwas in mir »Ohrfeige ist zu verweichlicht«, und plötzlich kam die flache Hand geballt in seinem Gesicht an.

»Mein Hotel ist nicht dreckig!«, rief ich. »Dies ist ein seriöses Haus für seriöse Gäste. Vielleicht *anders* seriös, als Sie es kennen, Herr Tänzer. Aber jeder meiner Gäste hat mehr Anstand als Sie. Bitte verlassen Sie sofort mein Grundstück!«

Ich blieb stehen und wartete darauf, dass Herr Tänzer zum Gegenschlag ausholte. Den hatte er sich verdient. Ich verabscheue körperliche Gewalt.

Seltsamerweise war es ausgerechnet Boris, der die Situation klärte: »Du hast gehört, was er gesagt hat«, dröhnte er in bester Türstehermanier. »Du fährst jetzt besser.«

Boris ist wirklich eine imposante Erscheinung und besitzt von daher die Überzeugungskraft eines Spürpanzers. Und in diesem Moment wirkte er auch ähnlich kompromissbereit.

Dennis kapitulierte. Er drehte sich um und stapfte, sich die Nase haltend, zu seinem Wagen.

»Das werdet ihr noch bereuen!«, rief er uns zu, nachdem er die Fahrertür aufgerissen hatte. »Aber so was von!«

Die Tür krachte zu. Mit aufheulendem Motor und in einer riesigen Staubwolke rauschte der Renault davon.

Aus der Nähe des Eingangs ertönte freudiges Johlen und vereinzelter Jubel. Auch Olga applaudierte. Ich mochte nicht einstimmen.

Auch wenn die Sache ausgestanden schien, traute ich dem Frieden nicht. Ich hatte jemandem die Nase blutig geschlagen, und nicht nur jemandem, sondern einem Hetero – das heißt, ich hatte ihm den Rachedurst ins Gesicht geschrieben. Hoffentlich würde das Rainbow Inn später nicht eine Rolle in einem Sorgerechtsprozess spielen.

»Helmer«, zeigte sich Olga beeindruckt, »du bist ja ein richtiger Kerl!«

»Wie geht's Ilka und den Kindern?«, fragte ich Andreas, der sich wieder zu uns gesellt hatte.

»Geht so«, antwortete er. »Sie sind auf dem Zimmer, Ilka beruhigt sie. Vor allem der Kleine ist durch. Thea scheint … na ja … routinierter damit umzugehen.«

»Meinst du, ich kann irgendwie helfen?«, wollte Olga wissen.

»Ich weiß nicht. Vielleicht. Du hast Erfahrung als Vater.«

»Ich werd mal sehen, was ich tun kann. Vielleicht gelingt es ja Papa Olga, Felix auf andere Gedanken zu bringen. Okay, meine Lieben«, rief sie der Traube Schaulustiger zu, »die Show ist vorbei. Halali, die Sau ist aus dem Dorf! Applaus noch mal für alle Mitwirkenden, vor allem für Helmer, ›die Faust‹ Klotz, und Boris Braveheart, unseren unerschrockenen Hetenbändiger!«

ANDREAS

Applaus, Applaus, Applaus … Typisch Olga: Das ganze Leben ist 'ne Show, und wir sind bloß Staffage. Dabei war Boris der eigentliche Held. Aber er stand mit hochrotem Kopf neben ihr und wusste nicht mit seinem Ruhm umzugehen. Wie auch? Bislang war er ja nur bekannt für sexuelle Höchstleistungen im Gebüsch. Also sonnte Olga sich in den Strahlen des Rampenlichts, die von Boris' verschwitztem Gesicht reflektiert wurden.

»Noch mehr Show dann heute Abend in der Lounge, um neun. Bis bald!«, trötete sie, und das Grüppchen im Eingangsbereich trollte sich in die Pause. Helmer, Olga, Boris und ich blieben am Van zurück. Hinter uns standen immer noch die Picknickkörbe.

»Ach, Kinners! Das haben wir doch ganz wunderbar hingekriegt, nicht wahr?«, frohlockte Olga.

»Das haben Helmer und Boris gut hingekriegt«, korrigierte ich sie.

»Ja ja, sag ich doch. Helmer ist mein Held.«

Ja, Olga, wir haben's verstanden! Aber es stimmte: Helmer war wirklich großartig, aber »Held« traf es einfach nicht, das war wieder so ein Showbegriff. Schon die letzten Tage war Helmer weniger kontrolliert, impulsiver gewesen. Sonst saß auf seinen Gefühlen ein Verschluss aus bestem sardischem Kork, der ihm eben um die Ohren geflogen war. So überrascht und hilflos, wie Helmer seitdem dreinschaute, so nahbar wirkte er auf mich. Endlich mal.

In Boris hab ich mich auch getäuscht. Bislang war er einzig als Fußabtreter für Raffaels Launen in Erscheinung getreten. Und ich hatte gedacht, sein Charakter sei genauso flach. Falsch! Zwischen all seinen aufgepumpten Muskeln existierte offenbar noch so etwas wie Persönlichkeit.

»Du, Boris, warst natürlich auch super!« Olga klopfte ihm auf die Schulter. »Aber verrat mir mal, mein Täubchen: Was hat dich so aufgebracht? Sonst kommst du doch nur in den Büschen mal aus dir raus.« Olgas Stimme triefte vor Süffisanz. Boris tat mir fast ein wenig leid. Er bot so viel Fläche für Breitseiten, besaß jedoch für Spott kein Abwehrrepertoire.

»War doch mal Fußballtrainer«, nuschelte er verlegen, »A-Jugend, und hatte da was mit 'nem Spieler. War achtzehn, also er. Ich wurd' trotzdem gefeuert.«

»Scheiße«, sagte ich.

»Ey, ich war selbst erst sechsundzwanzig«, fuhr Boris

fort. »Dennoch sagten ab da alle, ich begrapsche kleine Jungs.«

Helmer seufzte. Ich weiß, er hat mir mal von der Zeit erzählt, als schwule Lehrer sich zum Christopher Street Day noch Papiertüten über den Kopf stülpten, weil sie sonst gekündigt worden wären. Es ist so frustrierend. Hört das denn nie auf?

»So Typen«, Boris deutete in die Richtung, in der Ilkas Noch-Mann verschwunden war, »find ich zum Kotzen.«

So viele Sätze hatte ich Boris noch nie am Stück reden hören. Olga zeigte sich auch beeindruckt und drückte ihn kurz an ihre Brust. Sie war ja selbst nicht klein, aber bei ihm wirkte es, als umarme sie neuerdings Bäume. »Haste jut jemacht, Kleiner!«, säuselte sie, um dann schnell wieder auf Sarkasmus umzuschalten: »Aber dein Gatte wird sich freuen, dass du gerade die Frau und die Kinder verteidigt hast …«

Boris zuckte ratlos mit den Schultern, den Gedanken hatte er wohl noch nicht gehabt.

»Aber der Achtzehnjährige …«, fragte ich, »war nicht etwa unser Raffael?«

So ganz ernst gemeint war die Frage natürlich nicht, aber ich wollte die Situation etwas auflockern. Helmer konnte auch schon wieder grinsen, und Olga lachte natürlich herzhaft drauflos. Einzig Boris lachte nicht.

»Is' ja alles schon lang her …«, druckste er rum, »… zwölf, dreizehn Jahre. Damals war er noch nicht … so. Er war mal Torschützenkönig in der Kreisliga!«

»NEIN!«, stöhnten wir fast unisono. »Das ist nicht wahr!«

»Pfff, was soll's?«, schloss Olga, nachdem sie sich wieder eingekriegt hatte. »Wieso eigentlich nicht? Ich wette,

Cristiano Ronaldo trägt zu Hause auch heimlich die alten Kostüme von Liberace auf.«

»Du kennst Cristiano Ronaldo?«, fragte Boris.

»Schätzchen, ich bin Dragqueen! Vergiss das niemals! Ich kenne jede Diva von hier bis Hollywood.«

»Was macht ihr denn beruflich?«, fragte ich, bevor Olga ihren Dragnähkasten weiter öffnete. »Du machst noch was mit Sport, oder?«

»Mhm.« Boris nickte. »Fitnesstrainer in 'nem Studio.«

»Und Raffael?«

»Arbeitet in 'ner Kita ... er ist Erzieher.«

Olga hyperventilierte – und knickte dann noch mal um.

THEA

Später kam die Polizei. Auf jeden Fall zwei Leute in Uniform. Ein Mann und eine Frau. Die Polizei heißt hier anders – Karibini ..., Karabiner ..., Kaba ..., irgendwie so, jedenfalls klingt das Wort mehr nach italienischen Nudeln als nach Polizisten. Dafür sahen sie umso mehr wie Polizisten aus.

Die kamen zusammen mit Dad, aber der musste im Foyer warten, und Andreas hat uns geholt, also Mom, Felix und mich. Wir sollten Fragen beantworten. Erst Mom und dann Felix und ich.

Mom war gleich wieder auf hundertachtzig. »Das ist nicht sein Ernst!«, hat sie gerufen, als Andreas uns holte. »Er behauptet *was*?«

»So genau haben sie's nicht gesagt«, meinte Andreas. »Aber es geht wohl um die Frage, ob hier ein Fall von Kindesentführung vorliegt.«

Das habe ich überhaupt nicht verstanden. Wer war denn hier entführt worden? Behauptete Dad etwa, die

Männer vom Rainbow Inn hätten Felix und mich entführt? Das war ja wohl voll die Schnapsidee!

»Lachhaft!«, schnappte auch Mom. »Das ist doch vollkommen lächerlich!«

»Na ja«, murmelte Andreas. »Es gibt doch immer wieder Fälle, wo Elternteile ihre Kinder gegen deren Willen … sie müssen der Sache schon nachgehen.«

Dad und diese Karabizisten warteten auf uns vorne am Eingang. So langsam kapierte ich auch, was Sache war. Die wollten wissen, ob Mom *uns* entführt hat. Unsere Mutter – mich und Felix! Wie blöd war das denn?

Die Erwachsenen haben viel Englisch gesprochen und gestikuliert und immer wieder auf Felix und mich gezeigt. Mom war ganz schön böse und Dad auch, aber beide haben sich zusammengerissen, weil die Polizei dabei war. Erst hat Mom viel erzählt. Ich hab zwar schon Englisch in der Schule, aber verstanden hab ich trotzdem fast nix. Ging ja nicht um »Peter and Betty« und deren »dog«. Aber ich glaub, Mom sagte was vom letzten Sonntag. Jedenfalls kamen die Worte »Sex« und »other woman« drin vor. Und dann guckte die Polizistin Dad an und fragte: »Is this right?« Und Dad hat gesagt: »Welllll …« mit ganz vielen L, wie unser Englischlehrer, wenn wir was gefragt haben, was er nicht weiß. Dad hat ein bisschen rumgedruckst und irgendwas geantwortet, dann hat die Polizistin den Mund komisch verzogen und genickt.

Als wir Kinder befragt wurden, hat Andreas übersetzt. Deswegen gab's noch kurz Streit. Herr Klotz wollte auch übersetzen, aber das durfte er aus irgendwelchen Gründen nicht, weil Dad das wohl nicht wollte. Eigentlich wollte er auch nicht, dass Andreas übersetzt, aber dann wär niemand mehr da gewesen zum Übersetzen.

Dann wurden Felix und ich verhört. Dad musste mit dem anderen Polizisten ein paar Schritte weggehen, wahrscheinlich damit er nicht wieder Blödsinn reinquatschen konnte.

Die Polizistin kniete sich extra hin und hat uns auf Italienisch was gefragt. Dann hat sie hochgeschaut zu Andreas, der meinte: »Sie fragt, ob ihr gerne mit eurer Mutti hier seid.« Daraufhin hat sie uns wieder angesehen, genickt und auf unsere Antwort gewartet. Das war alles voll komisch.

Ich hab natürlich genickt und »Ja« gesagt. Und Andreas hat »Si« zur Polizistin gesagt.

»Habt ihr euch denn wohlgefühlt hier in diesem Hotel?«, wollte sie wissen.

»Si«, hab ich geantwortet, und sie hat nett gelächelt. »Es ist total schön hier.«

»Es gibt sogar ein Spielzimmer!«, rief Felix. »Aber ohne Lego. Und es gibt einen Maulesel, dem hab ich schon einen Apfel gegeben.«

Mom zog Luft ein, als wollte sie gleich losschimpfen, aber es kam nichts. Andreas übersetzte, und die Polizistin nickte. Dann erst atmete Mom aus.

Als Nächstes sollte ich beschreiben, wie neulich der Abend war, als wir aus unserer Ferienwohnung ausgezogen sind. Ich hab erzählt, dass Mom Dad mit einer anderen Frau erwischt hat, ihn voll zur Schnecke gemacht und die beiden aus der Wohnung geschmissen hat. Wir haben uns am Strand schon gewundert, warum Mom nicht zurückkam. Aber irgendwann tauchte sie doch auf und hat uns abgeholt. Sie hatte total rote Augen, als wenn sie geweint hätte. Nach'm Essen, es gab nur Nudeln mit Ketchup, kam Dad kurz vorbei, aber nachdem Mom und er sich draußen eine Weile angeschrien hatten, ging er wieder weg – damit Mom »sich wieder einkriegt«, haha. Hat sie aber nicht. Sie hat noch etwas geheult und Dads Joggingschuhe durchs Wohnzimmer gezeckert. Plötzlich hat sie gesagt, dass wir unsere Sachen packen sollten, und zwar pronto, wir würden fahren.

»Sie hat gemeint: ›Der Papa hat riesengroße Scheiße gebaut, wir müssen weg!‹«, ist mir rausgerutscht, und ich überlegte, wie Andreas das wohl übersetzte, denn eigentlich soll man ja nicht »Scheiße« sagen, ich wusste nicht, wie das bei Polizisten so ankommt. Jedenfalls haben wir dann lieber gepackt. Mom hat alles ins Auto geworfen, und wir sind los, obwohl längst Schlafenszeit war.

»Warum fragen Sie uns das alles?«, wollte ich wissen und hab Andreas angeguckt, damit er den Satz übersetzt. Auf Italienisch klang das alles sehr seltsam. Ich hatte keine Ahnung, wo er gerade war.

Die Polizistin nickte, sagte was, und Andreas übersetzte, und während er das tat, nickte sie eifrig, aber immer an den falschen Stellen: »Ihr müsst keine (nick) Angst haben, wir wollen nur (nick) wissen, wieso ihr hier seid, bei wem (nick) ihr lieber (nick) wärt, bei eurem Vater oder eurer Mutter, also (nick) bis zu eurer Abreise nach Deutschland.« (Nick, nick, guck)

Ich verstand die Frage nicht. »Wir sind doch mit Mom hier«, sagte ich.

Sie nickte. Mom ebenfalls.

»Und wollt ihr bis zu eurer Abreise bei eurer Mutti bleiben?«

»Ja, natürlich«, antwortete ich, »Wo denn sonst?«

»Ja«, meinte auch Felix. »Wir *fliegen* nach Hause!«

Dad schaute total finster, als die Polizistin ihm das sagte. Aber was hatte er erwartet? Unsere ganzen Sachen waren hier, es war doch nur noch ein Tag! Und nach allem, was Dad vorhin den Leuten an den Kopf geworfen hat, wollte ich nicht mit zu ihm. Strafe muss sein.

»Dad«, sagte ich. »Guck nicht so. Zu Hause kannst du uns doch sehen. Wenn ihr erst mal geschieden seid, kannst du uns regelmäßig abholen und jedes zweite Wochenende mit zu dir nehmen.« So ist das jedenfalls bei Lena und den anderen. Dad schaute nur noch grimmiger. Andreas übersetzte. Die Polizistin nickte. Kurz sah sie aus, als wollte sie grinsen.

HELMER

»Wie sich für uns die Sache darstellt, will sich Ihre Frau von Ihnen trennen, nachdem sie Zeuge Ihres Seitensprungs in Ihrer gemeinsam genutzten Ferienwohnung wurde. Deshalb ist sie mit den Kindern aufgebrochen und hat durch einen Zufall in diesem Hotel für drei Tage eingecheckt. Die Kinder wollen bei ihrer Mutter bleiben, und sie fühlen sich wohl hier«, fassten die Carabinieri die Ereignisse zusammen. »Wir können keine Anzeichen einer Entführung erkennen. Das Hotel mag zwar eine«, der Mann suchte nach dem richtigen Wort, »etwas spezielle Klientel ansprechen, aber es verfügt über eine ordnungsgemäße Beherbergungslizenz, und wir haben keine Anhaltspunkte, dass es Ihren Kindern hier nicht gut ginge.«

Dennis Tänzers Wut war mittlerweile verraucht, nur noch Groll und Ohnmacht sprachen aus seiner Miene. Langsam dämmerte ihm vermutlich, wie bescheuert seine Idee war, hier mit der Kavallerie aufzutauchen. Ilkas Gesicht hingegen war seltsam ausdruckslos, als sie Andreas'

Übersetzung folgte. Kein Triumpf, allenfalls so etwas wie müde Entschlossenheit lag in ihrem Blick.

Andreas übersetzte sehr sorgfältig, nur beim »Spielzimmer« hatte er etwas gemogelt. Man könne hier gut spielen, habe Felix gesagt, nur Lego gebe es nicht.

»You've got this?«, versicherte sich die Polizistin und wartete, bis Dennis Tänzer sich ein Nicken abrang.

»Kommen wir zum Punkt der Körperverletzung«, fuhr der Carabinero fort.

»In diesem Punkt hat Herr Tänzer bedauerlicherweise recht«, räumte ich sofort ein. »Er hat mir und anderen hier in einer Tour homophobe Beleidigungen an den Kopf geworfen, da ist mir die Hand ausgerutscht. Das ist mir noch nie passiert, ich habe mich provozieren lassen. Das tut mir leid.«

Die Worte kamen mir leichter über die Lippen als gedacht. Nicht weil mir was dran lag, mich bei Herrn Tänzer zu entschuldigen, sondern weil ich den Nasenstüber wirklich bereute. Sosehr er ihn verdient hatte, sosehr war er unter meinem Niveau.

»Nehmen Sie diese Entschuldigung an?«, fragte die Carabinera. »Oder bestehen Sie auf einer Anzeige wegen Körperverletzung?«

»Natürlich«, zischte Herr Tänzer.

»Dann müssten Sie jetzt beide mit aufs Präsidium nach Cagliari kommen, wo wir den Vorfall zu Protokoll nehmen …«

»Ich würde gerne einen Anwalt dabeihaben«, warf ich ein.

»Gut, kontaktieren Sie ihn. Dann kommen Sie jetzt mit, Herr Tänzer, und Sie, Herr Klotz, nehmen später Stellung zu den Vorwürfen, bzw. Ihr Anwalt. Wir nehmen

Ihre Personalien auf, und sollte der Fall tatsächlich vor Gericht gehen und das Verfahren nicht gegen Geldbuße eingestellt werden, müssten Sie, Herr Tänzer, eventuell noch einmal als Zeuge nach Cagliari kommen ...«

»Ich soll wegen dem noch mal nach Sardinien kommen? Wegen einer Schwuch ... wegen eines Schwulen, der mir eine gezwiebelt hat?« Dennis Tänzers Stimme wurde wieder lauter. »Ihr habt sie doch nicht alle! Wisst ihr was?«, schrie er. »Ihr könnt mich alle mal am Arsch lecken!«

Er drehte sich auf dem Absatz und stapfte davon. Diesmal würde er nicht zurückkehren. Die Polizistin schaute ihm fragend hinterher, Andreas übersetzte. Ihr Kollege grinste uns freundlich an und zog eine Augenbraue hoch.

»Herr Klotz, Sie haben schon Reue gezeigt. Ich gehe davon aus, dass das nicht wieder vorkommt. Akzeptieren Sie diese polizeiliche Ermahnung?«

Ich nickte.

ILKA

Ich sag dazu nichts mehr. Das war oberpeinlich von Dennis. Ich hatte alle Mühe, meinen Kindern seine Aktion begreiflich zu machen. Ich begriff das ja selbst nicht. Große Güte, war ich froh, als Olga nach dem Abendessen anklopfte und Felix abholte. Die beiden hatten sich, vorhin schon, bevor die Polizei anrückte, etwas überlegt für den Abend. Mir war an diesem Tag alles recht, was Felix auf andere Gedanken brachte. So verstört wie nach dem erhitzten Streit vorm Hotel hatte ich ihn lange nicht erlebt. Olga hat ihn irgendwie zurück ins kindliche Leben geholt, keine Ahnung, wie sie das bewerkstelligte. Sie umweht eine ganz eigene Aura, die Kinder offensichtlich in ihren

Bann zieht. Vielleicht wäre das ja 'ne Lösung für all die Ritalinkids in unseren Klassenzimmern: in jeder Schule eine Transe vom Dienst …

Um neun saß ich mit Helmer und Thea in der Lounge des Hotels, vorn in den Sesseln vor der Bühne. Wir tranken Wein, Thea eine Cola light. Der Saal war gut gefüllt, es hatte sich wohl rumgesprochen, dass heute Action in der Bude war und Olga so was wie die neue Ellen Ripley, die sich mit dem heterosexuellen Alien angelegt hatte. Selbst Boris und sein überkandidelter Lover saßen an einem Tisch. Raffael kraulte seinen Basset auf dem Schoß wie einst Blofeld seine weiße Katze. Er passte so gut zu Boris wie ein Brillantarmreif an einen Elefantenrüssel.

Olga wurde stürmisch empfangen, als sie im Hosenrock mit kariertem Hemd auf die Bühne humpelte.

»Meine Lieben! Mesdames (sie schaute zu mir und Thea) et Messieurs, liebe Undefinierten«, begrüßte sie die Zuschauer, »eure olle Olga ist heute leider auseinandergebrochen. Das war eine ganz neue Erfahrung für mich. Wusst ich gar nicht, dass noch andere Körperteile schmerzen können als mein Kopf!«

Vereinzeltes Gegackere, als sie ihren Handrücken theatralisch auf die Stirn legte. Dann erzählte sie vom Ausflug zu den Sette Fratelli und dass dort alle unbedingt hinmüssten, »denn …«, sie senkte die Stimme, »… es gibt dort jede Menge Holzfäller!«

Auf dieses Stichwort hin startete das erste Lied, natürlich Monty Pythons Holzfällersong. Jeden Moment erwartete ich, dass Felix auf die Bühne springen würde, hatte er uns heute Nachmittag doch alle mit diesem Song in Endlosschleife genervt. Kurz stellte ich mir vor,

Dennis wäre mit der Polizei just in diesem Moment reingeplatzt …

Doch Olga zog die Nummer allein durch, ließ man die Tatsache außer Acht, dass der Pannesamtvorhang hinter ihr lautstark mitsang. Sie entledigte sich nach und nach des Hosenrocks und des Holzfällerhemds, wobei sie sich immer wieder am Mikrofonständer abstützen musste, da sie ihren Fuß kaum belasten konnte. Zum Vorschein kam natürlich – oh Wunder! – ein goldglitzerndes Paillettenkleid. Jubel, Trubel, Heiterkeit.

»Es war nämlich so, meine Lieben«, fuhr Olga fort, »da die sieben Brüder Angst hatten, als die dicke Olga auf sie zustapfte, haben sie ihre gefährlichste Abwehrwaffe eingesetzt und ihren achten Bruder geschickt – allerdings den kleinsten von allen!«

»Darf ich jetzt kommen?«, hörte man Felix aus dem Off rufen. Die ersten Reihen kicherten.

»Gleich, mein Schatz, ich sag dich an, und dann kommst du überraschend von hinten!« Nun breites Gelächter im Publikum.

»Jedenfalls habe ich den kleinen Terroristen, der für den Zustand meines Knöchels verantwortlich ist, dazu verdonnert, mir zur Strafe heute Abend beizustehen. Wir performen jetzt ein Stück, das dem ein oder anderen hier im Publikum«, Olga lächelte süffisant zur Chorgruppe hinüber, »bekannt vorkommen könnte. Und allen anderen hängt's zu den Ohren raus. Herr Kapellmeister, bitte! Felix, jetzt darfst du kommen.«

Die Comedian Harmonists sangen los, und Felix betrat die Bühne. Olga hatte ihn wunderhübsch zurechtgemacht! Grüne Schminke im Gesicht, viel grüner Stoff, irgendwelches Füllmaterial und reichlich Tesakrepp hatten meinen Sohn in einen ansehnlichen, kleinen Kaktus verwandelt. Seinen linken Arm hielt er brav im rechten Winkel nach oben, hinter seinem Ohr klemmte eine rosa Kaktusblüte aus Origamipapier.

»Auf dem Balkon« stand das Gewächs allerdings nur kurz. Dieser Kaktus erwies sich als äußerst agile Kakteenart und hüpfte fleißig über die kleine Bühne. Bei der Textzeile »Und wenn ein Bösewicht was Ungezog'nes spricht, dann hol ich meinen Kaktus, und der sticht, sticht, sticht« deutete Olga jedes Mal auf jemanden in der ersten Reihe, und Felix hechtete auf denjenigen zu, stupste ihn mit dem Kopf an und grölte ihm »Hollari, hollari, hollaro!« in die Ohren; das Prinzip der Playbackperformance hatte sich ihm noch nicht ganz erschlossen, Felix sang nach Kräften mit. Als ich zum Chor rüberblickte, lachte Petr mir zu und hob den Daumen. Neben ihm saß der Chorleiter mit verkniffenem Gesicht.

»Bravo!«, rief Andreas von ganz hinten, wo er im Eingangsbereich der Lounge an einer Säule lehnte und Foyer und Rezeption im Blick behielt. Gerade huschte Raffael an ihm vorbei, der fluchtartig den Saal verließ.

Es blieb Felix' einziger Beitrag, auch wenn er als grüner Kaktus noch drei weitere Songs mithüpfte, bis Olga sich mit *We are a Family* verabschiedete, diesem Siebzigerjahre-Song, von dem man nicht mehr als den Refrain kennt, und – wie ich danach wusste – auch nicht zu kennen braucht. Ständig zeigte Olga beim »We« auf sich, auf Felix und ins Publikum. Hoffentlich kam sie nicht noch auf die Idee, mich und Thea mit auf die Bühne zu zerren, um noch 'ne Schüppe Familienkitsch draufzulegen. Kam sie aber doch. Zum Glück zu spät. Erfreulicherweise ist der

Song nämlich nur drei Minuten lang. Als Olga mir die Hand entgegenstreckte, um mich auf die Bühne zu holen, setzte schon das Fade-out ein. Danke, Sister Sledge! Ich erhob mich zwar, applaudierte aber lieber schnell drauflos – wie alle anderen auch. Es war eine tolle Show von Olga und ihrem kleinen Stichgesellen. Ich war mächtig stolz auf ihn.

Felix war vom »Tanzen« (er nannte es »tanzen«, ich nannte es »hart hüpfen«) völlig k.o. Unter all den Lagen von grünem Stoff und massig Fülltüll konnte ich ihn hinterher auswringen.

»Das hast du toll gemacht«, bescheinigte ich ihm noch mal, als ich ihn ins Bett verfrachtete.

Felix nickte glücklich und ließ seinen Kopf ins Kissen fallen. »Moment«, ich zog ihm die rosa Kaktusblüte hinter dem Ohr hervor und legte sie auf den Nachttisch. »Die soll ja nicht zerknicken.«

Felix schaute mich vom Kopfkissen aus mit großen Augen an. »Mami, ich glaub, wenn ich groß bin, will ich auch Transwesdit werden.«

O Gott!

»Ich glaub aber nicht, dass das ein Beruf ist«, sagte ich und dachte nur: Erzähl das bloß nicht deinem Papa.

Ich geb ja nichts auf solche kindlichen Berufswünsche. Sie sind wie Reaktionen auf die Süßigkeiten an der Supermarktkasse: Sehen! Haben! Thea wollte schon Kinderärztin, Klempnerin, Krankenschwester, Großtante, Tätowiererin und einen halben Tag, mit fünf, sogar mal Putzfrau werden. Etwas, woran ich sie gerne erinnere, wenn sie ihr Zimmer aufräumen soll. Ich selbst wollte Tierärztin, Friseuse und Baggerfahrerin werden, sogar mal

Tänzerin. Etwas, an das mich meine Mutter nach meiner Hochzeit gerne süffisant erinnerte.

Thea hielt noch etwas länger durch, ging aber um Viertel nach zehn auch aufs Zimmer. Ich blieb mit Helmer Klotz in der Lounge sitzen und sprach noch einmal der sardischen Monica zu. Wir redeten über den Abend und seine möglichen Konsequenzen. Er würde schon keine negativen Auswirkungen haben, ermutigten wir uns.

»Außerdem wurde heute amtlich festgestellt, dass es Ihren Kindern hier gut ging«, sagte Helmer. Dennis wäre also ganz schön dumm, wenn er das im Falle eines Sorgerechtsstreits aufs Tapet bringen würde.

»Egal«, sagte ich. »Ich will heute Abend nicht drüber nachdenken, ab morgen habe ich dafür noch genug Zeit. Verstehen Sie?«

»Gut.« Helmer nickte und wechselte abrupt das Thema. »Dann beantworten Sie mir eine andere Frage, Ilka. Was wollten Sie mir mit diesem Ausflug heute sagen?«

Wahrscheinlich bin ich spontan rot geworden. »Wie bitte?«

»Wieso war Olga dabei?«

Ich kam mir wie mein eigener Nachwuchs vor, als ich die kindlichste aller Ausreden gebrauchte: »Das war nicht meine Idee. Das haben Thea und Felix tatsächlich ganz allein eingefädelt!«

»Hm, ja«, meinte Helmer, »die beiden sind ganz verschossen in Olga, das hat man eben wieder gemerkt.«

»Ach, Helmer«, sagte ich, wahrscheinlich flüsterte mir Monica diese Worte ein, »seien Sie doch nicht so begriffsstutzig. Meine Kinder meinen wohl eher, dass Olga und Sie recht gut zusammenpassen.«

Helmer lachte so herzhaft, wie ich ihn in den Tagen hier noch nie hatte lachen hören. »Der Ausflug fand bloß statt, weil zwei Dreikäsehochs mich verkuppeln wollten? Und wir machen *alle* mit?«

Ich zuckte mit den Schultern. Helmer schüttelte den Kopf. Ich nahm noch einen Schluck vom Rotwein. Monica löste nun endgültig meine Zunge. Ich mag's, wenn alkoholische Getränke menschliche Namen tragen, man kann viel besser die Schuld auf sie abwälzen, mögen sie Jack Daniel, Johnny Walker oder Monica di Sardegna heißen. »Aber wer weiß«, unkte ich, »manchmal haben Kinder ja sehr eigene Antennen für emotionale Schwingungen im Raum.«

Ich machte dazu eine kreisende Geste mit den Händen. Sollte Helmer gleich explodieren, wollte ich wenigstens auf Unzurechnungsfähigkeit plädieren können.

»Was meinen Sie damit, Ilka?«

Was soll's?, dachte ich. Morgen biste weg hier, und Porzellan zerdeppert haste eh schon genug, da kommt's auf eine trübe Tasse mehr oder weniger auch nicht drauf an, und mag sie auch Helmer heißen. Ich konnte das Werk meiner Bälger ruhig zu vollenden versuchen: »Ich glaub tatsächlich, dass Olga Sie mag.«

»Olga? Mich?« Helmer schaute nun nicht mehr belustigt, sondern fast entsetzt. »Ilka, Sie und Ihre Kinder haben einfach zu viel Fantasie.«

»Ja?«, fragte ich.

»Olga ist Dragqueen«, erklärte mir Helmer. »Man sieht von ihr nicht mehr als die Fummel, die sie trägt. Sie ist eine Kunstfigur. ›Einer Tunte siehst du nur vor den Dutt‹, hat sie einmal selbst über sich gesagt.«

»Dutt?«

»Damit bezeichnen Transvestiten ihre Perücken. Echter als eine solche wird Olga nie sein! Sie hat sich für diese Identität entschieden und wird nie wieder Rolf Förster sein.«

»Das ist ihr echter Name?«

Helmer nickte. »Das hätte ich Ihnen sicher nicht sagen dürfen.«

»Ich werd's sofort wieder vergessen«, sicherte ich zu und kam mir vor, als hätten wir gerade einen Agenten enttarnt, der nun seinem Schicksal ausgeliefert war.

Ich blieb an dem Ausdruck »echter Name« hängen, fast schon schämte ich mich dafür. So albern er auch war, »Olga diValdfee« war für mich der perfekte Name für Olga. Ich hab mal in einem Buch gelesen, dass ein Mann den Namen annahm, den eine Starbuck's-Mitarbeiterin auf seinen Becher gekritzelt hat, fand ich auch schön. Was sind Namen? Olga hat sich für eine Identität als Olga entschieden. Es gab eine Zeit, da hab ich mich für eine Identität als »Ilka Tänzer« entschieden. Vielleicht sollte ich mich wieder für meinen Mädchennamen entscheiden. Oder mal zu Starbuck's gehen. Oder mir einen »Dutt« zulegen.

»Und Andreas? Was ist mit dem?«, wechselte ich das Thema. »Kann es sein, dass er Sie ebenfalls ein klitzekleines bisschen sympathisch findet?«

»Quatsch!«, entrüstete sich Helmer. »Andreas ist der einzige Vernünftige hier im Haus. Und er weiß, dass ich das so sehe. Deshalb schätzt er mich, und ich schätze ihn. Bis eben hatte ich das Gefühl, Sie, Ilka, könnten womöglich die zweite Vernünftige sein, aber nach Ihren Mutmaßungen muss ich mir das noch einmal überlegen.« Helmer war wieder zum bräsig lächelnden Helmer geworden.

»Ach, Helmer«, ich stellte das leere Weinglas auf den kleinen Bistrotisch und erhob mich, »ich bin morgen weg und zähl doch gar nicht. Ich an Ihrer Stelle würde die Vernünftigen lieber noch mal durchzählen. Und Olga mitzählen … wenigstens zur Hälfte. Schlafen Sie gut!«

TAG 5

FELIX

Ich bin ganz, ganz früh aufgestanden, weil wir ja fliegen wollten! Ich war total aufgeregt. Da konnte ich nicht mehr schlafen. Ich hab meine Malsachen genommen und ein Bild gemalt. Für Olga und Herrn Helmer, als Geschenk.

Herr Helmer hat gefragt, wer das auf dem Bild ist. Dabei war das doch ganz einfach. »Das bist du, Herr Helmer, in deinem rosa Hemd.«

»Und mit wem halte ich Händchen?« Das war eine dumme Frage. Das war natürlich Olga. Ich hab sie extra mit einem dicken Fuß gemalt, damit man es sieht.

»Aha«, hat Herr Helmer bloß gesagt und komisch geguckt. Vielleicht hatte ich den falschen Fuß dick gemalt.

»Und das da oben? Ist das eine Wolke?«, wollte Herr Helmer wissen.

»Nein!«, hab ich gerufen. »Das ist ein Flugzeug. Da sind Mami, Thea und ich drin.«

»Und neben mir?« Herr Helmer zeigte auf Hennes. »Ist das Hennes?«

»Ja, das ist Hennes«, hab ich gesagt. »Ich dachte, ich male den dazu, weil der zur Familie gehört. Weil ihr ja keine Kinder kriegen könnt.«

Mami hat Geräusche gemacht, als wenn sie gleich niesen muss, und den Mund ganz fest zugemacht. Herr Helmer hat sehr lustig geschaut, und ich musste lachen. Aber ich glaub, er hat sich gefreut über mein Bild. Jedenfalls hat er »Danke« gesagt.

»Hängst du es gleich auf?«, hab ich gefragt. »Mein Papa hängt alle Bilder sofort auf.«

HELMER

Felix hatte entschieden zu viel Macht über mich. Wieso sollte ich mich sonst morgens um kurz vor acht von einem Sechsjährigen durchs Haus jagen lassen auf der Suche nach einer passenden Stelle für ein paar schwer erkennbare Buntstift-Krakeleien?

Nun hängt hinter der Rezeption also ein Kinderbild. Es in meinem Büro aufzuhängen hat Felix mir nicht gestattet. In mein Privatzimmer durfte es ebenfalls nicht. Weil Olga es dort ja nicht sehen könne. Dass er mich und Olga händchenhaltend malt, aber davon ausgeht, dass Olga nie Zutritt zu meinen Privaträumen haben würde, war so kindlich naiv wie vorausschauend gedacht.

Im Frühstücksraum oder in der Lounge wollte ich es nicht haben. Dann wäre es zu prominent platziert. Kinder sind ein sensibles Thema für Schwule. Viele hassen Kinder von ganzem Herzen, andere halten Kinder für ein notwendiges biologisches Übel, ohne das es keine hübschen Twinks auf Tanzflächen oder in tschechischen Pornos gäbe, viele träumen heimlich oder offen von eigenen Kindern in lustigen Patchworkfamilien-Konstellationen (der neumodische Begriff »Regenbogenfamilie« klingt für mich nach einem Wort aus einer anthroposophischen »Hello-Kitty«-Version), andere werden in Deutschland so lange vergeblich für ein vollwertiges Adoptionsrecht kämpfen, bis sie nur noch Enkel adoptieren können. Und die, die aus früheren Heterobeziehungen Kinder haben, hängen das selten an die große Glocke. Ein Schwuler wird Ihnen eher alle Geschlechtskrankheiten aufzählen, die er gehabt hat, als zugeben, dass er mit einer Frau ein Kind gezeugt hat. Und im schlimmsten Falle wird er auch diesen Akt noch unter dem Begriff »Geschlechtskrankheit« subsumieren. Man könnte ja in den Ruch kommen, bi zu sein und kein echter Schwuler.

Nun ziert also meine Rezeption ein Kinderbild. Es hängt dort neben den Ansichtskarten, die uns manche Stammgäste aus Franken, dem Emsland oder noch exotischeren Ecken dieser Weltkugel zuschicken.

Andreas hat gestaunt, als Felix und ich das Bild dort aufhängten. Voll Rührung betrachtete er das Gekrickel. »Das ist aber schön!«, lobte er. »Wer ist das? Herr Klotz und … das da neben ihm? Soll das etwa ich sein?«

»Nein, das ist natürlich Olga!«, rief Felix fröhlich. Andreas schaute daraufhin … ach, ich weiß nicht, wie. Wenn ich Ilka wäre, hätte ich Andreas' Gesicht als Enttäuschung interpretiert.

»Und das rechts ist Hennes«, sagte ich eilends, »unser gemeinsames Adoptivkind, wenn ich Felix richtig verstanden habe.«

Andreas sagte bloß »Aha!« und noch einmal »Sehr schön, Felix!« Dann verschwand er hinten im Büro.

ILKA

Felix hat geheult wie ein Schlosshund. Ach was, wie ein ganzer Wurf von ihrer Mutter verstoßener Schlosshundwelpen. »Ich will nicht nach Hause. Es ist so schön hier. Können wir nicht bleiben? Ich will nicht nach Hause. Nein, ich steig nicht ins Auto. Ich will nicht fliegen, auch nicht nach Hause. Können wir nicht hierbleiben? Olga soll mitkommen. Ich will nicht mit! Ich kann auch allein hierbleiben! Wenn die Schule wieder losgeht, könnt ihr mich doch abholen ...« So ging das in einer Tour.

Kinder erleben Abschiedsschmerz anders, intensiver. Dramatischer. Eine Welt bricht zusammen. Weltuntergang, Armageddon, Exitus. Für zehn Minuten. Dann ist alles wieder ganz. Ohne diese geringe Halbwertszeit wären kindliche Dramen auch nicht zu ertragen. Ein paar Minuten im Auto, ein komisches Tier auf einer Weide, ein Center Shock im Mund, und vergessen sind alle Tränen.

Es begann auch erst, als wir alle Koffer, Taschen und Plüschtiere im Hotelvan verstaut hatten. Währenddessen hielt ich Ausschau nach einem silbernen Renault-Kombi, aber ich erspähte zum Glück keinen. Dennis wäre auch mordsmäßig dämlich gewesen, wenn er uns nach der bekloppten Aktion mit der Polizei jetzt noch gestalkt hätte. Geschickterweise hatten wir nicht so genau gesagt, wann wir fliegen würden.

Helmer wollte heute selbst fahren. Olga und Andreas standen Spalier und drückten uns herzlich an sich.

»Gute Reise, mein Kleiner, du warst ein Superkaktus!« Felix wollte Olga gar nicht loslassen, und als sie die kindliche Klette von ihrem Kimono zu lösen versuchte, sah ich schon die Tränen in seinen Augen. Ab da ging es los: »Ich will nicht nach Hause. Es ist so schön hier. Können wir nicht bleiben? Nein, ich will nicht, ich steig nicht ins Auto ...«

Thea guckte auch etwas bedröppelt, und ich bemerkte ein paar Abschiedstränen in den Augenwinkeln, aber sie versuchte auf großes Mädchen zu machen, wofür ich ihr in dem Moment sehr dankbar war. Eine rosa Heulboje reichte mir. Sie setzte sich in den Van, ich nahm Felix auf den Arm und ließ mir die Schulter vollrotzen, während ich beruhigend auf ihn einredete, Olga ihm durch die blonden Haare strich und Helmer hilflos zuschaute.

Ehrlich gesagt kam mir Felix' Dramaqueen-Einlage sogar recht, denn sie lenkte mich hervorragend davon ab, ebenfalls loszuflennen. Natürlich fiel mir der Abschied nicht leicht; einen Vorgeschmack auf die nächsten Tage in Hannover hatte ich ja gestern bekommen.

Nach ein paar Minuten der gemeinschaftlichen Trösterei bugsierte ich den nach wie vor wimmernden Felix vorsichtig auf seinen Platz – jetzt bloß nicht noch den Rahmen der Schiebetür mitnehmen – und schnallte ihn an.

Helmer stieg auf den Fahrersitz. Als ich gerade einsteigen wollte, Olga und Andreas bauten sich auf zum Winken, stürmte plötzlich eine Horde Männer den Vorplatz vom Rainbow Inn. Hilfe, der Chor!

»Wir erwischen sie noch!«, gellte einer. »Wartet, wartet, wartet!«, ein anderer. Alle trugen schwarze lange Stoffhosen und bunte Oberhemden in Pastellblau, Pastellgrün, Pastellorange und Pastelllila. Es war ein erschreckender Anblick.

»Liebe Ilka, liebe Kinder«, japste der Chorleiter, während sich seine Mitstreiter hinter ihm aufbauten und sortierten wie eine aquarellfarbene Gesangshydra.

»Ich gebe zu, wir waren überrascht, euch hier anzutreffen. Wer rechnet denn auf einem schwulen Chorwochenende mit einer Kleinfamilie. Aber ihr habt uns ein Stück weit verzaubert! Felix ist ein begabter Sänger, und wir haben ihn, seine Schwester und seine Mutter in den drei Tagen hier sehr ins Herz geschlossen und für euch ein kleines Abschiedsständchen vorbereitet.«

Ich schaute mich um, Felix' Tränen waren versiegt und Neugier gewichen. Thea schaute hingegen so entsetzt …, na ja, als habe der schwule Chor gerade ein Abschiedsständchen angekündigt. Und Helmer wirkte, als wäre er der Nächste, der einen Heulanfall bekommen würde.

»Oh, das ist ja … schön«, sagten meine sozialen Umgangsformen, ohne vorher Rücksprache mit mir gehalten zu haben.

»Für unsere liebste Heterofamilie haben wir ein kleines Liedchen etwas umgetextet. Hier sind für euch: Die Nachtigayllen mit *Jenseits von Heten*.«

Der Chorleiter zog eine Stimmgabel aus seiner pastellgrünen Brusttasche und schlug sie an die offenstehende Beifahrertür, worauf der Chor sich summend auf den Ton einigte. Petr grinste fröhlich, war das etwa auf seinem Mist gewachsen? Die Männer holten Luft.

»Was machen die da?«, fragte Felix.

Der Chor verlor seinen Ton, der auseinandersummte wie ein Schwarm Fliegen.

»Wir stimmen uns gerade ein«, erklärte der Chorleiter. »Bitte Ruhe!«

Ihr nehmt Anlauf auf euren nächsten Fettnapf, dachte ich.

Zweiter Versuch. Felix' »Warum?« ignorierten alle. Dann sangen sie los:

Wenn schon ein Kind so schockiert wie Hai,
dann sind wir jenseits von Heten …

Olga bekam einen spontanen Hustenanfall.

Wenn wir nicht fühlen,
die Mutter
sie kämpft
hat sie hierher gebracht …

Gott, war das grässlich! Entsetzt weiteten sich Andreas' Augen. Helmer steckte den Schlüssel ins Zündschloss.

… dann haben wir was falsch gemaaacht.

»Äh, ja, das ist wunderschön, aber wir sind schon etwas spät dran …«, sabbelte meine Höflichkeit los, aber sie kannte ja noch nicht die zweite Strophe:

Wenn dann ein Eimer so rosa noch ist,
dann sind wir jenseits von Heten …

Ich ertappte mich, wie ich nun doch nach Dennis' Renault Ausschau hielt.

Wenn auch ein Kind besser singt als ein Chor,
komm' wir albern uns vor,
dann haben wir was falsch gemaaacht …

»Vielen Dank«, grätschte ich in den Takt, »aber wir müssen jetzt wirklich …« Doch es ging weiter, es folgte die Bridge des Liedes:

Lasst uns jeden Tag die Akzeptanz voll spür'n …

»Helmer«, rief ich. »Fahren Sie los!«

Das ließ er sich nicht zweimal sagen. Selig lächelnd

startete er den Motor. Ich zog mein Bein in den Wagen und die Beifahrertür zu. »Tschüss Olga, tschüss Andreas!«, schrie Felix. Dann rauschten wir ab. Es staubte ein wenig, aber was soll's, Staub auf Pastell fällt nicht groß auf.

»Yeah!«, jauchzte Thea von hinten. »Haste gut gemacht, Mom!«

EPILOG

OLGA

»Noch was von der Minibar gehabt, oder hast du brav alles wieder mit Ersatzflüssigkeit aufgefüllt?«

»Alles brav aufgefüllt«, lachte das Bürschchen vorm Tresen.

»Schätzchen, soll ich jetzt wirklich an allen Fläschchen einmal nippen?«

»Damit tue ich dir doch nur einen Gefallen, Olga.« Er grinste spitzbübisch.

»Okay, Zimmer war vorab bezahlt, dann also nur die Barrechnung und der Ausflug zur Costa Verde. Bar, Kreditkarte oder bezahlst du mit deinem Körper?«

»Bei dir, Olga, immer bar ... Wofür steht dieser Zuschlag IVA?«

»Das, mein Lieber, ist die sardische Sondersteuer für vorlaute Mundwerke.«

»Ach ... na gut. Hier, stimmt so.«

»Was ist das? Schweigegeld?«

»Nein, für dich, für euch, es war ganz toll hier! Für eure Kaffeekasse.«

»Ham wa nich«, maulte ich. »Hier gibt's nur 'ne Spirituosenkasse, aber die ist ständig leer, ich weiß auch nicht, wieso ...«

Er lachte wieder. Ich liebe dieses Geschäkere mit den Gästen, mehr noch als auf der Bühne, wo ich natürlich auch noch oft genug stehe. Aber eben nicht mehr ausschließlich. Tja, wer hätte das gedacht. Seit eineinhalb Jahren bin ich die Herbergsmutter in diesem Puff hier!

»Das Taxi steht draußen, Schatz.«

»Dann auf Wiedersehen, Olga!«

»Guten Flug und beehren Sie uns bald wieder, junger Mann«, flötete ich. »Das Rainbow Inn verarmt ästhetisch ohne dich.«

»Nicht solange du am Tresen sitzt, bye bye!«

Das Taxi hupte, er winkte, ich warf eine Kusshand zurück, dann war er verschwunden.

Ich schaute wieder auf meinen Rezeptions-PC, auf diese kuriose Onlinebuchung, die vor einer halben Stunde reingekommen war. »Homosexuelles Vokalquartett ›We are a Family‹« stand dort in der Gruppenanmeldung, »unter der Leitung von Ilka Altvater«. Im Feld »Namenszusatz« stand in Klammern: »(Bio-Dragqueen)«. »Achtung«, schrieb sie unter »sonstige Bemerkungen«, zwei der Chormitglieder seien chronisch minderjährig, ob das ein Problem darstelle.

Ich hab schallend gelacht, als mein Hirn die Anmeldung durchschaute.

»Helmer! Wir bekommen Besuch!«, rief ich nach hinten ins Büro. Keine Ahnung, ob Helmer überhaupt dort war. »Die Familie schaut mal wieder rein!« Ich konnte es kaum erwarten, diese Nachricht Gregor aufzutischen: »Family – Die Rückkehr.« Ich wette, für diesen Horrorschocker nimmt er sich drei Tage Urlaub. Notfalls unbezahlt. Wie oft hat er schon gefragt, ob wir Felix' Kinderzeichnung nicht woanders hinhängen könnten.

Unsere Ilka trug jetzt also einen anderen Nachnamen. Wir hatten uns eine Zeitlang bei Facebook geschrieben, zuletzt aber deutlich seltener, dort hatte sie noch ein paar

Monate »Ilka Tänzer« geheißen, während der Scheidung hatte sie sich zeitweise in »Ilka R. MacNeil« umbenannt. Aber seit 'nem halben Jahr etwa war unser Kontakt sporadischer geworden. Zuletzt wurden mir ihre Postings gar nicht mehr angezeigt. Ich schaute mal wieder auf ihr Profil: »Ilka Altvater«. Also auch dort. War das ihr Mädchenname, oder hatte sie etwa schon einen neuen Gatten? Oder wer zum Teufel war der vierte im »Family-Quartett«? Ich scrollte durch die Timeline. Insgesamt nur wenige Postings, Ilka war nicht mehr viel auf Facebook unterwegs. Ein paar Bilder von ihr und den Kindern, ein paar Aktionen mit Freundinnen. Auf einem Bild war sogar Dennis mit drauf! Schockschwerenot! Die Kinder und er in einem Kanu. »Meine Kinder beim Paddeln mit ihrem Erzeuger.« Na gut, Entwarnung. Aber ich konnte verstehen, warum Ilka dieses Bild gepostet hatte. Die smilenden Kinder mit nassen Haaren in klobigen Schwimmwesten sahen einfach zum Schießen aus, als sie mit dem halbvoll gelaufenen Kanu anlegten. Ich scrollte weiter, aber – verdammt, verdammt! – ich fand einfach keine Hinweise auf einen neuen Kerl oder Änderungen im Beziehungsstatus. So was kann man mit der neugierigen Olga doch nicht machen! Ich suchte sogar nach einem Facebook-Profil von Thea, aber sie hatte immer noch keins. Grrr!

Sofort schickte ich eine Buchungsbestätigung los:

Sehr geehrte Frau Altvater,
gerne bestätige ich den Aufenthalt Ihres Vokalquartetts im Rainbow Inn vom 19.–21. Juli 2017. Öffentlicher Gesang ist in unserem Hause nur in den Gemeinschaftsduschen der Sauna im Anesso gestattet, und zwar ausschließlich in der Zeit zwischen 11.20 Uhr

und 11.25 Uhr am Vormittag. Ausgenommen sind Gesangsdarbietungen von Minderjährigen in Begleitung professioneller Damendarstellerinnen.

Hochachtungsvoll

diValdfee, Herbergsmutter

PS: Wer ist No. 4????????

Ilka antwortete prompt: *Hihi, das wüsstest du wohl gern! ;-)* Natürlich, meine Brüste platzten bald vor Neugier, ich könnte damit eine ganze Kinderkrippe in der Warum-Phase abstillen!

Lasst euch überraschen, auf Überraschungen steht ihr doch im Rainbow Inn! ☺ *Ich wag's noch mal mit Sardinien, und wo könnten wir unsere Rundreise besser beginnen als bei euch? Felix und Thea freuen sich riesig – und ›No.4‹ auch.*

LG, Ilka.

Dieses hinterhältige Biest! So verschlagen, gerissen und garstig! Sie hatte eindeutig zu viel Zeit mit Homosexuellen verbracht.

Nur gut, dass ich hinterm Tresen immer einen Notfallgin gebunkert hab, den brauchte ich jetzt, bevor ich vor Neugier noch 'nen Eisprung bekam.

Aber ach, das würde spaßig werden … Die Kids sind zwei Jahre älter. Ob Felix mit acht immer noch auf Rosa steht? Und Thea, mein Gott, die ist ja mitten in der Pubertät, große Güte, vielleicht könnte sie mir ein paar Hormone borgen.

Nein, zusammengebracht haben uns die beiden Blagen nicht. Das hab ich schon allein geschafft. Falls man von »zusammen« überhaupt sprechen kann. Und, na gut, Hennes hatte noch seine Hufe im Spiel, indirekt. Aber irgendwie wurde Helmers und mein Verhältnis nach dem kleinen Ausflug mit der Kleinfamilie peu à peu freundschaftlicher. Wir plauderten öfters, und Helmer fragte mich sogar, ob ich nicht noch etwas länger bleiben wolle, die schwule Hauptsaison stehe bevor, und ich täte dem Hotel und seinen Gästen gut.

Anfang Oktober machte dann der Maulesel plötzlich die Grätsche. Na ja, von »plötzlich und unerwartet« konnte wahrlich keine Rede sein, der war ja eh schon so was wie der Johannes Heesters unter den Paarhufern. Jedenfalls lag er eines Morgens mausetot im Stall.

Hat natürlich keiner von uns mitbekommen, das Vieh hat ja niemanden so richtig interessiert. Es war halt da und machte gelegentlich Geräusche, die zu Sardinien passten. Akustisches Lokalkolorit quasi.

Erst als Andreas völlig geschockt zu Helmer und mir rannte und meinte, da draußen stehe ein Lkw, der Fahrer sehe aus wie ein Bauer und sei nicht zu verstehen, aber er habe nachgeschaut, das Wort auf der Lkw-Plane bedeute »Abdeckerei«, sagte Helmer: Ja, das sei richtig, der sei wegen Hennes hier.

Dann ließ er uns stehen und führte den Abdecker zur Weide und ließ ihn dort machen. Helmer hat nicht zugeguckt. Wahrscheinlich besser so, denn ich kann mir nicht vorstellen, dass ein sardischer Abdecker besonders zimperlich mit dem Gerippe eines toten Maulesels umgeht.

Den Rest des Tages machte Helmer das, was er immer machte. Er arbeitete und gab unwirsche Kommentare ab. Ein Klotz bleibt ein Klotz bleibt ein Klotz.

Abends sah ich Helmer am Zaun der leeren Weide stehen, er wirkte erschöpft und verwirrt. Seine Hände spielten mit einem Apfel. Ich bin zu ihm hin und hab gesagt: »Helmer Schätzchen, komm mal an meine falschen Titten. Auch wenn's nur'n Esel war, du darfst um das Vieh weinen.«

Er hat sich widerstandlos in den Arm nehmen lassen und geheult wie 'n Schlosshund mit Hundehaarallergie. Da war ich schon überrascht. Klar, er mochte das Tier, aber deshalb muss man doch nicht gleich heulen, als sei Doris Day ermordet worden – von einem Triebtäter. Eine gute Viertelstunde stand ich da und streichelte Helmer mit einer Hand über den Kopf. Mit der anderen hab ich nebenbei den Apfel gegessen, was sollte ich tun?

Dass Helmer das Vieh nach seiner ersten Jugendliebe benannt hat, erfuhr ich erst am späten Abend, als wir uns gemeinsam auf Hennes die Kante gaben. So einer Schnapsidee war aber auch nur mit Schnaps beizukommen. Ach, und was soll ich sagen: Irgendwann landeten wir in meinem Bett, und ich hab Helmer gefickt, als gäbe es kein Morgen mehr. (Ha, das hätten Sie nicht gedacht, was? Glauben Sie nicht, nur weil man den ganzen Tag im Fummel rumstöckelt, wüsste man nicht mehr, wie man einen Penis sinnvoll einsetzt.) Pardon, ich bin wahrscheinlich gerade wieder zu vulgär. Aber so what, ich bin Transe, Zartgefühl besitze ich nur in kleinen Dosen, und die bewahre ich mir für ganz intime Momente auf.

Von da an haben wir das öfters gemacht. Ab dem dritten Mal sogar, ohne uns vorher abzuschießen. Ging auch. Ehrlich gesagt, sogar viel besser, Sie verstehen?

Fragen Sie mich nicht, was das ist zwischen uns. Das weiß ich bis heute nicht. Ist vielleicht auch nicht wichtig. Wahrscheinlich sind wir aus dem Alter raus, wo man noch in sein Tagebuch schreibt: »Heute war es so weit! Seit 5.45 Uhr bin ich voll verschossen!«

Jedenfalls habe ich meinen Aufenthalt noch das ein oder andere Mal verlängert, und als Andreas dann überraschend gekündigt hat, fragte mich Helmer, ob ich ihn beerben wollte. Ach, war das herrlich, was hat Gregor geschäumt!

Es ist ein Jammer, dass Andreas weg ist, und über seine Beweggründe hat er mit uns nie so recht gesprochen. Er war echt ein Herzchen. Aber er ist noch jung, also verglichen mit mir, und Reisende soll man nicht aufhalten. Gelegentlich kriegen wir eine Postkarte von ihm. Die letzte aus Dunedin in Neuseeland. Dort war er in einem Hostel tätig und schmeißt es inzwischen zusammen mit seinem Freund. Ich hab mal nachgeschaut. Es ist sogar im *Spartacus Guide* als »gayfriendly« Backbacker-Hostel verzeichnet. Als würde sich je ein Schwuler in den Schlafsaal eines Hostels verirren (außer in seinen Pornofilmfantasien)! Zuletzt sahen wir bei Facebook, dass er seinen Freund geheiratet hat. Er, der sonst nie was von dieser Institution hielt, aber vielleicht hatte es auch was mit dem Aufenthaltsstatus zu tun. Ich freue mich für ihn, von ganzem Herzen.

Helmer war nicht im Büro. Also druckte ich Ilkas Anmeldung aus, faltete sie zusammen und schob sie mir zwischen Brustimitat und BH. Ich würde sie ihm später zeigen.

»Nock, nock!«, rief jemand vom Eingang her.

Ein Gast mit Koffer stand dort und deutete Klopfzeichen in der Luft an, weil die Türen weit offen standen, es war ein wunderbarer Frühlingstag.

»Äh, bin ich hier richtig beim Rainbow Inn?«, fragte er. »Ich würd gern einchecken.«

»Aber so was von richtig!«, schmetterte ich ihm entgegen. »Herein, wenn's keine Hete ist!«

Dank an:

Daniela Böhle für das intensive Studium des Manuskripts; alle Mitglieder des »Salon Böhle« (Michael-André Werner, Thilo Bock, Manfred Maurenbrecher, Kirsten Fuchs und Robert Rescue) für vielfältige Rückmeldungen und Vorschläge; meine Lesebühne »Brauseboys« und deren Publikum, vor dem ich über zwei Jahre immer wieder einzelne Passagen uraufgeführt habe; die AHA-Berlin, wo ich ebenfalls zwei inspirierende Lesungen machen durfte; Lars Ruppel, dessen Waldfee mit Olga weder verwandt noch verschwägert ist; Rosa von Praunheim für ein paar aufschlussreiche Gedanken in einem Gespräch, das eigentlich ein ganz anderes Buch betraf; Gudrun Hebel, Barbara Heinzius und Friederike Arnold, die das Buch bestmöglich betreut haben; Marian, der dieses Buch sicherlich mit unglaublich viel Spaß gelesen hätte, und an alle anderen queeren und nicht-queeren Menschen in Berlin und anderswo, die ich kenne. Ihr kommt natürlich alle nicht vor (selbst wenn ihr euch das wünschen würdet). In diesem Buch kommt nichts und niemand vor.

Volker Surmann,
Berlin im Mai 2015